Walter Thümler

Penuels Hügel
Sentenzen

zu Religion, Kunst
und Philosophie

Morus

Die Deutsche Bibliothek - CIP - Einheitsaufnahme
Alle Rechte vorbehalten
©Morus Verlag, Berlin 2004
Satz und Gestaltung: Roland Albrecht
Druck und Bindung: AZ DRUCK – Die Büchermacher, Kempten/Allgäu
Printed in Germany
ISBN 3-87554-378-5

*Meine Lippen und meine Seele, die du erlöst hast,
sollen fröhlich sein und dir lobsingen.*
Psalm 71, 23

Ja, wofern man das scharfsinnige Geheimnis des Mißtrauens eindrücklich darstellte, und es in übernatürlicher Größe mit dem blendenden Schein der Klugheit, der List und der Schläue bekleidete, so dürfte es wohl sogar viele verlocken; es gäbe vielleicht jemanden, der uns – stolz auf seine Entdeckung – klug verstehen ließe, eben dies habe er entdeckt. Und im Gegensatz dazu dürfte wohl die Liebe, welche alles glaubt, wie das so oft dem Guten geschieht, sich sehr ärmlich ausnehmen, so daß mancher nicht einmal zu gestehen wagte, daß er wünschen könnte, so einfältig zu sein.
Sören Kierkegaard

*Lord, I am not worthy
Lord, I am not worthy
but speak the word only*
T. S. Eliot

Erstes Buch

I

Die Poesie ist das Wort, das das Wort der Sprache auffängt. Sie gehört zum Wort des Anderen, der Gott ist. Sie schlägt eine Bresche in die Totalität.

„Der Tod Gottes", „das Ende der Geschichte", „das Ende der Kunst" usw., es sind Tode einer bestimmten Rede, der ökonomischen, Tode dessen, was Maschinen der Objektivierung geworden sind, statt in der Gottesoffenheit zu existieren. Wer von diesen Toden in einem letzten Sinn redet, bezeigt, daß er selbst solcher Seins-, solcher Objektivierungsrede aufsitzt, also das Sein als Polis und die Polis als Sein nimmt. Ein endliches Gottesbild versucht die als endlich entlarvten Götter abzuschaffen, aber gleichzeitig die eigene endliche Rede unendlich zu machen. Oder aber: ein unendliches Gottesbild versucht als Kritik auf die Herrschaft eines endlichen Gottesbildes hinzuweisen oder darauf, daß Gott sich seiner gemutmaßten Verfügbarkeit entzogen hat. Übrig bleibt ein Perpetuum mobile als Simulakrum unserer Verabsolutierungen, aber auch ein Gefühl dafür, was Gott nicht ist.

Gibt es noch Gebet? Auch das Gebet des Nicht-Beten-Könnens ist Gebet. So wir Gott auch nicht erreichen, so rufen wir ihn doch.

Der Selbsterniedrigung Gottes in Jesus Christus geht für unsere Erfahrung jene Selbsterniedrigung voraus, durch die er sich in unsere Wahl stellt. Hiermit sagt er mir: „Es liegt in deiner Macht, ob du mich für deine Seele und damit deine Seele Wirklichkeit werden läßt oder nicht, ob du zur Gottesfurcht Ja sagst oder nicht." Gottes Verhältnis zur Seele ist eine Beziehung und keine Beherrschung. Wie Mann und Frau sich gegenseitig durch ein Ja-Wort auf irgendeine Weise zusagen, so will es auch Gott mit der Seele. Mit diesem Ja gibt die Seele Gott die Wirklichkeit, die er hat, und erlebt jene Befreiung, die allen weiteren Befreiungen vorausgeht. In diesem Sinn ist die Furcht Gottes der Anfang der Erkenntnis. Darin besteht die Güte Gottes, daß die Seele aus Freiheit Ja zu ihm sagen kann. Sagt sie nicht Ja, muß sie zwar das Dasein der Gottesferne leiden, denn Gott kann seine Wirklichkeit nicht verleugnen, aber er läßt die Seele auch wissen, daß er nur durch sie in ein ausdrückliches Verhältnis zu ihr tritt.

Es bleibt für unseren Geist entscheidend: bezieht er sich auf die Geschichte als selbstkonstantes System oder auf Gott als die Transzendenz des Anderen und somit wenn, dann auf die Heilsgeschichte. Die Geschichte relativiert bis zum Verschwinden der Frage. Am Ende macht sie den „Geist zum Knecht", kann andererseits aber von wahnhafter Totalität befreien, kann schließlich sich selbst zur Totalität aufwerfen. Erst dem Geist, bezogen auf Gott als die Transzendenz des Anderen, wird die Frage größer und größer, bis sie als Antwort nur noch Heiligkeit und Liebe zuläßt, bis sie an Gott die Frage der Vergebung richtet. Und die Frage, die wir fragten, war vor allem Anbeginn Gottes eigene Frage, die nur er beantworten kann.

Jemand, der an Gott glaubt, weil er erfahren hat, daß es ein äußerst Wirkliches gibt, muß jenem, der diese Erfahrung nicht kennt und sein Leben mit darwinistischen Strategien oder einfach als Spiel des Zufalls oder als *Spiel* und also ohne Gott zu leben und zu denken sucht, als Narr erscheinen, der sich eine Last aufbindet, die es gar nicht gibt. Mitleid und Gelächter müssen in ihm aufsteigen.

Der offenbare Gott, der nahe Gott, der in Jesus Christus an den Menschen herangetretene Gott, dessen wir uns bis in alle menschlichen Bereiche hinein sicher gefühlt haben, und dem es eine Weile gefallen hat, in unseren Gefäßen zu wohnen, hat die andere Seite seines Wesens, die eine notwendige Bedingung seiner Wahrheit ist, aufgeschlagen: Gott ist wieder Gott im unzugänglichen Licht. Aber hat er sich nun verändert? Er kann sich nicht verändern, da er sich in Jesus Christus gezeigt hat. Aber das Verhältnis zwischen Gott und uns kann sich verändern. Und so ist Gott wieder der Andere, der Fremde geworden, der Gott, der sich entzieht. Er bietet seine Macht auf.

Jedes Kunstwerk ist Zeugnis eines Scheiterns. Es sagt, wie es nicht gesagt werden konnte. Es berichtet von der Vertreibung. Es ist ein intensives Negativ, auf dessen Positiv kaum geschlossen werden muß. Es berichtet von der Grenze.

Ist Gott eine Wirklichkeit unseres Erfahrens, müssen wir ihn auch mit „Gott" anrufen, ansprechen dürfen. Darauf zu verzichten hieße, ihn zur Unwirklichkeit zu machen. Gott als der, der das Wort selber ist, indem er es ist, der das Wort spricht und so das Wort lebendig macht, durch den die Sprache erst spricht. Er will von uns mit seiner Sprache benannt werden als jener, der nicht zu benennen ist. Die Intensität der Benennung des Unbenennbaren treibt die Sprache vor Gott und in Gott hinein und läßt den Menschen, der nur durch seine Sprache sich selber hat, an Gott teilhaben. Wer „Gott" sagt und damit die Benennung des Unbenennbaren vollzieht, nimmt eine Beziehung zu ihm auf. Über dieses „Gott"-Sagen macht er Gott, der sich in der Sprache verbirgt, ebenso wirklich wie seine Sprache. Nichts ist der Sprache so entlegen und so nah wie Gott. Er entzieht sich und ist da. Diese Doppelbewegung feiert die Sprache, wenn sie „Gott" sagt. Sie muß es sagen, um ihn nicht von Sprache und Denken dominieren zu lassen, sondern der Faktizität einer Beziehung Wirklichkeit zu verleihen.

Die Welt kann nicht vollendet werden. Und sie will auch nicht vollendet werden, denn das widerspricht ihrem Wesen, das Werden heißt. Auch der Mensch kann nicht vollendet, aber er kann erlöst werden, indem er Anteil gewinnt am Leben Gottes. Das ist seine Vollendung. Für die Welt gilt darum die ewige Wiederkehr, für uns, für unsere Vernunft, solange wir *von dieser Welt* sind, auch. Die ewige Wiederkehr ist eine *Technik* der Gnade, uns nicht mit unserem immanenten Verstehen in Gottes Gedanken einzumischen. Für den im Geheimnis Gottes erwachten Geist gilt die Eschatologie. Wie aber soll das zusammengehen? Eben nicht. Das ist die Spannung und Zurückhaltung im Geist der Aufmerksamkeit.

Das Verhältnis zwischen Gott und Mensch besteht aus zwei Freiheiten. Das macht das Verhältnis zur Liebesbeziehung, zu einer dramatischen Beziehung, zur Beziehung überhaupt.

Bevor wir Jesus Christus, seine Unabdingbarkeit für unsere Erlösung verstehen, müssen wir als Heiden – für den Juden stellt sich die Lage anders dar, da dieser nicht erst *adoptiert* werden muß – Gott Jahwe, unsere Schuldverfangenheit, unsere Untüchtigkeit zum Guten, unsere beständige Apologie verstehen. Doch wer stellt die Frage? Die Frage stellt der Gott Abrahams, der Gott Isaaks und der Gott Jakobs. Ein kostbares Buch nützt dem nichts, der nicht lesen kann. So auch der Mensch in heidnischer Seelenlage. Er muß die Welt und sich selbst lesen lernen in aufrichtiger Wahrnehmung und ethischer Unbestechlichkeit. So wird er die Notwendigkeit göttlicher Intervention erkennen, in die Qualität des Hörens und schließlich zur Qualität der Frage kommen, der Gottes Antwort gilt.

Wie Gott dem Menschen beim Turmbau zu Babel die Sprachen verwirrt hat, so nimmt er ihm, der natürlich nicht ablassen kann von seinem ruhmsüchtigen und gottwidrigen Projekt und also versucht, eine zweite Welt neben der ersten zu erschaffen, um so in der zweiten sein Projekt ungestört verwirklichen zu können, so nimmt Gott ihm jetzt die Macht des Wortes. Die Sprache wird hohl. Sie zeigt nicht, sie ist kein Zeuge mehr, eröffnet keine Wirklichkeit. Die zweite Welt bezahlen wir mit der ersten.

Die dunklen Stellen unseres Lebens sind nur dunkel, weil wir sie verstecken. Im Licht Gottes ist nichts dunkel, denn hier erhält alles seine ihm gemäße Wirklichkeit und damit seine Würde. Aber damit das geschehen kann, müssen wir das Versteckte Gott zeigen, so wie man einem Arzt eine häßliche Wunde an intimer Stelle zeigt.

Jedes Stück, das wir mit unserem unerleuchteten Geist, unserem „schlechten Unendlichen", die Gesetze der Natur erforschen und für uns nutzbar machen, geht die Natur ein Stück zurück und ein Stück vor, macht sie einen Doppelschritt. Sie bewahrt ihr Geheimnis, indem sie sich in neue Gebiete zurückzieht und indem sie das, was der Mensch erforscht zu haben glaubt, im gleichen Augenblick hinter ihm unkenntlich wieder aufbaut. Die Narrheit unseres zielenden Blickes glaubt Klarheit vor sich zu haben. Aber diesen Irrtum bemerken wir nur, wenn unser Blick sich umwenden muß. Was zielen wir in sogenannter „Natur" an? Gott im Gegebenen von unserem Kinderblick gesucht, oder von unserem bösen Blick, der sich nicht in Frage stellen lassen will. Unser Gottesgeschick legt sich mit jeder unserer Taten neu aus. Und was gilt, ist: Ist unser Tun durch Gottes Gnade rechtfertigendes Tun, befreit es die Seele nach hinten und nach vorne, nach oben und nach unten, oder nicht. Der Rest ist „Haschen nach Wind".

Solange wir „Gott" nicht sagen können, und wann können wir „Gott" sagen? und müssen doch „Gott" sagen , solange bleibt uns nur, seinen Namen negativ auszudrücken, die Bildnisse von allen Dingen, von uns selber, von Gott zu zerstören, um *ihm* Raum zu schaffen.

Wozu brauchen wir noch Gott? Ehemals brauchten wir ihn für die Fruchtbarkeit der Erde und für unsere Gesundheit und um seinen Zorn, der die Erde und uns vernichten zu wollen schien, zu besänftigen. Er selbst hat nach der Sintflut der Erde Bestehen, die Beständigkeit der Jahreszeiten zugesagt, und seinen Zorn hat er uns schließlich in Barmherzigkeit gewandelt. Was interessiert uns also Gott, wenn er uns den Bestand der Erde zugesagt und wir folglich an ihre Erforschung gehen können. Wenn wir aus Bestand und Fruchtbarkeit und Wissenschaft eine Klammer machen können. Hat Gott sich folglich nicht selbst abgeschafft? und indem er reine Liebe wurde, von uns selbst weggesperrt? Oder sollte zu seiner Liebe auch Zorn gehören? Wir wollen nichts mehr von ihm. Was soll er noch von uns wollen. Nun bleibt, das Gedächtnis zu überlisten, es mit kleinsten Aufgaben zu beschäftigen, und die unendliche Sehnsucht, die sich manchmal aus uns herausverkantet, so zu zerstreuen, daß sie gerade klein genug ist. Oder wir identifizieren unsere Sehnsucht als die alte Feindschaft Gottes, des Unterdrücker-Vaters, als die Gewalt des Himmels, die es zu destruieren gilt. Er übt einen Angriff auf unsere Freiheit aus, versucht das Gedächtnis der Schuld wiederherzustellen. Also, was sollten wir mit diesem Gott zu schaffen haben? Wir werden satt. Wir haben unseren Spaß. Ferner hat dieser Gott sich selbst abgeschafft, indem wir nicht geworden sind wie er, sondern er wie unsereiner. Wir sind besser seiner ledig und begrenzen uns in der Vernunft. Ist das nicht gut und klug zugleich? Und die Wissenschaft, hat er sie nicht selbst möglich gemacht? Er hat die Natur entheiligt und sie damit unserer forschenden Neugier ausgesetzt. So kam unsere Vernunft zu überraschenden Ergebnissen. Wir haben gelernt, uns Recht zu verschaffen. Also, wozu brauchen wir noch Gott?

In der Begegnung mit dem Kunstwerk offenbart sich uns unsere erschreckende Eindimensionalität, unsere Körper- und Raumlosigkeit; wir merken: wir leben nicht. Das Kunstwerk ruft uns in eine andere Sprache, in *die* Wirklichkeit. Es übt unseren Geist in den Geist ein.

Durch das Geschlecht nehmen wir Kontakt auf mit der Generation, mit der Erde, mit dem Tod, und damit mit der Schöpfungswahrheit Gottes unter dem Zeichen des Opfers. Das Opfer ist notwendig als Korrektur unseres symbiotischen Verhältnisses zum Tod und dem daraus resultierenden Beharren. Das Geschlecht ist nicht Sünde, aber unser Abfall von Gott drückt sich darin aus, daß unser Geist den Geist des Körpers nicht mehr erfüllen kann, außer er gewinnt Anschluß an den Heiligen Geist, aber auch dann kann er es nur bedingt. Die Demütigung durch das Ist-Sein des Körpers bleibt. Der Körper-Geist hat durch den Fall seinen Herrn verloren und redet zwar noch wahr, aber von diesem Verlust. Diese Verlustrede ist der Tod und das Opfer. Der Gläubige, jener, der von der Seite des Todes auf die Seite der Hingabe, des Opfers gewechselt ist, versteht seine Geschlechtlichkeit als ein Mithineingenommensein in die Hingabe und das Opfer der Kirche und damit in die Schöpfung, die zwar gefallen, weil wir gefallen sind, aber Heil vom Menschen empfängt, wo dieser im Glauben an Jesus Christus Heil empfangen hat. Der Ungläubige aber, jener, der noch symbiotisch dahinträumt, gewinnt durch das Geschlecht, da dies die äußerste Körperlichkeit ist, Anteil am Befund des *Falles*, aber auch Kunde vom möglichen Paradies und damit eine Voraussetzung, sich Gott zu nahen.

Zu unserer Welt- und Seinserfassung: Wir sind Blinde in einem Zimmer, dessen Möbel Gott alle paar Wochen verrückt.

Wenn wir die Wirklichkeit, die Gott ist, erfahren, gesehen haben, wir von ihm ausgefüllt, auf ein unendliches Maß gedehnt worden sind, wie werden wir ihm nicht anhängen. Wie nun, wenn wir, obzwar lebendig, seiner Wirklichkeit nicht inne werden, wo unsere Sehnsucht sich nach ihm streckt? Wir sollen die Spinne sein, die den Faden webt, aber keinen Anfang findet, da nur Gott diesen Anfang schenken kann; und wehe, wenn er diesen Anfang verwehrt. Diesen Verlust des Anfangs können wir uns durch unseren Ungehorsam, der immer eine Form der Verdrängung ist, bereiten, oder Gott bereitet ihn uns, uns zu einer entscheidenden Erkenntnis zu führen, die da heißt: Alles ist Gottes. Selbst daß wir Gott sagen können, daß unser Herz schlägt. Und Gott fragt, was willst du mir geben? Und wir können nur antworten: nichts, nichts, nichts. Was wir Gott geben können, ist einzig, seinen Willen zu tun. Doch auch dies vermögen wir nicht, wenn er sich uns verhüllt, uns seinen Willen verbirgt.

Jede Zeit hat ihre speziellen Sünden, ihre religiöse Areligiosität, ihren Götzendienst, den sie sich zur Stärke rechnet. Sie hat das unbändige Laster, sich als endgültig darzustellen. Das macht sie lächerlich und gotteslästerlich, gottundurchlässig. Ohne diese Sünden könnte sie sich nicht ertragen. Aber da sie als Geheimnis der noch ausstehenden Herrschaft Gottes sich weder umbringen noch bekehren kann, bleibt sie Zeuge unserer Vertreibung. Darum wird, wer aufmerksam und sehend ist, in Gegnerschaft zu seiner Zeit leben müssen, insofern er unmöglich mit ihr ins Horn der Selbstbehauptung blasen kann, da Selbstbehauptung Selbstverlust ist. Aber er wird ein Freund *der* Zeit sein, da nur sie zu Gott hintragen kann.

Das Kunstwerk ist eine bestimme Form der Verknotung, die nicht ihresgleichen hat. Es ist lebendige Ent-Sprechung zum lebendigen Lied des Un-Wissens und der Aporie, das in uns klingt, Lied, von dem uns kein Begriff erlöst.

Erst im Dank gibt es Glück. Not dessen, der dem Einen – der in der Trinität sich als vollendete Gnade zeigt – seinen Dank vorenthält. Ihm läuft die Logik der Sorge weiter und weiter und deckt jedes Geschehen zu, bevor es *wirklich* werden kann. Und darum gibt es kein Glück für solch eine Seelenlage, sondern nur Sorge, Haben und Bedürfnis und dessen undankbares Seitenstück: den Exzeß. – Vergessen ohne zu danken. Die Seelenlage des Nicht-Dankes verwandelt die Welt in ein Bedürfnis. Alles wird ihr Mittel zum Zweck, Zweck, der nie in sein Erscheinen, in seine Ruhe tritt. Darum kann in solcher Seelenlage niemand „selig" werden. Und es gehört zu eben dieser Seelenlage, daß sie gar nicht selig werden will, denn begehrte sie dies, wäre sie schon im „Stand der Gnade". Sie will das Unglück. Darum kann sie nur durch Gottes Eingriff als dem Einen – der Wirklichkeit der geschenkten Integrität –, der sich als der aus dem Nichts Schaffende offenbart, geheilt werden. Die Erfahrung der Dankbarkeit ist schon Gnade. Sie vollendet sich im an Gott dargebrachten Dank.

Durch das Leiden werden wir würdig dessen, was die Erkenntnis Christi ist. Der zu Jesus Christus Gerufene wird sich nicht mit dem Mythischen oder dessen angebliches Gegenbild, dem Empiristischen, abfinden. Er spürt den Riß, der durch alles hindurchgeht, das ganz und gar Unheilbare. Nur weiß er noch nicht, was das Unheilbare und was das Heilende ist. Er erfährt nur ein Unheilbares, und er weicht keinen Deut, bis ihm Gott aus dem Nichts geantwortet hat.

Nihilismus ist keine religiöse Kategorie, sondern eine kulturgeschichtliche. Sie erscheint, wenn die religiösen Werte unter Preis verhandelt werden, wenn „das Unterste zu oberst gekehrt" wird und so das Obere aus seiner Verankerung und Plausibilität fällt, es keinen Anwalt mehr hat, es das Leben nicht mehr befreiend befragt. Nihilismus ist daher nur in Kulturen möglich, wo die Formen des Religiösen sanktioniert werden können und die Religion selbst als der Formen Ursprung ein Verhältnis zur Zeit als Offenbarung hat. Jetzt können sich die Formen gegen ihren „Ursprung" wenden, da sie in die Hand der Polis geraten, von der Polis mit Polis-Sinn, mit Padeia aufgeladen werden. Solch Aufladung erschafft ein Vakuum. Die Formen erscheinen nun auf in sich nichtigen Fundamenten zu beruhen. Sie werden der Travestie ausgesetzt. Wirklich befreiende Religion ist kultur-, natur und polisüberlegen. Daher lautet die Antwort auf den Nihilismus: vom „Symbol zum Symbolisierten" zurückfinden.

Sein als Buch? Sein als Schrift? Sein als Gott in Jesus Christus. Und hiermit ist etwas bezeichnet, das das Leben selber meint, sich aller Begrifflichkeit, allem *Sein* entzieht, dieses überbordet und uns einfordert ins „von Angesicht zu Angesicht".

Unsere Natur glaubt zu wissen, was sie sich wünscht und welche Tat zur Erfüllung des Wunsches führt. Sie glaubt, sie sei allein mit ihrem Wunsch und ihrer Spontanität. Sie nimmt sich nicht als in der Hand Gottes wahr, auch wenn sie ein sie Umgebendes fühlt. Erst die Ebene der Ethik eröffnet uns, daß wir mehr als Natur sind. Unsere Natur will nur kennen, was *vor* der Tat liegt, nämlich die Sorgen, Sehnsüchte, Bedürfnisse, Notwendigkeiten. Gott wird aber mächtig *nach* der Tat. Hier zeigt sich, daß unserem Sein ein sittliches Gesetz innewohnt, das wir verfehlen können. Weil es diese Grundverschiedenheit von *vor-der-Tat* und *nach-der-Tat* gibt, gab Gott uns die Gebote, uns zu warnen vor jenen Taten, die das Gottesverhältnis zerstören, und uns jene Taten zu gebieten, die es erbauen. Unsere selbstsichere Natur kann gar nicht verstehen, warum diese oder jene unscheinbare Tat auf unser ganzes Sein wirken soll. Jedoch *nach* der Tat erfahren wir, daß wir von Gott zur Verantwortung gezogen werden und auch von den Menschen, denn diese üben das Gericht Gottes unwissend aus. Jetzt hat unser Geist nur die Möglichkeit zu lügen, d.h. zu verdrängen, oder zu bekennen und damit Gott Wirklichkeit werden zu lassen.

Wer sich einmal vor sich selbst und Gott geschämt hat, kann nicht mehr weiterleben wie bisher. Seine Seele sagt wie der Psalmist: „Ich war wie ein Tier vor dir." Fortan lebt er aus Gottes Güte, die die Vergebung ist. Ihm geht das Herz über, weil er jetzt tiefer als jedes Wissen weiß, Gott ist *da*. Aber wie kam es, daß er sich schämte, ohne von Menschen erniedrigt worden zu sein? Es war Scham, die einen Geizigen befallen mag, wenn er jemals selbstlose Hingabe erlebt und er, so sehr er sich auch bemüht, keinen Vorsatz hinter die Gabe konstruieren kann. Jetzt bleiben ihm nur Scham und Tränen.

„Rühme dich nicht wider die Zweige", ermahnt Paulus die Heidenchristen, „rühmst du dich aber wider sie, so sollst du wissen, daß nicht du die Wurzel trägst, sondern die Wurzel trägt dich." Das Judentum bürgt für das Wort Jahwes. Das Christentum dafür, daß dieses Wort Fleisch geworden ist. Aber bevor das Wort Fleisch werden kann, muß es „Wort" sein. Insofern kommt das Heil von den Juden, denn das Judentum zeigt uns den Gott Abrahams, den Gott Isaaks, den Gott Jakobs. Darauf baut das Christentum auf. Aber damit das Wort nichts anderes als Fleisch wird und als dieses Fleisch Mensch ist, bedarf es des Christentums. Judentum und Christentum sind Brüder in der Bewahrung des Wortes Gottes.

Gott herrscht durch den Geist. Er öffnet uns nur jene Türen, derer wir würdig sind. Der Teufel ist aus echter Erfahrung verbannt. Das ist sein uneingestehbares Unglück. Darum muß er echte Erfahrung vorspiegeln und gegen den Geist, gegen Gott zu Felde ziehen, muß im Menschen die Möglichkeit zur Gotteserfahrung zerstören. Der Mensch soll mit ihm „Erde fressen sein Leben lang".

Wir können mit unserer Seele leben, ohne *sie* aufkommen zu lassen. Wir können aus dem Ungenügen der Seele einen Panzer des Selbstgenügens machen und dabei die Seele auf solchem Abstand halten, daß sie uns ein gummihaftes Fremdwesen ist. Jetzt haben wir ein undurchlässiges „dickes Fell". Nicht darum geht es, mit der Seele ausgesetzt zu sein und damit lebensunfähig, sondern *in* der Seele zu sein durch ein starkes Herz. Jetzt haben wir eine kräftige, gegerbte Haut, aber darunter schlägt ein starkes zur Zuwendung fähiges und mit Unterscheidung begabtes Herz. Wir müssen durch unsere Seele unser Herz aufwecken, und unser Herz muß uns beschützen. Und es kann dies, wenn es auf Gott ausgerichtet ist. Darum sollen wir Gott lieben *von ganzem Herzen*.

Wie schön, Gott, hast du den Menschen gemacht. Er wird es kaum schaffen, das ganz zu verderben, denn du bist bei ihm, auch wenn er es nicht merkt.

„Mein Kreuz auf mich nehmen" bedeutet, mich zum Tod, der in mir ist, zu bekennen und damit das Leben von der zerstörerischen Wirkung dieses Todes zu befreien. Das „Kreuz" ist das mir zugeteilte Geschick, meine durch niemand anders zu vertretene Stelle, meine unauslöschliche Einsamkeit, die ich in Tapferkeit, Demut und Gottesliebe annehmen muß. Wer sein Kreuz in diesem Sinn auf sich nimmt, gibt das Leben frei für dessen eigenen Quell.

Eines der Wunder am Christentum ist, daß es nicht nur die Stimme als Wahrheitssprache kennt, sondern auch das Differenzmittel des stimmlosen Schweigens der Schrift. Jesus läßt gegenüber Herodes das kalte Schweigen der Schrift walten, und gegenüber den Selbstgerechten unter den Pharisäern schreibt er mit dem Finger auf die Erde. Gott läßt das kalte Schweigen der Schrift seinem Sohn gegenüber in der Kreuzigungsstunde walten. Alle Differenz wird von Jesus Christus, der Streit und Friede zugleich ist, und nicht von einer abstrakten begrifflichen Einheit ein- und ausgefaltet. Aber ist Differenz nicht echt nur als irreduzible? Differenz muß irreduzibel auf einen Begriff hin, darf es aber nicht auf die Person hin sein. Sonst entsteht ein abstrakter Deismus. Jesus Christus ist der persongerechte lebendige Kulminationspunkt allen Differenzierens. Ohne solch Kulminationspunkt kann es kein Differenzieren geben. Jesus Christus ist Präsenz und Nicht-Präsenz zugleich. Im Heiligen des Christentums hat das Profane stattgehabt. Er weiß, was *wirklich* ist. Vom Wort Gottes geht alles aus, aber es ist im *Unterschied*. Und der Unterschied zur Stimme ist das antwortlose Schweigen der Schrift.

Das Sicht- und Greifbare soll das Eigentliche, das Letzte hergeben. So zerstören wir den Garten, den Gott uns anvertraut hat. Gott aber lacht unser. Könnten wir nur einen Augenblick innehalten, uns Gott zuwenden, wir wären befreit von unserem niederen Selbst, womit wir uns und die Welt knebeln. Wir würden erkennen: „Der Ort, darauf du stehst, ist heiliges Land", und das Leben könnte erblühen durch unser „Herr, hier bin ich."

Der empiristisch-rationalistische Geist ist ein Forscher mit eingeschränktem Forschersinn, er übt sich in den Entdecker-Gestus ein, er will enthüllen, bloßlegen, seine Rede lautet: „siehe, da hat er sich versteckt", Entdecker-Gestus, dem sich der Gestus des Verdachts gesellt und also mit dem Richter der Anklage zusammenarbeitet. Die versteckte Anklage kontaminiert ihren Gegenstand zur Hülle, um daraus seine Struktur, oder besser, eine reine Spiegelung der Verdachtshypothese zu ziehen. So heißt der Vorgang: Verdachtshypothese gegen einen schon zur Hülle kontaminierten Gegenstand. Genaubesehen arbeitet hier eine umgekehrte Stoff-Form-Vorstellung kraft der emotionalen Kategorie des Mißtrauens. Der Verdacht führt ein derartiges Denken zur Verherrlichung der Vernunft, läßt es nur noch von Aufklärung träumen und führt eine wirklich verdachtswürdige Kategorie ein: die absolute Vernunft.

Das große Kunstwerk, das große Gedicht, man erkennt es an seinem Wirklichsein. Es ist im Ästhetischen das, was analog dazu nach dem heiligen Paulus für die wahre Heiligkeit gilt: „Das Reich Gottes steht nicht in Worten, sondern in Kraft."

„Wer mich aber liebt, der wird von meinem Vater geliebt werden, und ich werde ihn lieben und mich ihm offenbaren." „Wer mich aber liebt"? Obiges Wort ist ein Wort an den Gott-Suchenden, an jenen, der Jesus Christus noch nicht erkannt hat. Wie lieben wir Christus, ohne ihn erkannt zu haben? Indem wir nicht nach rechts oder links der Frage ausweichen, die das Dasein bei aufrichtiger Wahrnehmung ist, nicht nach oben oder unten, und das Leid des Menschen, das andern zugefügte oder erlittene, die Wunden der Ungerechtigkeit sehen; indem wir den Menschen als verwirrtes, in Ermangelung der Liebe Böse tuendes, liebebedürftiges Wesen sehen, und aus Liebe zu diesem Menschen - denn nichts anderes sehen wir von Gott - um seine und unsere Rettung ringen und nicht eher ablassen, bis Hilfe von oben kommt. Wer sich aus diesem Feuer, aus diesem Leiden um die Wahrheit selbst entläßt, wird Jesus unwürdig, und also kann sich Jesus ihm nicht offenbaren, und also kann er nicht vom Vater geliebt werden.

Woran arbeitet der Dichter, der Künstler? Den weltüberlegenen Augenblick einer wahren Schöpfung zu empfangen, eine vor Gott wahrgewordene Erde, darin es um die Wahrheit des Menschen geht.

Uns ist zuletzt von außen nicht zu helfen. So will Gott es. Er hat uns unter die Frucht unseres Tuns getan, und nur das Geheimnis der Gnade, das uns in jeder Weise entzogen ist, kann uns helfen, uns selbst zu helfen. Aber da wir über die Gnade, die ein Mensch hat oder nicht hat, nichts wissen können, müssen wir allezeit füreinander beten, daß Gott uns Gnade schenke oder erhalte angesichts dessen, daß es eine genealogische Schuld gibt. Uns selber helfen bedeutet, daß wir uns für diese Schuld verantworten, Verlassenheit erdulden und so zur Reue reifen, aus der heraus wir Gott annehmen.

Das Christentum überbietet und erfüllt genau die Wahrheit, die auch die Kunst ist. Das Kunstwerk aber heißt hier: Jesus Christus, und ist ein lebendiger Mensch, und der Künstler heißt: Maria, und ist ein lebendiger Mensch, und der es schenkt, ist der lebendige Gott. Darum existiert ein Verwandtschaftsverhältnis zwischen Kunst und Christentum. Das Christentum ist „meistens weniger" als die Kunst, da es zumeist nur Zitat des Christlichen ist – wenn es nicht in der Gestalt des Heiligen zur Wirklichkeit der Heiligkeit selbst kommt –, während die Kunst zur Authentizität des Werkes gelangt. Das Christentum ist jedoch „immer mehr" als die Kunst, weil es von dem kündet, wenn auch nur zitierend, „was kein Auge gesehn hat und was kein Ohr gehört hat und in keines Menschen Herz gekommen ist."

Wo die Nächstenliebe über die Selbstliebe gestellt wird, gerät sie zur falschen Gesinnung. Die Liebe ist dann nicht frei und befreit nicht mehr, sondern wird Variante der Flucht. Wahre Nächstenliebe ist geschenkt nach dem Maß unseres Zu-Uns-Selbst-Gekommenseins.

Herr, wen du nicht ziehst, den kann kein Mensch mit keinem Mittel zu dir hinbewegen, und es ist uns auch verboten, dies zu versuchen. Daß du ihn ziehst ... das ist das Vorrecht, das du gegenüber all deinen Geschöpfen hast. Hierin markierst du deine Freiheit, die auch unsere Freiheit ist. In deiner Entscheidung, in der Möglichkeit deiner Entscheidung, liegt unsere Würde begründet. Wenn du uns aber ziehst, dann hält unser Auge überall und immer Ausschau nach der würdigen Hilfe, dir entgegenzueilen. Was soll aber der tun, den du gezogen hast gegenüber jenem, bei dem du noch wartest oder den du aus unerfindlichen Gründen nicht ziehen willst? Er soll ihn annehmen und dort stärken, wo seine Seele liebt, er soll ihm Wort-Nahrung zur Speise geben, sein Herz nicht verdecken.

Im Unheil sein heißt, nicht mit zu tragen am Zu-Tragenden, sondern in der Feigheit sein, niedergebeugt vor dem Drachen.

Seit Pfingsten ist ein Kleinod Gottes in der Welt: die Kirche. Sie gehört niemanden, auch nicht denen, die meinen, Kirche zu sein oder sich für sie tatkräftig einsetzen, denn der Heilige Geist ist es, der sie erschafft. Weil Gott mit Pfingsten die Bedingung der Möglichkeit der Kirche gegeben hat, gibt es die Kirche, und sie gibt es radikal gesehen, jenseits des Menschen, aber nicht ohne den Menschen. Die Kirche ist mir als Gemeinschaft im Heiligen

Geist immer voraus, aber sie ersetzt mich nicht, sondern macht mich *nötig* und erst eigentlich *wirklich*.

Daß der religiöse Mensch in den Gnostizismus abirrt: eine Versuchung, der leichteste und scheinbar naheliegendste Weg. So wird die Sache einfach. Die Welt, das Sichtbare ist böse, das Unsichtbare, der Geist ist gut. Das Religiöse erfährt eine ruckartige Aufwertung, die Welt eine ebensolche Abwertung. Da man sich für die Welt nicht mehr interessiert, glaubt man, ihrer entraten zu können. Christentum ist das genaue Gegenteil: Annahme der Welt, Liebe zur Welt, aber aus der Erkenntnis heraus, daß unser heilloser Zustand die Welt heillos macht und daß man also der Heilung und Errettung durch Jesus Christus bedarf. Nicht eher kann man die Welt wahrhaft lieben, als man von Gott geheilt ist. Der Gnostizismus vereinfacht dieses komplexe Verhältnis, indem er Gut und Böse zwischen Sichtbares und Unsichtbares, Leibliches und Geistiges wirft. Das Böse wird so nicht die falsche Willensrichtung, sondern die Welt in ihrer Leibhaftigkeit und Sichtbarkeit. Eine Versöhnung, wie sie zwischen Welt und Gott durch Jesus gewirkt wurde, wird damit unmöglich, und Jesus Christus wird überflüssig. Unser tieferes Leiden und die Notwendigkeit des Opfers Christi, unsere Liebesunfähigkeit, werden abgelenkt zu einer Spekulation über Geist und Fleisch.

Seine Freunde nicht für die „Wahrheit" benutzen, eben weil aufrichtige Freundschaft schon Wahrheit ist. Nichts für seine Wahrheit benutzen, ohne jedoch Agnostiker zu sein, bedeutet in der Spannung liebender Aufmerksamkeit zu leben, Gottes Anwesenheit und Abwesenheit gleichermaßen zu vollziehen. Solch Liebe ist nicht aufdringlich, hat keine „Botschaft", sondern ist vollendetes Erkennen als Güte, als Zuwendung, als freies Verhältnis von Frage und Antwort. Wahrheit strahlt darin als Geist der Unterscheidung, als Hoffnung, Freude, Ernst, als offener, nicht eingeknickter oder verschleierter Blick in die Tatsache, daß es Leid und den Leidenden gibt. Sie deutet das Leid nicht ins Fatum um.

Fern von Gott bleiben wir an der Oberfläche des Verhängnisses. Nur Gott kann uns herüberreißen und unserem Sein Tiefe und Gültigkeit geben. Nur Gott? Ja. Aber wir haben Möglichkeiten, uns ihm zu empfehlen. Wir können die Wahrheit *tun*, d.h. den schmalen Weg des „Zwischen" wählen, wo unsere Seele nur noch zu Gott hin fliehen kann.

Arbeit als entfremdete oder als eine, wo ihr Sinn – die Nahrungsbeschaffung, die Selbsteingliederung in die Welt und Bewältigung *der* Welt – unmittelbar im Tun selbst schlüssig wird, und die darum die Freiheit nicht einschränkt, denn indem ich so tue, wähle ich die Fortexistenz und das So-Sein meines freien Selbstes und muß mein ureigenstes Können einsetzen. Ich bin nicht abgetrennt vom Erfolg oder Mißerfolg meines Tuns. Zu solcher Arbeit drängt mich mein unmittelbarster Instinkt, während ich in die entfremdete Arbeit hineingedrängt werde. Die Bedingung entfremdeter Arbeit ist die Inbesitznahme der freien Jagdgründe. Jetzt kann ich mich nur noch für das verwenden, was *man* braucht, nicht mehr für das, was ich brauche. Ich muß mich einer Ökonomie, einem Tausch sowohl bezüglich des Produktes als auch dessen Menge anpassen. Die Arbeit als entfremdete ist Fluch des Fluches. Hier werden die Dornen und Disteln ohne das Glück der Reibung erfahren. Echte Arbeit jedoch ist spontane Freude am Bewältigen von Hindernissen, ist Erprobung der Kräfte. Die Arbeit aber, die zu allererst zu leisten ist, ist die Seelenarbeit, ist der Gottesdienst. Sie ist der gute Geist menschenwürdiger Arbeit. Doch Arbeit ist nie ein Wert in sich selbst. Sie ist nur Ausdruck unseres dem Verfallen Entgegenwirkens. Verfallen, das seit dem Sündenfall in der Welt ist. Darum müssen wir beten *und* arbeiten, arbeiten, verstanden als vom Gebet selbst autorisiertes Tun. Arbeit, der keine Gebetshaltung innewohnt, ist Götzendienst.

Wie lange muß die gottsuchende Seele, wohnend im Gott noch verschlossenen Menschen, im Nirgends fahnden nach der Spur einer anderen Rede. Sie kann ja noch nicht *bei* Gott suchen und finden. Sie muß Schicht um Schicht die götzendienerische Welt und den Panzer um sich selbst abblättern.

Christentum und Judentum setzen den Menschen in ein Entscheidungs- und Freiheitsverhältnis vor Gott. Freiheit bedeutet, sich auch *gegen* Gott entscheiden zu können. Diese Zuspitzung der Freiheit ist *die* Freiheit. Aber diese Freiheit ist für den unerwachten, sich selbst verborgenen Menschen eine schreckliche Last. War er in heidnischen Kulturen von einer greifbaren Gottheit dominiert und dominierte er diese, und war er darüber hinaus von der Polis in ein unausweichliches Lebensschema gepreßt, so ist das Christen- und Judentum nur aus dem Geist der Freiheit zu erfüllen. Der Mensch fällt auf sein moralisches Selbst zurück. Ihm bleiben nur zwei Möglichkeiten: entweder seine Freiheit und sein moralisches Selbst zu durchleiden und ins Gottesverhältnis hinein zu befreien oder sich von diesem Menschen, der frei und moralisch ist, zu befreien. Unsere befreiende Vorstellung: statt ein Mensch ein Tier, ein Ding, ein Es zu sein. Damit aber verletzen wir die Würde des Tieres und des Dinges. Wir versuchen, den Raum der Freiheit und der Moral kraft unserer Freiheit in Sklaverei und Unmoral zu verwandeln. Jedes Innehalten, jede Sprache stört jetzt. Wir müssen uns hinter unserem Bild verschanzen und selbst dieses Bild sein. Lieber zerstören wir unsere Immunität und Kontur statt den Schmerz der Freiheit zu durchleiden. Der Preis der Freiheit ist, daß die Freiheit sich kraft der Freiheit der Freiheit berauben kann. Unser Zugang zu Gott wird darum immer „mea culpa" heißen, denn jeder weiß, daß er seiner Freiheit nicht würdig gewesen ist. Mit Christen- und Judentum ist die Freiheit dargeboten und als trojanisches Pferd unwiderruflich in der Welt. Aber wo Freiheit dargeboten wird, muß es auch eine Möglichkeit geben, sie zu erfüllen, zu befreien, in ihr zu bestehen. Dies geschieht im Gottesverhältnis.

Nach der Art unserer Fragestellung kann auch nur die Antwort ausfallen. Unsere Fragestellung ist bereits unser Gericht. Hier wird deutlich, was Gnade, was Berufung ist: Mit der von

Gott gestellten Frage existieren und so zur von Gott gegebenen Antwort gelangen. Diese Frage kann man sich nicht selbst stellen. Aber Gott kann uns Einsicht in den Sachverhalt schenken. Das ist der Augenblick, da wir verstehen, warum wir um Erbarmen bitten müssen.

Das wahre Transzendieren geschieht nicht vom Ursprung weg oder über ihn hinaus, sondern ist ursprüngliches Tun dieses Ursprungs selbst. Ein anderes Transzendieren bedeutet Gefahr für die Seele.

Durch den Fall Adams sind alle Bezüge verwirrt. Die Trennung von Gott ist die Trennung von unserem Bild, nach dem Gott uns gemacht hat. Wir müssen unser Wissen, Denken, Verstehen neu lernen. Darum die Offenbarung: uns mit dem Wissen um die wirklichen Verhältnisse zu konfrontieren und uns damit von den falschen Vorstellungen über Gott, über alle Dinge zu befreien. Es geht darum, uns die der Wirklichkeit entsprechende Auslegung anzueignen und so auf den Weg der wirklichen Verhältnisse zu gelangen. Doch diese Auslegung ist keine Kosmologie, sondern eine wahre Aussage über den wahren Gott. Von diesem wahren Gott her gelangen Mensch, Welt und Natur zurück zu ihrer wirklichen Verhältnismäßigkeit. Jeder Aberglaube beginnt mit einer falschen Akzentuierung in dieser Verhältnismäßigkeit.

Versuchung, Gott und Frömmigkeit zu etwas Funktionstüchtigem zu machen. Auf diese Weise taub zu werden für Gottes Willen. Gott nicht mehr als der absoluten, uns vollkommen einfordernden Gegenwart Verehrung und Verherrlichung entgegenzubringen, sondern „ihn melken wollen wie eine Kuh." Aber Gott entzieht sich, macht uns unwahr. Und wenn wir die Wahrheit nicht lieben, beläßt er uns in solcher Heuchelei. Dann sind wir nur noch von *dieser* Welt (und weniger als das) und reden von *dieser* Welt (und weniger als das).

Die Wahrheit findet ihre Einheit statt in einem Theorem im Kreuz Christi. Und dies ist keine undifferenzierte Allgewalt der Vergebung. Es ist eine Barmherzigkeit, die nicht ohne Aufrufung der Gerechtigkeit zu denken ist. Jesus kennt jenen, der noch heute mit ihm im Paradies sein wird, und jene, die ihn töten, unwissend, was sie tun. Aber das Wort der Vergebung muß ihnen von Jesus selbst gesagt werden. Und sein Wort ist geboren aus dem Leiden um die Gerechtigkeit.

Kunst und Religion sind zwei Weisen des Unmöglichen. Sie bedürfen einander. Die Religion allein erstarrt, sie verliert die lebendige Sprache; und die Kunst allein wird von ihrer trauernden Schwester, dem Wahnsinn, überbordet oder verkommt in Anpassung, wird Gewerbe oder Proklamation der Macht.

Die Kirche ist – als sie ihren Zenit als triumphierende Kirche überschritten hatte und also wieder eine streitende hätte sein müssen – einem triumphierenden Selbstverständnis verhaftet geblieben und hat so einen Teil ihrer prophetischen Qualität, die sie für die Welt haben sollte, eingebüßt. Diesen Teil entzog ihr Gott und gab ihn an Teile in der Welt, die aber allein mit dem prophetischen Wort, ohne die Kirche oder gegen die Kirche, daran verzweifeln oder es verdrehen mußten, da dem Wort sein eigentlicher Sinn, Gott in Jesus Christus, verlorenging. So züchtigte Gott Kirche und Welt gleichermaßen: die Kirche als streitende wieder aufzurichten und der Welt zu zeigen, daß sie ohne die streitende Kirche zu den schlimmsten Abirrungen fähig ist.

Bevor wir überhaupt auf Gott Bezug nehmen können oder dürfen, müssen wir vom Gleichen zum Selben gelangen, aus irgendeinem Menschen muß Adam werden, wir müssen so etwas wie unsere Beziehungswürde erschließen. Ein Mensch ohne diese Beziehungswürde weiß instinktiv, daß er den Namen Gottes nicht in den Mund nehmen darf und reagiert – solange er sich noch in der Selbstbehauptung der Selbstbeharrung weiß – ignorant, mehr oder minder spöttisch, auf jeden Fall abweisend auf die Glaubensanfrage. Gott setzt die Adam-Werdung voraus, und das ist die innere Bereitschaft zur

Gottesfurcht. Unsere Selbstsicherheit muß so weit von uns selbst in Frage gestellt sein, daß der Gedanke an Gott aufkommen kann und wir Beziehungsbereitschaft signalisieren. Das ist der Anfang, den Gott nicht setzen kann, will er uns nicht unserer Würde, die unsere Freiheit ist, berauben. Die Furcht Gottes ist das einzige, was Gott von uns braucht.

Dankbarkeit ist dort, wo ein liebender Abstand zur eigenen Geschöpflichkeit besteht, wir uns selbst und alle Dinge durch den Geist Gottes wiedererkennen, uns unsere Geschöpflichkeit überhaupt erst offenbar wird, unser Herz auf Gott ausgerichtet ist.

Gott läßt den Einfluß des Bösen in der Geschichte zu, sogar die augenscheinliche Herrschaft des Bösen. „Es kommt der Fürst der Welt. Er hat keine Macht über mich." Die Herrschaft des Bösen ist da, sie ist möglich, und sie wird solange möglich sein, bis Gott auch unser Fleisch erlöst hat bei der Wiederkunft Christi. Und wenn das Böse auch herrscht, so herrscht es in der Tiefe doch nicht, denn so es auch Macht hat, so hat es doch keine Macht über Jesus Christus, über das, was vom Heiligen Geist lebt. Die Macht des Bösen ist wirklichkeitslos vor Gott, nicht für uns. Gott läßt den Einfluß des Bösen zu, weil er die Freiheit des Menschen achtet und weil das Böse nicht so tief geht, daß es den gottliebenden und gottsuchenden Menschen überwindet.

Daß der Austausch zwischen Schöpfung, Offenbarung und Erlösung lebendig ist, hier ein offenes Verhältnis waltet, das religiöse Leben nicht auf einen isolierten Aspekt orientiert ist, das ist lebenswichtig für die Kirche. Wird eine dieser Kräfte abgespalten, verdunkelt sich das geistige Leben oder es dörrt aus oder es wird ängstlich.

Die Strafe unserer Sünden besteht darin, daß wir in unseren Erfahrungen abwesend sind. Wir erleben keine Erfüllung. Wir fühlen zwar, können äußerlich weiterleben wie bisher, aber zwischen unserem Gefühl und uns, unserem tätigen In-Uns-Selbst-Sein, ist der Kontakt abgebrochen. Irgendwann wird sich aber unser äußeres Leben ändern. Wir leben jetzt das Leben eines Andern, eines Fremden. In unserer Flucht vor uns selbst ist uns dieser Fremde sogar recht, dünkt uns Erleichterung. Aber die andere Seite der Fremdheit ist Dumpfheit, innere Beziehungslosigkeit. Jetzt vermögen wir nur noch Taten, die diese Dumpfheit befestigen. Wir „können uns nicht mehr erheben", uns nicht mehr zu uns selbst heraufheben. Wir dürfen nun scheinbar alles, denn wir stehen außerhalb des Horizonts von Verantwortung. Wir versuchen, uns in Denkungsarten einzufinden, die solche Beziehungslosigkeit befestigen, bestätigen, als Rechtfertigungsmodelle dienen. So ist auch unser Denken ein Feind der Wahrheit geworden. Oder wir leiden, ohne zu wissen, was wir leiden. Leiden, weil wir unberührt bleiben. Mit Gott aber in Kontakt zu kommen, bedeutet mit Wirklichkeit und so mit Verantwortung in Kontakt zu kommen. Bei Gott ist alles unendlich wichtig. Daraus erblüht die Erfüllung, der Lebenssinn. Es ist unendlich wichtig, weil Gott *da* ist. Das ist ein Verhältnis, das niemand lehren und wofür es keine Beweise geben kann. Ein Verhältnis, an dessen Anfang die Reue, die Buße steht.

Sehnsucht: Mensch mit einer Seele zu werden.

Gott wird uns nur kraft des Heiligen Geistes verständlich. Der Heilige Geist ist Herr. Darum ist echter Glaube Glaube im Heiligen Geist. Ohne diesen Geist ist Gott uns zwangsläufig ein Bildnis. Und diesen Gott müssen wir aus tieferem Instinkt ablehnen. Solch Götzen darf es nicht geben. So entscheiden wir uns für Gott, wo wir meinen, wir entschieden uns gegen ihn.

Wenn der Mensch sich nicht zum Glauben entschließt, sondern in Evidenzen verharren will, wird er zuletzt alles in Wissenschaft und Technik, ins Machbare umdeuten. Immer steht er in der Entscheidungssituation, jeden Augenblick befestigt er die eine Haltung oder lockert er die andere. Sein Bedürfnis nach Evidenz wird jedoch alles zu für die Vernunft wißbarer Natur machen wollen und, was sich dem verweigert oder entzieht, mit dem Zeichen des Unreinen, Kranken oder

Unterentwickelten versehn. Andererseits ist das Zurückgehen auf Vernunftverhältnisse eine Möglichkeit, das Wahnhafte zu erkennen und sich dessen zu erwehren. Wahre Religion ist darum nicht vernunftwidrig, sondern höher als die Vernunft. Sie hat keinen Streit mit der Wissenschaft, sondern nur mit dem Menschen, der sich auf Evidenzen reduzieren will und so der Vernunft absoluten Charakter gibt, sie wahnhaft macht, anstatt ihr den Charakter zu geben, der ihr zukommt: kritische Instanz der Wahrnehmung zu sein.

Zwischen Advent, Parusie und Apokalypse liegt der Ort, der nicht fixiert werden kann: der Ort Christi. Vor ihm liegt das Messianische des Advents. Nach ihm: daß Jesus die Herrschaft an den Vater zurückgibt. Seitlich von ihm: das Apokalyptische. Da das Christliche nicht fixiert werden kann, kann es auch nicht in eine thematisierende Rede hineinkommen. Es ist lebendige Beziehung zu Gott in Jesus Christus und Vollzug dieser Beziehung. Als solche Beziehung kann es als Sauerteig alles durchwirken.

Der Glaubende steht in der Verantwortung des „Wir", aber nicht in der politischen Lösung des „Wir", sondern in der von Gott geschenkten. Das wahre „Wir" erhellt sich ihm nur im Angesicht Gottes, im „Wir" des Vaterunsers. Verantwortung übernehmen heißt hier, sich für Gottes Anliegen einsetzen. Da Gott spricht, ist Gottes ersten Anliegen, daß wir *hören*. Darum muß der Glaubende hören und Gehör ermöglichen. Wenn wir hören, können wir uns auch verantworten, denn jetzt sagt Gott uns, was wir tun sollen, und er trägt uns. Wir sind aus dem Irrsinn des Grenzenlosen in eine Begrenztheit hinein befreit, die uns so sein läßt, daß wir das Fremdführende loslassen und uns Gottes Führung anvertrauen und so durch unsere Teilhabe an Gottes Vollkommenheit vollkommen werden, das heißt *ganz*. Jetzt kann ich sprechen: „Der Herr ist mein Hirte, mir wird nichts mangeln."

Gott macht uns sein Angebot der Liebe nicht zur Verdammnis. Nehmen wir es nicht an, bleiben wir die, die wir waren: unter dem Gericht. Auch das Gericht, worunter Gott die Welt des Unglaubens und des Nichtliebens hält, ist Werk seiner Liebe. Er hält den Unglauben damit fern vom Lebensbaum. Ließe er den Menschen in seinem ungläubigen, ungebeichtigten Zustand an den Lebensbaum heran, holte sich dieser hier den ewigen Tod. Davor schützt Gott ihn, indem er ihm vor der Tür einen Platz zuweist und ihm erst Einlaß gewährt, wenn er gläubig und liebesbereit geworden ist.

Die hohe Freude des Dichters: ein Vollbringer zu sein, ein Schöpfer in der Ebenbildlichkeit Gottes. Es ist die Freude dieser Ebenbildlichkeit, die er dank Gottes Gabe wie ein Rausch erleben darf, aber nur für den Augenblick der Gabe, für den Augenblick, da das Werk *zur* Welt gekommen ist, danach ist er wieder der, der er vorher war: ein Niemand, oder besser, er weiß sich immer als ein Niemand, doch im Augenblick der Gabe, da er das Geschenk der Gelungenheit erlebt, im besonderen Maß. In diesem Moment darf er sagen: „Doch ist mir (...) das Heilige, das am/ Herzen mir liegt, das Gedicht, gelungen."

Christ kann vielleicht erst der werden, der erfahren hat, daß es keine Möglichkeit gibt, vor Gott unschuldig zu sein, unschuldig zu bleiben, wir also der Barmherzigkeit Gottes bedürfen und diese Barmherzigkeit die Unschuld ist, die uns dem ursprünglichen Stand unserer Unschuld versöhnt – und dank Gottes Gnade noch mehr als das.

Der Glaube handelt nach der Güte, nicht nach dem Maß. Das ist ein wesentlicher Unterschied zur Welt, die das Vernünftige und Unvernünftige leistet. Der Glaube glaubt das Unmögliche, ohne unvernünftig zu sein.

Erst wenn wir die Einsamkeit akzeptiert haben, sind wir frei geworden. Diese Einsamkeit ist Leben im Geist: sie ist die Liebe gewordene Annahme unseres unaustauschbaren Schicksals, das Gott uns mit auf den Weg gegeben hat. Und doch ist diese Einsamkeit im Kern nicht Einsamkeit, sondern Liebe zu Gott und Geliebtwerden von Gott, ist tiefe und letzte Gemeinschaft. Wenn wir wissen, daß Gott Gott ist, als Abwesenheit oder Anwesenheit, daß Sein und Nichts nur Weisen seiner Nähe sind, und daß er um seines Beziehungsverhältnisses zu uns uns als Menschen sucht, die ein Verhältnis zu ihrer Freiheit haben, dann sind wir frei geworden. Darum läßt er uns unsere Erfahrungen machen. Er will, daß wir ihn erkennen als den verborgen immer schon geliebten.

Warum Dichtung? Weil man den Kosmos in einem Wort unterbringen kann. Gott hat diese Möglichkeit gewollt und geschenkt. Das Gedicht ist eine gültige Rede. Es hat etwas vom Sprechen Gottes, darin Sprechen und Schöpfung eins sind. „Und Gott sprach..." Alle Künste partizipieren an diesem gegenwärtigsetzenden, erschaffenden Sprechen Gottes.

Unsere natürliche Religion als Sehnsucht, unsere instinktive, durch keinerlei Offenbarung belehrte Antwort auf Gott, ist Frische, ist Aufbruch, ist Abenteuer. Sie ist Entscheidung für alles, was uns rechtfertigen, was den Tod – wir wissen nicht wie lange – von uns nehmen kann: Sehnsucht nach Gott, ohne ihn nennen oder kennen zu können. An diese Offenheit muß die Offenbarungsgnade anschließen, hier muß sie sich hineingebären als das Innewerden Gottes als dem, der der „Herr" ist.

Der Dichter hat zwischen seinem Leben und *dem* Leben noch ein Organ mehr: er ist der Sehende. Und als dieser sieht er die Schickung des Menschen. Das ist sein Thema, sein Wort, seine Sprache. Das Verhältnis zwischen dem Leben und dem Leben im Leben, das zu erfahren uns normalhin nur wenig gegeben ist, der Dichter sieht es. Dieses Sehen der Schickung ist sein Ort, erschafft seine Dichtung und eröffnet uns einen Zutritt zur *Wirklichkeit*.

Nach allen Erkenntnissen, nach allen Gebeten, nach allen Hoffnungen müssen wir zur Kirche gehen und uns aufnehmen lassen. Dann erst hört der Geist auf, uns zu blenden, werden wir sehend, müssen wir nicht mehr mit einer Hälfte Gott suchen und mit der anderen uns einen Namen geben. In der

Kirche sein heißt, sich loslassen können, denn die Kirche als Gabe Gottes, als das Versprechen seines Hinzutretens als Dritten, rechtfertigt, trägt uns mit. Durch dieses Loslassen – was ein Anteilnehmen und Anteilgewinnen an der göttlichen Sozialität bedeutet – kann sich der Geist Gottes in uns entfalten.

Der Dichter unterwirft sich durch die Dichtung dem Gericht der Sprache. Und die Sprache wird ihm durch das *Werk* Gedicht, Kunstwerk. Diese Werkwerdung ist Katharsis, und Katharsis ist ihm Werkwerdung. Sein Ziel ist darum nicht das Werk, sondern die Katharsis seines leibgeistigen Seins auf der Ebene von „Stimme und Gestalt". Die religiöse Katharsis braucht das Werk in diesem Sinne nicht. Sie liegt vor dem Werk, tiefer als das Werk, jenseits des Werkes, hat ihren eigenen Vollzug, was einen eigenen Werkcharakter bedeutet. In diesem Werk ist das, was das Werk zum Werk macht, reine Entzückung durch Gott. Die Ebene des Erscheinens wird nicht befragt, aber „gesehn". „Und wir sahen seine Herrlichkeit."

Eines der letzten und ersten Glaubenserkenntnisse ist die Kirche. Unbewußt oder bewußt ist überall, wo rechtfertigender Glaube ist, Glaube an die Kirche, Kirche als Gemeinschaft im Heiligen Geist, als das Geheimnis der Fleischwerdung des Wortes, das in der Geschichte unverlierbar auf mich zukommt. Der Geist unterweist mich, daß mit dem Glauben auch die Kirche auf mich zugekommen ist, mein Glaube Glaube der Kirche ist. Bei der Aufnahme in die Gemeinschaft der Gläubigen stirbt die ängstliche, um Autonomie besorgte Selbstbeharrung den tiefsten Tod. Jetzt erst bin ich teilhaftig des Bundes Gottes. Viel später werde ich entdecken, daß mein Glaube auch Glaube des Volkes Israel ist. Als an Jesus Christus gläubig geworden, gehöre ich der Kirche an. Und diese ist im Judentum gegründet und wird vom jüdischen Jesus über sich selbst hinausgetragen.

Die Liebe zürnt. Im Zorn ruft sie zur Entscheidung. Aber ihr Zorn ist Reaktion, nicht Ausgangsposition. Der Zorn der Liebe ist Antwort auf Dringlichkeit und Ernsthaftigkeit einer

Situation des Entweder-Oder. Er wirft sich der Bedrohung, die als Finsternis auf einen Menschen fallen kann, entgegen und verhilft ihm wieder zu einer klaren Position. Die Liebe zürnt und ist zum Zorn gezwungen, wenn sie den Menschen auf der Scheidelinie zwischen Versündigung, die aus der schleichenden Indifferenz kommt, und Heil, das aus der Anrede durch die Wahrheit kommt, nicht fallen lassen will.

Gott richtet uns. Wo wir uns selber noch richten, maßen wir uns ein Amt an, wozu wir nicht fähig sind. Er wird durch unser Leben hindurch uns die Zeichen geben, derer wir auf dem Weg bedürfen. Diese Zeichen aber zu erkennen, bedarf es unserer Aufmerksamkeit. Und die höchste Aufmerksamkeit ist Wachen *und* Beten.

Auf die Not der wachen Seele, kann nur Heiligkeit antworten. Und die Seele weiß, was jene Heiligkeit ist. Gott hat ihr ein untrügliches Gespür dafür gegeben. Wie die Seele, die nach Kunst dürstet, nicht vom Kunstgewerbe gestillt wird, so die Seele, die zur Wahrheit verletzt wird, nicht vom Repräsentativ-Institutionellen eines Religiösen, das den Geist nur zitiert, nicht aber von ihm erschüttert ist. Aber sie wird nicht die Kirche mißkennen, denn diese ist – trotz alles Kunstgewerblichen und Allzumenschlichen in ihr – durchwohnt und wird beständig neu erschaffen von unverlierbarer, sie selbst übersteigender Erschütterung.

Normalhin versuchen wir uns gnostisch, epikureisch oder positivistisch der Adam-Werdung, jener Bedingung unseres Zugangs zu Jesus Christus, zu verschließen, denn wir möchten nicht zu der Erkenntnis kommen, daß wir uns verstecken vor dem Herrn, der durch den Garten geht. Erst von dieser Selbsterkenntnis Adams aus können wir die Notwendigkeit Christi verstehen: unsere Vergebungsbedürftigkeit.

Das Typische der heidnischen Seelenlage besteht darin, daß die Seele nicht „vor sich selbst groß werden will". Sie kommt niemals zu einem Abschluß mit sich. Sie lebt in der trügerischen

Sicherheit einer ewigen Wiederkehr. Die Zeit ist ihr unbegrenzt. Leicht kommt sie zur Erkenntnis der Schönheit der Welt, kaum aber zur Erkenntnis der Wirklichkeit des Todes. Die erlöste Seele lebt von dieser Wirklichkeit des Todes her. Gott hat ihr diese Wirklichkeit und gleichzeitig seine Antwort darauf gezeigt. Der Gott der Liebe *kennt* die Seele. Nun steht sie nicht mehr im „Alles ist möglich", darin sie sich selbst verborgen war, sondern sie *erscheint* vor sich selbst – sie merkt, daß sie wirklich ist. Und jetzt übernimmt sie im Glauben Verantwortung für sich selbst. Sie gelangt in die Konzentration des „Hier-bin-ich", darin Gott ein Gegenüber wird. Sie ist in die Bedingung ihrer Möglichkeit ihres Seligseins eingetreten.

Solang wir nicht in der Kirche sind, müssen wir unser eigenes Glaubensgebäude aufrechterhalten, haben wir niemand, der für uns geschichtlich gegenwärtig vor Gott eintritt. Die Kirche übernimmt den Glauben des Einzelnen und befreit ihn so von dem Zwang, sich selbst einen Namen geben zu müssen, weist ihm den demütigsten, aber würdigsten Ort zu: ein Glied der Kirche zu sein. Jetzt kann die Katholizität der Liebe Verwirklichung finden, Katholizität, die größer als ihre Vermittlungsgestalt, die Kirche, ist. Diese Liebe bedeutet *Aussendung*.

Unsere unerlöste Seele benutzt, was zum Segen geschenkt ist, sich zur Verdammnis. Ihr nützt die Schönheit der Welt nichts, nichts die Intelligenz, nichts die Lebensmöglichkeiten, nichts die Talente. Das Unerlöstsein ist so etwas wie eine falsche Programmierung: eine gesunde Zelle, zur Krebszelle umprogrammiert. Der Sauerstoff beschleunigt das Wachstum.

Der Heide gelangt durch Jesus Christus zum Volk Gottes und an den Ausgangspunkt des Abendlandes, gelangt zur Stunde Null der Neuen Welt, aber zuerst und vor allem kommt er *zum Weg, zur Wahrheit und zum Leben*. Doch da sein Glaube streng und eigentlich bei Jesus Christus beginnt und nur dort beginnen kann, ist die vorchristliche alttestamentliche Offenbarung ihm zwar nicht verschlossen, aber nur durch Jesus Christus zugänglich. Er kann darum nicht die jüdische

Erfahrung machen, von Geburt an von der Offenbarung begleitet, Volk Gottes zu sein. Er kann kein natürliches Verhältnis zu Abraham gewinnen. Das jüdische Volk ist in seinem Volksstatus wesentlich prophetisches Volk. Das geburtliche Judesein gibt dem Juden schon einen prophetischen Charakter, für den er möglicherweise unabhängig von seiner individuellen Entscheidung leiden muß. Der Heide kann ohne Jesus das Alte Testament nicht auf sich beziehen. Es bleiben ihm nur die heidnischen Götter. Als Heidenchrist ist er immer einer der Hunde, die „unter dem Tisch von den Brosamen der Kinder" essen. Aber ein solcher Hund zu sein ist unendlich viel mehr als ein Herr im heidnischen Palast. Die Kirche ist dem Volk Israel eingepfropft. Ihre Glieder bekommen durch Jesus Christus ein Verhältnis zur göttlichen Ethik, zum göttlichen Recht, zur göttlichen Geschichte, zur göttlichen Zeit. Die Kirche steht immer in Auseinandersetzung mit der Herkunft ihrer Glieder aus dem Heidentum und der daraus resultierenden Gefahr der Verdeckung der Transzendenz durch Immanenz oder der Abspaltung der Immanenz durch Gnosis und kann bei der Synagoge Klärung suchen; die Synagoge steht immer in Auseinandersetzung mit ihrer natürlichen Erwählung und der daraus resultierenden Gefahr des Sich-Verschließens ins Nur-Eigene oder einer Preisgabe seiner Tiefe an Rationalismus und kann bei der Kirche ein Beispiel finden, wie man mit dem „Draußen" umgehen kann.

Wie Gott zwischen jedem Menschen und sich das Kreuz, eine letzte unauslöschliche Einsamkeit und Verantwortlichkeit aufgerichtet hat, wodurch er sein gelobtes Land vor dem Unwürdigen, vor jenem, der Gott in eine Identität umdenkt, die unser Menschsein aufhebt, schützt, so auch zwischen den Liebenden. Sie müssen dieses Kreuz akzeptieren, jeder für sich Einsamkeit mit Gott tragen, um sich einander schenken zu können; müssen das Geschenk ihrer Gemeinschaft darin danken, daß sie sich einander bräutlich halten.

Die Kunst ist die Gabe, das Vermittelnde zwischen Gott und Mensch darzustellen. Sie ist eingegliedert in das Heilstun

Gottes, in das, was er getan hat in Jesus Christus. Aber von ihrem heidnischen Sinn her versöhnt sie nur bis an die Grenze des Schicksals. Sie macht zur Annahme des Schicksals fähig. Das heidnische Genie versteht die Wahrheit als Naturgewalt. Es ist jenseits von Gut und Böse, aber noch nicht in der Ethik des Antlitzes. Aber vor der Schuld – sie reicht bis ins Wirklichsein Gottes – muß das heidnische Genie verstummen. Da bedarf es der Versöhnung durch Gott selbst. Und jetzt wird der Kunst ein neuer Horizont aufgetan.

Das Menschliche kritisiert den Glauben; der Glaube kann das Menschliche nicht kritisieren. Jener, der unwissend und anonym das Gute tut, hat die Wahrheit auf seiner Seite. Er tut die Wahrheit. Der Glaubende hat die Wahrheit nur auf seiner Seite, wenn er sich durch den Glauben befreien läßt, das Gute zu tun aus unbegründbarer Güte. Einer Güte, daraus das Gute zur tiefsten Erkenntnis der Herzens wird. Jetzt hat das Herz kein Interesse mehr, dem Guten zu widersprechen. Es ist ihm von Grund auf und fraglos plausibel, ja selbstverständlich.

„Zu zahlreich ist das Volk, das bei dir ist, als daß ich Midian in seine (Israels) Hand geben könnte: Israel würde sich gegen mich rühmen und sagen: 'Meine Hand hat mich befreit'!" Gott dezimiert das Heer Israels von zwanzigtausend auf dreihundert Mann, auf daß Israel mit diesen dreihundert siege. Oder: „Hier sind zwei Schwerter!" „Das ist genug" – um Gott den Sieg machen zu lassen. Der Gläubige darf und will nicht mit den Waffen der Welt siegen, sondern das Wunder Gottes soll das Entscheidende tun, aber die „zwei Schwerter", die „dreihundert Mann" muß er nehmen. Er muß so kämpfen, daß die Hilfe von oben kommen kann, er der Vorsehung nicht vorgreift. So hält er Ausschau nach dem Willen Gottes, widersteht er der Versuchung, statt Gott sich selbst zu rühmen.

Der Glaube muß jedes Mißverstehen über sich ergehen lassen. Denn darin liegt sein Wesen: über dem natürlichen Verstand zu sein. Das außerreligiöse Verstehen wird in den Glaubensbildern herumfuhrwerken, mit ihnen Handel treiben, seine Exzesse schmücken und steigern wollen. Der Glaube muß das ertragen und kann es auch ertragen, wenn er der Glaube des Anderen ist.

Die Sünde, das nicht auf Gott gerichtete Herz, ist ohne Wirklichkeit. Darum muß sie sich gegenüber der Wirklichkeit – und Gott ist die wirklichste Wirklichkeit – im Eigendünkel, denn dieser nimmt am ehesten die Scheinform des Wirklichen an, verstecken.

Dem Ideologen ist alles Ideologie. Er kann sich nicht vorstellen, daß es so etwas wie echte Erkenntnis gibt. Geist ist für ihn nur, was er durch seinen Willen für sich verfügbar macht. Der Geist muß seinen Zwecken dienen und nicht er dem Geist. Und er glaubt, allen anderen ist der Geist dasselbe. Die Welt des Ideologen ist ohne Wahrheit, eben darum, weil er selber eine Wahrheit aufrichtet und so der Erfahrung von Wahrheit verschlossen ist. Er fürchtet die Begegnung mit dem Geist, die einsame Erfahrung, darin Gott ihm sagt, wer er ist.

Unser naturreligiöses Gestammel, Sehnsucht, nichtwissende Sehnsucht nach Gott. Nichts anderes als der Geist Gottes ist es, der in uns sucht, sich sehnt und stammelt, unwissend und darum oft ehrlicher als jedes vermeintliche Wissen, darum oft näher an Gott, weil mehr preisgegeben. Darin muß jede Offenbarung sich einbergen.

Für das Kind und für den Gläubigen, dem Gott sich schenkt, sind alle Dinge voll. Beim Kind hat das instrumentalisierte und instrumentalisierende Wissen noch nicht Platz gegriffen; im Glauben ist es überwunden. Gott erfüllt des Gläubigen Intro- und Extrospektion. Dieser hat neben dem Ort des Wissens, diesem „Gast der Wirklichkeit", den Ort der Seele. Da er diesen Ort nicht aus sich allein bewahren kann – denn die Angst führt ihn wie jeden Menschen zur Instrumentalisierung –, ruft er Gott an, und jetzt wird das Wort Jesu zum Wort der Wahrheit: „In der Welt habt ihr Angst, aber seid getrost, ich habe die Welt überwunden."

Der der Religion ferne und fremde Mensch kann der Wahrheit näher sein als der scheinbar der Religion Vertraute, denn der der Religion Vertraute kann die Religion dazu benutzen, sich Gott, sich die Wahrheit fernzuhalten, sich vor Gott zu schützen. So hat er sich in einen doppelten Mantel gehüllt. Er hat sich mit dem, was Gott ihm zur Erlösung geschickt hat, ein noch abgedichteteres Gefängnis gemacht, so vor Gott noch sicherer zu sein. Dieser gehört zu jenen, die zu Gott stolz und sicher sagen: „Wir sind doch Kinder Abrahams."

Seele, Geist und Tat bilden eine Heilseinheit. Die Seele ist reine Liebe, aber ohne Werkzeug, sich in der Liebe zu betätigen. Solch Werkzeug ist der Geist. Er gibt der Seele eine Bahnung. Der Geist muß wahr sein, wenn die Seele gesund sein, in jene Offenheit kommen will, die dem Verhältnis der Liebe gemäß ist. Das Verhältnis aber, das der Geist für die Seele eröffnet, wird durch die Tat hervorgebracht. Wir können die Wahrheit tun. Darum die Gebote Gottes, darum der Aufruf Christi zur Nachfolge. Durch unser Tun geben wir dem Verhältnis von Seele und Geist Grundlage. Daher der Lobpreis des Gerechten. Die ungerechte Tat verwirrt das Verhältnis von Seele und Geist, indem sie den Geist in ein irrfahrendes, ein die Seele doubelndes und verspottendes Gefährt verwandelt, das den Sinn der Seele für die gerechte Tat vernebelt. Nur der *Sprung* in das Tun der Wahrheit kann jetzt das befreiende Verhältnis von Seele und Geist wiederherstellen.

Das heidnische Interesse am Christentum war die Ordnung der Welt. Das Christentum wurde als geeignetes Mittel gesehen, das Chaos in eine Ordnung zu überführen. Das heidnische Interesse ist gleichsam die Welt, sei es nun Ordnung oder Unordnung, es wirft seine Seele mit der Welt zusammen. Das Christentum aber befreit dieses Interesse in die Souveränität Gottes hinein.

Gott sagt: entweder verherrlichst du mich, was dein Heil und deine Wahrheit ist, in deiner Rede und in allem, was du tust, oder ich werde in deiner Rede und in allem, was du tust, ein unfreiwilliger Beiklang sein, der stärker als der Hauptklang wirkt. So werden deine Rede und dein Tun dich überführen, denn du kannst nichts reden oder tun, was du nicht von mir nimmst. Und was du per eigenes Recht meinst, dir nehmen zu dürfen, wird Diebstahl sein, einer, der im Geist rot leuchtet, aber unsichtbar für dich.

Wissen, was die Materie ist? Wie das? Wir können über die Materie nichts wissen, denn die „Materie" ist eine Universalie, gehört nicht der Erde, sondern unserer Begriffswelt, unserer symbolischen Ordnung an. Wohl können wir feststellen, daß wir als Mensch Körper sind, daß wir nie außerhalb unseres Körpers in unserer Erfahrung zugegen waren – auch die in uns eingeschriebenen archetypischen oder die Grenzen des körperlich festgelegten Lebens als Geburt und Tod überschreitenden Erfahrungen machen wir als in unserem Körper existierend. Wir wissen von niemandem, der außerhalb seines Körpers war. Dieser Körper kündet uns unser Leben wie unseren Tod. Auch die tiefsten religiösen Erfahrungen machen wir in diesem Körper. Die Frage des Körpers ist: Wie wird unser Geist der Materialität des Geistes gerecht? Hierzu kann die Erfahrung des Faktisch-Körperlichen hilfreich sein. Die himmlische, paradiesische Einheit von Körper und Geist ist zerbrochen durch eine Störung im Geist, durch die Vertreibung. Diese Vertreibung hat die Störung im Körper nach sich gezogen – den Tod. Beide Rettungsversuche sind vergeblich: den Geist auf einen sogenannten Körper zurückzustufen, ihn also selbst als Auswurf der Materie sehen zu wollen – denn solch Geist ist in Wahrheit nur die reflexive Bestimmung unseres empiristischen Verstandes –, wie auch den Geist nur auf das zu beziehen, was der Körper sagt. Beide, Körper und Geist, sind in sich verwirrt, sprechen nur noch sphinxartig die Wahrheit, und eher unfreiwillig. Freiwillig rüsten sie gegen den Tod. Dieser ist für den Körper die Vergänglichkeit, für den Geist die Erkenntnis der Schuld. Aus Eigenem können sie also keine Wahrheit gewinnen. Darum bleibt beiden nur, die Wahrheit zu suchen. Mit dieser Erkenntnis – wenn sie denn suchen – öffnen sie sich der Beraubung und schließlich der Schenkung durch den Geist, der Geist und Körper wohltut durch die Aufrufung und Liebkosung der Seele mit dem Geist, der Wahrheit ist. Was die Materie ist, will unser gefallener Geist dies unterscheiden, kann er nur falsch identifizieren. Unser Fehler ist, wir deuten eine Universalie ins Empirisch-Gegebene um. Doch was ist die Materie, die uns immer umgibt und unsere Lebensgrundlage bildet, in der wir gleichzeitig sind und zu der wir ein Reflexionsverhältnis herstellen können? Was ist die Materie, wenn die Beraubung stattgefunden hat, der Geist, der eins ist mit der Materie, sprechen kann? Sie ist das Korrigierende, die erste Gabe Gottes nach unserem Angeschautsein durch Gott, stumm erschaffen, damit wir sprechen können. Der Tod ist für sie nur Umorganisation, Wandel der Gestalt, für uns aber Grenze. Die Materie ist Bedingung, Erfahrungsraum, Korrektur und Analogie, ist Garten, den wir bewahren müssen. Sie ist durch ihr Dasein Seherin dessen, was uns draußen antrifft, aber früher als sie ist Gott als Antlitz, der die Voraussetzung schenkt, daß für uns überhaupt irgend etwas etwas bedeutet. Er schenkt die Bedingung und den SINN. Wodurch haben wir also Anteil an der Ewigkeit über hiesiges Leibesleben hinaus? Einzig durch unser von Gott Angeschautsein, durch das wir Gott und alle Dinge in *ihm* anschauen. Hier waltet kein Unterschied zwischen Geist und Leib. Beide sind lebendig in der Seele, und diese ist lebendig im Antlitz Gottes.

Frage an das Denken: Wer hat in ihm das Primat, die praktische oder die theoretische Vernunft? Das Primat der theoretischen Vernunft führt zur Anbetung der Erkenntnis, des Wissens, des Begriffs. Von hier führt kein Weg zum Glauben, zur Kirche, zur Ethik, zur Poesie. Solches vermag allein das Primat der praktischen Vernunft. Sie fragt nach dem Vollzug.

Es gehört zum Gericht Gottes, daß wir – solange wir Gott in seinem Herr-Sein nicht erkannt haben – denken, Gott sei wie wir. Wie können wir also an Gott glauben, wenn wir uns selbst nicht glauben? Und wenn wir an uns selbst glauben und Gott da noch obendraufstülpen, dann ist dies ebenfalls nicht Gott, sondern nur ein vergöttertes Selbst. „Ich schweige, und da meinst du, ich sei wie du." Der wahrhaft Glaubende hat sich selbst mißtrauen und seinen Glauben bezweifeln gelernt, aber nicht aus Zweifelsucht oder Kleingläubigkeit, sondern aus Erfahrung des *lebendigen* Gottes. Ohne diese Erfahrung kann man weder an Gott glauben noch nicht an ihn glauben.

Kann man vom Glauben aus Glauben fordern? Man kann Glauben nicht fordern, aber das Danach-Fragen. Man kann die Unzufriedenheit über die Ungemäßheit des heidnischen Glaubensgegenstands und eine daraus resultierende Suche nach einem würdigen fordern. Man kann die geschärfte Wahrnehmung und das Leiden an der Nichterlösung fordern. Man kann die Konsequenz des Denkens und der Existenz fordern. Aber Glaube lebt nicht aus Forderung, sondern aus Güte. Die Forderung ergeht nur an den Selbstgerechten, der sich in Endlichkeit verschließt.

Was ist das Dämonische? Es ist der Wille, die Verantwortung durch die Freiheit dominieren zu wollen. An die Stelle des Primats des göttlichen Willens stellt das Dämonische die Freiheit. Von dieser Freiheit aus will es Gott – der Einzige, der die Freiheit gefährden kann – mit okkulten Mitteln sagen, was er zu tun hat und glaubt, ihn so zu verherrlichen. So kommt es nicht zur Berührung der Seele mit dem Ethischen; Schönheit, wirkliche Freiheit und Leidensgestalt des Menschlichen leuchten nicht auf. Und wo das Ethische fehlt, gibt es auch nicht das wahre Religiöse: die Gotteschau in lebendiger Verbindung mit einem „geängstigten Geist und einem zerschlagenen Herzen".

Wir haben nicht die Möglichkeit, den Menschen unter der Bedingung zu betrachten, „wie wäre" er geworden, „wenn". Wir können seine Möglichkeiten und Unmöglichkeiten nicht sehen. Wir gewahren ihn als Endfassung, uns entgehen die Verwandlungen, die Gott in ihm vornimmt oder schon vorgenommen hat. Unser natürlicher Blick vermag ihn nur nach Kategorien der Nützlichkeit und des Uns-Gefährlich-Werdens zu sehn. Durch übernatürliche Erkenntnis, die Gott als Gnade schenken kann, erwacht unter dem Bild des anderen Menschen der Bruder. Dieser ist unserer natürlichen Erkenntnis unwissend verdrängend oder als Sehnsucht, schließlich als verhohlene Liebe gegenwärtig. Dank der Gnade aber sehen wir den in Gottes Besitz stehenden Menschen, der eine freiwillig-unfreiwillige Geschichte mit Gott hat, dessen Herz von Gott berührt wird, so oder so, und dessen Leben nie fertig war und nie fertig ist. Jetzt verstehen wir sein Leben als Entscheidungskampf und die Bedeutsamkeit jeden Schritts trotz aller äußeren Banalität, verstehen, welch Gewicht es hat, wenn jemand die Indifferenz verläßt und sich ins Licht des Glaubens stellt.

Wie schwer, aufrichtig zu sein, die inneren Wahrheiten vor den ideologischen zu verteidigen. Wie gern wollen wir dich, Gott, zu unserem Eigentum machen und vergessen, daß du in jeder Seele gegenwärtig bist. Wie sehr sind wir vom Pharisäischen – das „Pharisäische" verstanden als die jeder Religion innewohnende Gefahr der religiös-sanktionierten Selbstgerechtigkeit – verführbar. Wie schwer, Gott zu loben. Mit dem Herzen.

Es ist Gnade, wo der strafende Gott über uns herfällt, die unbarmherzige Barmherzigkeit.

Nicht die Welt verkürzen, sondern ihr ihre Schönheit erstatten. Das kann nur, wer in Freiheit mit sich gelangt, ein Sehender geworden ist. In diese Freiheit kann man rechtens nur durch den Glauben an Gott kommen. Wer anders soll uns ein Achtungsverhältnis zur Welt, zum anderen Menschen, zu uns selbst geben als jener, der unsere Freiheitsrechte achtet, indem er uns bezüglich unseres Verhältnisses zu ihm eine Entscheidungsfindung abverlangt und darum Ehrfurcht vor ihm als Schöpfer fordert, vor jenem, der uns in die Freiheitsrechte eingesetzt hat.

Nur das Opfer, das du von uns forderst, versöhnt, erlöst. Du bist es, der gebietet. Und wir sind entweder für oder gegen dich. Du bist *Herr*. Gefangen sind wir ohne dein Rufen. Wehe, wer deinen Ruf mit Argwohn belegt, uns einreden möchte, diesem uns ins Herz geschriebene Wort zu folgen, bedeute Verlust. Doch wird sich die Seele, von Gott gerufen, täuschen lassen vom Menschen?

Wie Kunstmachen und nicht im Egozentrismus verkommen? Nur wenn der Künstler die Religion – Religion als das innere Belehrtwordensein über die wahren Daseinsdimensionen, über unser tiefes in Gott-Verlorensein – wissend oder unwissend über sich anerkennt. Ein derart belehrter Künstler wird nicht der Anmaßung verfallen, in seiner Kunst oder überhaupt in Kunst den Nabel der Welt erblicken zu wollen. Die Religion, wenn sie wahr ist, wie schließlich auch die Kunst, wird ihn lehren, daß die Welt überhaupt ohne Nabelschnur geboren wurde, geschaffen aus der Freiheit Gottes.

Wenn wir ohne Dankbarkeit sind, können wir in dem, was uns geschieht, nicht mehr Gottes Hand erblicken, legen wir Dinge und Menschen zur falschen Seite hin aus, fehlt uns die Kraft des Erbarmens, wodurch erst alle Dinge in ihrem wahren Sein sich offenbaren. Mit der Dankbarkeit verlieren wir auch unsere innere Freiheit. Und unsere innere Freiheit verlieren wir, wenn wir sie nicht ergreifen, aus Feigheit uns lieber ins Behagen des Gefängnisses flüchten. Diese Freiheit, wodurch erst Dankbarkeit möglich wird, müssen wir erkämpfen, müssen Gott, den Garanten der Freiheit, verteidigen gegen Übergriffe und Nachstellungen des Bösen. Dies ist die Liebespflicht, in der Gott jegliche Seele anruft, erkennt: sich selbst zu verteidigen, sich den Raum zu erkämpfen, darin sie sich lieben kann.

Gott hab' Obacht auf uns, daß wir uns nicht umbringen. Und wenn wir es doch tun, laß dein Verzeihen unsere Verzweiflung erreichen. Kampfstil des Teufels: uns erst von Gott losmachen, um uns dann mit seinem Götzen zu verkuppeln. Die Götzen saugen Leben auf, geben aber nichts wieder heraus. Ihnen dienend, verzweifeln wir, müssen wir uns umbringen, denn der Götze zeigt uns keine andere Tür als sich selbst, die keine ist. In einer Welt, wo wir weder Liebe für uns noch für andere erkennen können, ist es ein Fluch zu leben. Selbstmord kann schließlich als die einzige Antwort erscheinen, die der so Verzweifelte geben kann, eine Entscheidung für die Liebe, gegen eine Welt ohne Gott. Nicht der Selbstmord ist die Sünde, sondern was diesem vorausgegangen ist. Daß wir die falschen Götter angebetet, unsere Freiheit nicht verteidigt haben. Denn so konnte Gott uns nicht trösten, nicht stärken.

Wir wollen das Weizenkorn nicht sein, das stirbt. Und damit stehen der Kitsch und die Ideologie vor der Tür. Gott muß unser System, unsere Illusion durchkreuzen, muß es riskieren, für unseren irrigen Glauben zum Feind zu werden. Er stellt uns vor die Alternative: hybrisch zu verzweifeln oder uns zum Leben korrigieren zu lassen.

Der Mensch, der ein Werk schaffen will, muß eine tragische Möglichkeit in sich haben – oder umgekehrt, nur der wird das Werk schaffen, der eine solche Möglichkeit in sich trägt. In ihm muß etwas existieren, das als Schmerz auf das Opfer zeigt und gleichzeitig Zukunft verheißt, Anteil gibt an der Zukunft. Sein Werk entsteht als solch Anteilnehmen – was sein Verhältnis zur Zeit verändert, die Gegenwart in Wachheit und Spannung bringt, aber nicht unmenschlich, sondern menschlich macht – und als das Einigen der im Menschen und im Sein disparaten Welten. Sei das Werk religiös, künstlerisch, dichterisch oder philosophisch. Das sich im Menschen ausstreckende Tragische kann nur durch das Werk befriedet werden, auch wenn das Werk äußerlich ein Nicht-Werk wie das Schweigen sein sollte. Solch ein Mensch kann nicht mehr untergehen in den banalen Lebensläufen. Darum ist der in diesem Sinne vom Tragischen Ergriffene Zukunft. Das Tragische ist die glücklichste Anrede an den Menschen, aber auch die schrecklichste. Ab einem gewissen Punkt kann nur Gott noch trösten.

Wo wir Gott in unser Leben einlassen, wird es alsbald von Güte überstrahlt. Dann erleben wir so etwas wie Gastfreundschaft im eigenen Haus. Doch wie schwer, Gott nicht von der moralischen, nicht von der ästhetischen, nicht von der fundamentalistischen, nicht von der selbstgerechten angeblichen Wahrheit überherrschen zu lassen, unseren gebrochenen geschichtlichen Ort nicht gegen einen ungeschichtlichen, größenwahnsinnigen abzutreten. Versuchung: mit der Wahrheit zu herrschen, anstatt sich der Gebrochenheit zu stellen mit dem bißchen Liebe, des wir fähig sind.

Gott spricht für unseren forschenden, im Wissen operierenden Geist in der Schöpfung eine Fremdsprache. Wir hören die feinen Nuancierungen, das Timbre, die Idiomatik nicht mit und übersetzen falsch, da unser Geist forschend nur auf das grobe Vokabular geht, nur darauf gehen kann. In diesem Geist werden wir keine Muttersprachler. Solch im Wissen operierender Geist hat die Grobheit und Fahrlässigkeit einer Maschine. Er stellt seine Wahrnehmung über das lebendige Wirken der Schöpfung. Nicht daß die Wahrnehmung falsch wäre, aber sie ist beschränkt. Solch Wissenschaft will sich nicht zugeben, daß sie mit einer Taschenlampe in die vordersten Millimeter einer Höhle leuchtet, die von unendlicher Weite ist und deren wahres Gesetz sich nur in dieser Unendlichkeit zeigt. Also, wie kann ich es wagen, am Eingang eines Labyrinths auf den Ausgang zu schließen. Wie kann ich handeln, als könnte ich Verantwortung übernehmen, als hätte ich das unendliche Gesetz erkannt, wo ich doch nur die ersten Schatten des Labyrinths gesehen habe und also erschauern müßte über meine kleine Erkenntnis. Ist das forschende Erkennen also böse? Nein, es hilft beim Vollzug der „Trennung", dabei, Natur nicht als Gott mißzuverstehn. Aber es wird böse, wenn es im Verein mit Hybris die „Trennung" seinerseits wieder aufhebt.

Die unechte oder auch irrende Religion instrumentiert ein „Sein ohne Seiendes" und verschlingt so das schwache Ich, jenes, das es vorzieht, nicht zu sein, anstatt sich im Glauben zu ergreifen, glaubend sein wahres Ich erst zu werden. So wird aus Religion Gewalt, Zwangsveranstaltung, die keinen differenzierenden

Bezug mehr zuläßt, zur Ausschließung führt. Dabei will das „Sein ohne Seiendes" gerade das gläubige Ich wachrufen.

Das Doppelgesicht der Sünde: innen, der dunkle, böse, die Gottesbeziehung ausschlagende, den Mord und die Grausamkeit suchende Trieb, und außen, die Sprache der Doktrin, wo all dies Deckung sucht und sich als Wohlmeinigkeit und Logizität tarnt. Die Doktrin kommt als Substitut Gottes daher. Hier lauert die größte Verführung für die noch indifferente Seele. Der Mensch muß gegen diese Doppelgesichtigkeit der Sünde über ein doppeltes Gegengift verfügen: Lauterkeit der Seele und echte Doktrin. Nun macht aber die falsche Doktrin gerade, daß wir die Seele nicht lauter halten. Sie ermuntert oder ruft zu Taten auf, welche die Seele in ihrer Gotteserkenntnis verdunkeln. Außerdem werden wir in unserer naiven Wohlmeinigkeit in abstrakt-geistigen Entscheidungssituationen um der eigenen Rechtfertigung willen gezwungen sein, die falsche Lehre, den Irrtum zu verteidigen und damit die von diesem Irrtum hervorgebrachten Sünden zu decken. Damit werden wir zum Mittäter. Ist die Seele aber wahrheitssuchend, wird sie unter der Unaufrichtigkeit leiden. Sie wird suchen müssen, bis der irrige Vorstellungshaushalt leergelitten und sie das Gespann von bösem Trieb und dessen intellektueller und sprachlicher Deckung durchschaut und die Lehre der unaufrichtigen Seele gegen die Lehre vom lebendigen Gott austauschen kann.

Im Humor lernen wir das Unbegreifliche annehmen. Durch Lachen werden wir neu, das Entsetzliche verwandelt sich, und wir überwinden die Welt. Wahrem Humor korrespondiert ein tiefer Ernst. Er ist eine Weise der Barmherzigkeit. Der Humor wie auch die Kunst stiften Verwirrung in der Götzenwelt und bauen eine Brücke zu Gott. Sie zeigen den Weg, und indem sie diesen zeigen, sind sie schon Weg. Sie holen den Menschen in die Wahrheit herein, die in ihm ist.

Bekehrung: Befreiung aus der durch Angst verursachten Selbstrechtfertigung, Selbstbehauptung und der daraus entstandenen Gegenwelt. Eingestiftetwerden ins geistige Sein

Gottes, das gültige Rechtfertigung schenkt, und damit Eingestiftetwerden in die echte Kultur. Empfänger werden des Alten und des Neuen.

Die Beziehung zwischen Mann und Frau ist wie alles nur lebbar aus dem Primat der Gottesliebe. Die Gottesliebe ist das Herz allen Lebens. Und nur insoweit Mann und Frau, jeder für sich, dieses Primat anerkennen und beherzigen, werden sie Kraft und Freiheit haben, ihre Beziehung frei und lebendig zu halten. Wie oft benutzen Frau und Mann einander, um zwischen sich und in sich Gott zu töten. Wie soll ihre Begegnung da nicht leerlaufen, sollen sie einander nicht um des verlorenen Gottes willen beginnen zu hassen. Gott muß ihr kleines Babylon zerschlagen, um den Menschen, die Wahrheit zu retten.

Entweder verwandelt in die Offenheit Gottes hinein oder besitzsüchtig festhalten am Zustand der Nichtverwandlung. Gewalttätig im Dienst der Macht, der Lüge oder sanftmütig, leidtragend, glaubend, hoffend, der Wahrheit entgegenreifend. Gott verbürgt sich für diese kleine, gebrochene Wahrheit.

Im Zweifelsfall immer für die Güte und für die Gefahr.

II

Daß Gott nur eine Projektion ist, eben unsere Erfindung, das sind die natürlichen Zweifel der natürlichen Religion. Zweifel, die wahr sind, denn die natürliche Religion ist zu einem Gutteil und notwendig in Ermangelung einer Offenbarung eben diese Erfindung und Projektion und korrigiert sich damit selbst, macht sich auf den Weg zur „Leere", wo sie Offenbarung verstehen kann. Diesen Zweifel aber auf's Christentum angewendet, bezeigt, inwieweit unsere Religiosität nur natürlich ist, wie sehr das Christentum die Offenbarung, die christliche Qualität, die nicht aus der Natur zu folgern ist, naturreligiös verdecken kann. Darum ist ein solcher Zweifel gut. Er befragt das Christentum nach dem Glauben, der *nicht von dieser Welt* ist.

Wenn wir uns mit irgendeiner Stelle freuen, da sein zu dürfen, uns freuen, überhaupt in die Würde des Menschseins hereingeholt worden zu sein – und sei es in die Würde der Verzweiflung – so ist es gut, daß wir geboren wurden. Warum sollten wir anderen diese Möglichkeit verwehren? Doch wie sollen wir weitergeben, woran wir selber nicht glauben? Das Leben aber ist größer als unser Nicht-Glauben-Können. Die Geburt ist keine Wiederholung und keine Identität, sondern ein unverwechselbarer, neuer Ort. Denn „niemand steigt zweimal in den gleichen Fluß." Das Leben kann mit einem anderen Menschen andere Wege gehen als mit mir.

Der Sprache eignet die ganze Hilflosigkeit des Menschen. Und darin ist sie schön.

Warum sollte Kunst das Göttliche oder Gott ausdrücken oder darstellen? Dann würde sie Gott mißverstehen. Nein, sie kann sich vollkommen selbst verstehen, ohne Gott, den wahren Gott, mißzuverstehen, oder besser, sie muß sich vollkommen selbst verstehen, wenn sie Gott nicht mißverstehen will. Auf diese Weise gehört sie ins Reich Gottes, ähnlich wie die Zeit als Gottes Wort tragende Zeit ins Reich Gottes gehört. Auch die Zeit kann und will Gott nicht vollkommen ausdrücken oder zeigen, denn dann wäre sie vollendete Zeit und also

Ewigkeit, aber sie trägt in Gott hinein, von Gott getragen. Sie kann ihn zeigen als Spur, als Vorübergehenden.

Bis zu einem gewissen Grad hat der Skeptizismus eine Berechtigung, und zwar insofern er keiner positiven Wahrheit das Vertrauen schenkt und also in der kritischen Wachheit der Frage verharrt. Aber da er ohne Unterscheidungsvermögen bezüglich der Wahrheit und der Nichtwahrheit ist und also bestrebt ist, alles, was als positive Wahrheit daherkommt, auszumerzen, aber sich selbst als positive Setzung setzen muß und also Wahrheit behauptet, wird er zur Lüge. Die Lüge besteht darin, daß er die Güte des Seins, darin er die Gabe des Lebens und aller Dinge empfangen hat und empfängt, nicht in der Güte beantwortet, sondern sich in Mißtrauen verschließt und doch – eben aus feigem Lebenswillen – eine positive Setzung schafft, einfach dadurch, daß er da ist und das Leben haben will und es als Zweifel um des Zweifels willen behauptet. Woher nimmt er also das Recht, auf das Leben zu bestehen? Sicherlich, jenseits des Glaubens bleibt ehrlicherseits nur das absolute Fragen, dies aber als Leiden und nicht als Gewißheit, als Leiden auf eine Verheißung zu, als in dem Widerspruch stehend zwischen der Güte des Seins und dem Wissen um die Gefährdung des Menschen durch dessen Verabsolutierung, auf die Verheißung zu, daß aus dem Innern des Lebens Gott selbst sprechen wird. Der Skeptiker auf den Glauben zu wird sich also nicht in Ironie einkapseln, sondern wissen, dies und das ist wahr, aber es ist nicht auf diese Weise wahr. Der Skeptizismus ist ferner eine Lüge, weil er die Bedürftigkeit des Menschen nicht mitbedenkt, nicht wahrhaben will, daß wir großer Liebe bedürfen, um liebesfähig zu werden, also der letzte Grund des Seins nicht Frage, sondern erbarmende Liebe Gottes sein muß. Und doch eignet dem Glaubenden, jenem, der an Gott in Jesus Christus gläubig geworden ist, eine Vor-Sicht, die eine gewisse Verwandtschaft zur irdischen Skepsis hat, gibt es eine Vor-Sicht von Gott her, nämlich die Unterscheidung der Geister. Vor-Sicht, wie sie in dem Wort Christi als Anweisung für den Glaubenden bezüglich des Umgangs mit der Weisheit der Welt ausgedrückt ist: „Seid klug wie die Schlangen und ohne Falsch wie die Tauben."

Das Schönste: die Einsamkeit, jene Einsamkeit, in die nichts als Gott ragt und damit alles, was seine Liebe ist. Diese Einsamkeit können wir nicht verlieren, aber verdecken, was eine Form der Lüge und der Feigheit ist. Die Beziehung zwischen Mann und Frau hebt diese Einsamkeit nicht auf, sofern wir den andern nicht mißbrauchen, vielmehr hilft sie, uns unsere Einsamkeit bewußt zu machen, indem sie uns gefährdet; sie setzt uns in unsere Grenze.

Die Wahrheit ist Familienwahrheit, Wahrheit der Menschheitsfamilie. Darum sündigt Pilatus gegenüber Jesus, ihn sehend und sagend: „Was ist Wahrheit?", weil er sich Denkwahrheit vorstellt und damit zeigt, daß er nicht erkannt hat, was Wahrheit ist. Da die Wahrheit aber Familienwahrheit und damit Aktwahrheit und damit jeweilige Wahrheit ist, die nichts mit Philosophie, sondern mit Verantwortung und Liebe zu tun hat, ist Wahrheit Wahrheit, die es nicht gibt, sondern die geschieht durch unsere Verantwortung und Hingabe hindurch. Wir müssen unsere vagabundierenden Geisteskräfte auf dieses Niveau bringen. In Jesus Christus ist die Wahrheit als lebendige uns gezeigt und zum Gesetz der neuen Welt gemacht worden. Sie wird von ihm bezeugt. Die alte Welt, die dem Mythos, der Philosophie, der Politik oder der Wissenschaft Vollmacht der Wahrheit verleihen mußte, weil sie es in Ermangelung der Selbstmitteilung Gottes nicht besser wissen konnte, sie ist nicht mehr.

Durch die Beziehung von Mann und Frau entsteht etwas Drittes, etwas, das weder vom Mann noch von der Frau kommt, daß aber nur kommt, weil die beiden sich begegnet sind. Es ist etwas Größeres entstanden, etwas, das mehr ist als die Summe der beiden. Etwas, was die beiden nie willentlich hätten bewirken können, was aber jedem von ihnen eine neue Kraft und Möglichkeit gibt. Dies geschieht ihnen durch sie selbst hindurch von „oben". Gott hat Wasser in Wein gewandelt.

Das Gewohnheit gewordene Verbrechen: der Glaube, daß jeder Mensch alles nur um seiner Bedürfnisbefriedigung willen tut, also immer egoistisch handelt. Der Märtyrer, der sich opfert, tut dies aus Egoismus: er will in den Himmel kommen. Die Mutter, die sich für ihre Kinder verbraucht: sie will von ihren Kindern geliebt werden. Der Widerstandskämpfer gegen ein Regime der Unmenschlichkeit: er will seine Idee durchsetzen. Der Mensch, der Opfer eines Verbrechens wird: er hat insgeheim den Täter gelockt. So räsoniert das Verbrechen des Denkens. Prophet, Opfer, Märtyrer gibt es diesem Sinne nach nicht, weil es keine Gerechtigkeit gibt, sondern nur Bedürfnisse. In Wahrheit ist es jedoch die verborgene Gerechtigkeit, die das Leben erbaut und die Welt zusammenhält. Gerechtigkeit ist immer eine Kontextualität, sie steht nie isoliert da. Darum ist sie so schwer zu erkennen, der Gerechtigkeit Übende so schwer auszumachen. Die Mutter, die für ihr Kind sorgt, sorgt nicht zuerst für sich oder das nackte Leben des Kindes, sondern für das Leben selbst. Sie hat an einer Stelle des Lebens Verantwortung für das Leben übernommen. Und überall, wo Verantwortung ist, sind Dornen und Disteln, ist das, was meinem Bedürfnis nicht gefallen kann. An der Qualität seiner Opferfähigkeit, Opferbereitschaft hängt die Größe eines Menschen. Dieser Mensch sucht das Opfer nicht, er sucht die Wahrheit, die Gerechtigkeit. Kein Mensch kann von außen beurteilen, ist das Opfer groß, ist es klein. Trotzdem wissen wir, was die natürlichen und was die sanktionierten Bedürfnisse sind, und unsere Vernunft weiß durchaus darauf zu schließen, daß ein Mensch angesichts einer bestimmten Verantwortung, die er übernommen hat, Opfer bringen muß, im äußersten Fall sogar das Leben. Doch das verbrecherische, selbstgerechte Denken verschließt die Augen vor der Möglichkeit, daß das Leben aus Gerechtigkeit erbaut ist. „Finde ich fünfzig Gerechte zu Sodom in der Stadt, so will ich um ihretwillen dem ganzen Ort vergeben." Das ungerechte Denken gibt dem Propheten, der an den Handlangerdiensten der Ungerechtigkeit nicht mitwirkt und das Leben aus Gerechtigkeit zu erbauen sucht und also arm bleibt, nichts zu essen, es verspottet den Märtyrer als Lebensuntüchtigen, nicht ahnend, daß das Leben, darin die Ungerechtigkeit sich mästet, nur da ist, weil Gerechtigkeit es trägt.

Wenn die Paideia in die Religion Einzug hält und federführend wird, ist es um die Religion geschehen. Dann ist aus der Freiheit der Religion ein Instrument der Vernunft und schließlich auch der Herrschaft geworden.

Gott verlangt für all unsere Berührungen Verantwortung. In diesem Horizont steht Augustins „Liebe und tue, was du willst." Eben weil die Liebe sich verantwortet und aus dieser Bereitschaft vor Gott in die Freiheit tritt. Aus diesem Geist heraus kann sie nicht sündigen. Aus diesem Geist heraus steht sie jenseits einer nur *sichtbaren* Gerechtigkeit. Das ist das Wort Christi: „Wer meine Gebote hat und hält sie, der ist's, der mich liebt."

Sollte es so sein, daß das Christentum nur über eine Geste verfügt, über jene des Transzendierens von Welt und nicht über jene, die Welt zu schenken? Die zweite Geste muß noch erlernt werden. Sie steht in „Also hat Gott die Welt geliebt." Jesus schenkte dem Blinden nicht, das Sehen der Welt zu transzendieren, sondern schenkte ihm das Sehen, schenkte dem Lahmen nicht, das Gehen zu transzendieren, sondern schenkte ihm das Gehen. Die tradierten Funktionen des Glaubens sind solche der Welt-Transzendierung. Diese unserem monotheistischen Freiheitsempfinden notwendige Eroberung und Transformation und Überwindung der polytheistischen Macht der Naturgottheiten und der Sippenhaftung ist geschehn. Wenn Jesus jetzt zum Einzelnen kommt und dessen Herz sehend macht, befreit er ihn zur Gabe der Welt, zur Wiederbringung der Schöpfung, zum Die-Welt-Sich-Sein-Zu-Lassen.

Daß Gott den Sündenfall in unsre Verantwortung gelegt hat oder vielmehr, daß er uns gesagt hat, daß es so um uns steht, ist der Anfang unserer Würde. Jetzt erkennen wir das Maß unserer Freiheit. Nur so kann Gott uns und können wir Gott ernst nehmen.

Eine nur aus der Horizontalen lebenden und arbeitenden Menschheit wird von den wirklichen Aufgaben immer überfordert sein; sie wird dieser Überforderung durch ein Mehr an

Horizontalem zu begegnen suchen, doch dies wird sie noch weiter verwirren. Gott meint mit seiner Forderung an uns die Vertikale. Seine Forderung ist nur mit Tiefe, mit Leben im Glauben zu beantworten.

In unserem ungeschützten, kindhaften heidnischen Dasein erfahren wir, wie das Katastrophische des Seins, des Menschen auf uns einbricht und uns in unserer Würde verletzt. Wenn wir es nun ablehnen, uns stumpf zu machen oder selbst Verletzende zu werden (was uns am Ende nicht minder verletzen würde) oder Übermenschen, zur Hilfe und zum Mitleid unfähige und darum verborgen zynische Menschen mit einer verhohlenen Liebe, dann können wir nur um einen unendlichen Schutz flehen. Dieser Schutz heißt Gebet. Beten wir, schenkt Gott uns innere Gefaßtheit und Aufmerksamkeit gegenüber dem Katastrophischen. Wir erkennen im Gebet Gottes Souveränität an. Und seine Souveränität bedeutet, außerhalb von Raum und Zeit, von Kausalität zu sein. Das Gebet ist von Gott gegebene Bewahrung unserer Würde. Darum ist die erste Frage eines solchermaßen verletzlichen Menschen: „Wer ist Gott?" und die erste Bitte: „Herr, lehre uns beten."

Glaube hält die Paradoxalität des Seins offen. Ihm wird die Zweideutigkeit des Daseins nicht Eindeutigkeit, sondern freie Lebensfülle.

Adam sprach die Ursprache. Die Sprache, die dichtet. Die Sprache der Dichtung ist Erinnerung und Abglanz dieses Sprechens: Sprechen, darin die Welt, die Schöpfung, zu Gott gehoben, ihm gezeigt wird, und der Mensch sich diese Schöpfung in der Wahrheit aneignet. Durch den Sündenfall entstand kraft der Angst das funktional-servile Sprechen, was der Sprache nach immer noch das dichtende Sprechen Adams war – denn die Sprache ist unschuldig –, aber wir waren nicht mehr auf der Höhe der Sprache, sondern hatten uns zur Besorgung der Welt *angestellt*. In der babylonischen Sprachverwirrung wurde dieses besorgende Sprechen dann in viele verschiedene Sprachen zerlegt. Nur die Dichtung – wenn auch übersetzungbedürftig – ist noch Vollzug des ursprünglich adamitischen Sprechens. Sie erinnert an die *Sprache*, an das Ineinskommen von Wort und Welt.

In der Verfallsform des Christentums sind Schöpfung und Erlösung kurzgeschlossen. Die Offenbarung tritt nicht als Unterscheidende in ihre Mitte, setzt sie nicht je in ihr Eigenes. Angesichts der Schöpfung aber entsteht die Frage, was Schöpfung von Natur unterscheidet. Die Erschaffung der Welt aus dem Nichts wird durch diese Frage als Bedingung der Freiheit sichtbar. Und bei der Erlösung entsteht die Frage nach dem Gott, der „alles in allem sein wird", dem Zustand, wenn der Sohn wieder dem Vater untergetan. Durch diese Frage wird Jesus wieder Tür, durch den man zum Vater kommt, aber nicht an der Tür kleben bleibt.

Der gemeine Geist ist in seinem Denken und Fühlen triumphalistisch. Für ihn gibt es nur Sieger und Besiegte. Dem gerechten Geist sind das nichtssagende Kategorien. Dieser möchte ganz Frage, ganz durchlässig werden für den wahren Geist. Er möchte der „Tiefbesiegte/ von immer Größerem" sein.

Der Prophet hat genug getan, wenn er das Wort Gottes – das zu sagende Wort – gesagt hat; er ist nicht bekümmert um die Wirkung. Dies befreit den Hörer und den Sprecher. Sein Wort kann nicht verletzend sein, denn der Prophet ist an sein Wort nicht affektiv gebunden. Er spricht „im Auftrag". Wer des Propheten Wort hört, wird herausgeschnitten aus unrechtmäßiger Vereinigung.

Die Welt (das, was noch nicht zur Gottesfurcht erwacht ist), sie erreicht die Blüte nicht, denn sie ist in einer anderen Sprache, in einer anderen Wirklichkeit. Sie ist fern vom Lebensbaum. Gott hat den Gläubigen entrückt. Darum: Wer zur Gottesfurcht erwacht ist, kann von der Welt nicht mehr eingeholt werden. Doch die Welt ist mitten in ihm, und er ist mitten in der Welt. Die Welt gestaltet sich an ihm, und nicht mehr gestaltet ihn die Welt. Er ist daraus entlassen, ein Reagierender sein zu müssen.

Der Augenblick der Freundschaft mit dem Freund: in ihm blüht die Verheißung, die Welt in der Liebe neu zu erschaffen.

Der Mensch, in dem die religiösen Kräfte geweckt sind, ist nicht in der Lage, dieser neuen Realität von sich aus „Herr" zu werden. Darum mündet sein religiöses Suchen, sofern es ein letztes Suchen ist, irgendwann in die Kirche, in jene Kraft, die Gott dafür geschaffen hat, die religiösen Kräfte zu ordnen und den Gott Israels den Heiden zu zeigen. Und dies gilt auch für Menschen anderer Religionen und Kulturen mit Ausnahme des Judentums, denn die Welt und der Mensch, wie sie geworden sind, lassen sich nicht mehr verstehen ohne die in ihnen wirkende Fragestellung des Christentums. Auf diese Frage läßt sich nur adäquat antworten aus dem Christentum heraus. Das Christentum bringt den Gott Israels. Und der Gott Israels bringt – für die Heiden – Jesus Christus, und für die Juden Jesus von Nazareth.

Der Künstler arbeitet im Organischen, Dinghaften. Darum weiß er, auch ohne es zu wissen, was das ist: Fleischwerdung des Wortes. Denn seine Arbeit ist innig verwandt mit der Heilstat Gottes, auch wenn er nicht in die Gnade des religiösen Lebens gekommen ist, weshalb er wiederum nichts weiß von der Fleischwerdung des Wortes. Aber er weiß um die Langsamkeit wirklicher Prozesse: daß etwas im Dinghaften geschehen und nicht bloß gesagt sein muß. Das gibt ihm ein Vorverständnis für Gottes Heilstat.

Warum steht zu Beginn eines jeden echten religiösen Verhältnisses das Kyrie? Weil das erste, was das religiöse Verhältnis uns sagt, was es begründet, die Erkenntnis meiner Scham ist, Scham, darin das Anderssein Gottes aufscheint. Gott ist der, der mich beschämt in meiner Freiheit, in der ich erfahren habe, daß sie nur im Verhältnis zu Gott befreiend wirkt. Die Scham stellt den Menschen in die Verantwortung, sie läßt den anderen Menschen erblicken. Gott wandelt diese Scham dann in Brüderlichkeit und Bejahung der Welt. Unsere Freiheit weiß, daß sie auf Gott nicht wirken kann, außer sie bekennt Gott ihre Not und bittet ihn, den unendlich Anderen, sich zu erbarmen, auf daß er auf sie wirke.

Durch Jesus Christus ist die Welt in ihre äußerste Lebendigkeit auseinandergefaltet, aber auch in ihre äußerste Gefahr. Die Welt, das Unerleuchtete, muß sich diese Tatsache als unerträglich zudecken. Solch Zudecken führt zur Apokalypse als Logik wider die Offenbarung, als das „Berge und Felsen: fallet über uns." Die Sehenden aber müssen jene Welt zurückholen, die von den Fliehenden als jene Berge, die über sie fallen sollen, mißbraucht und veräußert wird. Insofern ist die Apokalypse ständige Begleiterscheinung der Offenbarung. Sollen wir nun die Offenbarung zudecken, um der Apokalypse ledig zu werden? Aber die Apokalypse ist nichts anderes als unser reales ängstliches Selbst, unsere Verzweiflung, die so an den Tag kommt.

Mit dem „Wort" ist die des menschlichen Geistes eigene Sphäre benannt, sein Gesetz, mit dem er richtet und gerichtet wird. Das Wort ist mehr als Sprache, als syntaktische Kontextualität, denn es ist der kleinste physiologische SINN-Baustein der Sprache. Darum war im Anfang das Wort, nicht die Sprache. Mit dem Wort ergreife ich mich in meinem äußersten Ausdruck, bezeichne ich mich am grundlegendsten. Was geschieht, muß, um für uns unendliche Gültigkeit zu haben, im Wort geschehen.

Gnade der Arbeit: Sich in ein Gestrüpp wagen und daraus einen Garten machen. Das ist die tägliche Güte Gottes: daß durch Arbeit ein Mehr entsteht, ein Mehr, das allgemeine Anerkennung findet. Doch dieses Mehr ist nicht selbstverständlich, und es kommt nicht durch den Menschen. Es entsteht durch die Arbeit. Aber nur wenn Gott Fruchtbarkeit hineinschenkt. Arbeit, die uns hilft und nicht versklavt, ist jene, darin wir uns selbst vergessen und für Gott bereiten können. Solch Arbeit rettet vor dem falschen Denken.

Wer darf reden aufgrund eines Wissens? Nur der, der das gesamte Wissen der Menschheit erfaßt und gegeneinander abgewogen hätte. Also niemand, denn wie klein ist der Ausschnitt dessen, was wir erfassen. Selbst dem sogenannten Gebildeten und Hochbelesenen steht nur ein kleiner Ausschnitt zur Verfügung. Am Ende seines Lebens mag dieser Ausschnitt etwas größer geworden sein. Und gerade dann zieht er es meistens vor zu schweigen. Reden dürfen wir einzig aufgrund unserer Erfahrung, nicht der Summe von Erfahrung, sondern kraft ihres Mandats. Unsere Bildung fügt sich dieser „Berufung" ein oder unsere Berufung verlangt nach der Bildung. Zur wahren Berufung gehört ein Bewußtsein von der Beschränktheit unseres Standpunktes. Darum eignet echter Rede Demut. Das Mandat zur Rede ist ein Berufensein zum demütigen Leben im Glauben. Es weiß: „Die Furcht des Herrn ist der Anfang der Weisheit." Den Ungläubigen und Weltklugen aber macht sein „Wissen" reden.

Die Nacht unserer Seele ist die Unfähigkeit zum Opfer, zu jeglicher Hingabe. Erst jetzt verstehen wir, all unser Tun geschieht im Modus der Hingabe. Verlieren wir Gottes rechtfertigendes Tun an uns, verlieren wir auch die Möglichkeit zur Hingabe. Erst muß die Gnade wieder zu uns herabsteigen und uns wieder in den Stand des rechtschaffenden Opfers stellen. Solang dies nicht geschieht, wird unsere Seele die Nacht der passiven Läuterung durchleiden müssen. Und wo wären wir da ohne das Opfer Christi? das jetzt zwar nicht stellvertretend für uns eintreten kann, aber es kann unseren Geist durch die Sinngebung der Nacht vor der Zerstörung retten.

Die Unwahrheit von jeglichem Idealismus: daß er die Schwäche, das, was unten ist, die Sünde als Faktizität vom Menschen ausklammert. Die Unwahrheit des Gegenparts, von jeglichem Materialismus, Vitalismus, Positivismus: daß er den Menschen nur in seinen Schwächen sieht und seine Höhe und Größe, die Letzten Dinge, von ihm ausklammert. An beiden Ufern wartet Christus, unsere Höhe mit unserer Tiefe, unsere Stärke mit unsere Schwäche zu versöhnen.

„Gott ist tot." Das Absolute des Bezugssystems menschlicher Satzung ist tot, wie es immer tot war. Oder vielmehr es lebt und stirbt, denn es gehört dem Gesetz menschlicher Ordnung an. Der Ideen-Gott, der Gott der Philosophen ist tot. Gott trägt dieser Möglichkeit unserer falschen Identifikation Rechnung, indem er sein Wort Fleisch werden ließ, und vernichtet so alle Ideen in die Frage, die Jesus Christus ist. Was bewahrt Jesus Christus davor, Idee zu werden? Die Geschichtlichkeit des Jüdischen Volkes und – denn immer müssen wir Jesus in den Zusammenhang seiner Herkunft und seines Wirkens stellen – die Geschichtlichkeit der Kirche.

Um beten zu lernen, muß man zuvor ein Recht haben zu beten. Gott begehrt das Gebet des Gerechten. Der Gerechte befreit sich nicht aus der Klammer des Himmels durch Übertretung. Das Ausharren in der Gerechtigkeit versetzt ihn in den Rechtsstand des Beten-Dürfens. Jetzt bedarf er des Gebetes um der Gerechtigkeit willen.

Die Kunst kann uns nicht zum Märtyrer machen, nur zum Selbstmörder. Die Kunst kann eine Versuchung sein, uns selbst, unsere Arbeit zum Maß aller Dinge, uns zum Propheten zu machen, der sich opfert. Die Versuchung des Narzißmus kann uns so weit treiben, wenn wir keine Korrektur finden. Doch was ist das für ein Opfer? Die romantische Auffassung steuert in diese Richtung. Wird der Religion, und damit dem Primat der Gottesliebe, kein echter Platz mehr zugewiesen, so daß Kunst und Künstler keine Korrektur mehr erfahren, wird die Kunst einziger Wahrheitsträger. Die religiösen Kräfte gehen dann in die Kunst. Der Geist der Kunst, für sich genommen, aber ist ein natürlich-prophetischer und kann sich nur im Selbstopfer erlöschen, sofern er nicht ins Klassische oder ins Mystische findet. Die klassische Auffassung läßt kraft ihrer Beschränkung auf die Form etwas außerhalb der Kunst zu und gibt damit Gott Raum, wenn auch nur einen beschränkten. Der Geist der Kunst aber eingebettet ins Opfer Christi, ins Soli Deo Gloria, von der Mystik getragen, findet seine Befreiung und Vollendung. Die demiurgische Versuchung ist hineingestorben in das Schaffen Gottes.

Die Kirche, überall auf der Welt feiert sie das gleiche Opfer, stellt sie das Vollkommene her, und das weil Gott seinen Bund mit seinem Volk durch sie erweitert, sich ihr zugesagt hat. In einem italienischen, spanischen, afrikanischen, amerikanischen oder norddeutschen Dorf wie in London, Rom, New York, Kairo oder Sydney, überall ist Gott der gleiche stille Vater, der alles umfaßt und alles durchdringt, der sich seiner Kirche mitteilt und dem seine Kirche dient. „Wie schön leuchtet der Morgenstern", wie schön leuchtest du, Heilige Catholica, leuchtet dein Herr in dir, Christus Jesus, der Heilige Geist, inmitten der Welt, auf daß unser Herz zerknirscht werde.

Ein Künstler, der Gott aufkündigt in der Meinung, die Kunst zu haben, hat den Menschen in sich vergessen. Er glaubt, mit seiner Menschlichkeit ganz in seinem Talent aufgehen zu können. Doch Gott – wie sich bald herausstellen wird – ist auch Herr der Musen.

Was unterscheidet die Erkenntnis von der Liebe? Auch die Liebe hat Erkenntnis, und zwar höchste Erkenntnis, aber die Liebe bringt die Erkenntnis in Anwendung auf sich selbst.

Die ästhetische Weltanschauung bedeutet zumeist: das Nichterkennenwollen des Bösen. Die ethischen Kategorien werden in ästhetische umgedeutet. Das Böse wird ästhetische Epiphanie. Ist Jesus auch solch ästhetischer Weltanschauung aufgesessen, als er die Frommen mahnt, das Böse nicht aus der Welt schaffen zu wollen, sondern Unkraut und Weizen zusammen wachsen zu lassen, auf daß wir mit dem Unkraut nicht auch den Weizen ausraufen? Am Ende wird der Herr der Ernte kommen und Unkraut und Weizen trennen. Oder als Jesus von den Erschlagenen zu Siloah spricht und die Frommen aus der Sicherheit des selbstgerechten Richtens reißt, indem er ihnen nicht zuläßt, die Erschlagenen als von göttlicher Strafe Getroffene anzusehen, sondern allem Unrecht gegenüber zur Buße mahnt? Das ist keine ästhetische Weltanschauung, sondern bedeutet, einen Pfahl im Fleisch jenes Frommen zu keilen, der Gottes Gabe zum Richten mißbraucht, bedeutet, den Pfahl der Selbstskepsis angesichts dessen, was Erkenntnis der Wege des Herrn heißt, bedeutet, uns eingedenk sein zu lassen, daß unsere Wege nicht Gottes Wege sind und unsere Gedanken nicht Gottes Gedanken. Das Böse wird gekannt, aber nicht identifiziert, wird nicht zum Anlaß des Richtens genommen, denn „richtet nicht, auf daß ihr nicht gerichtet werdet". Jesus unterscheidet zwischen dem Erscheinen des Bösen und der innerlichen Wahrheit dessen, der das Böse tut. Jenem, der das Böse tut, muß im Geist der Vergebung begegnet werden. Dieser Geist kann recht richten, weil er sehen kann. Der Geist der Vergebung ruft die Reue wach, übt keine Vergeltung, ist Mitleid mit dem Opfer und tätige Hilfe, überhebt sich nicht über den Täter, bleibt menschlich mit ihm, bietet wiedergutmachende Neuausrichtung an. Die Weise, wie Jesus das Böse kennt, ist leicht zu verwechseln mit der ästhetischen Weltanschauung. Auch diese möchte das Zusammenfließen aller Lebensströme wahrnehmen und sich nicht durch Vorverurteilung der Wahrnehmung entziehen. Aber im Unterschied zum Geist Jesu geht diese nicht über die strafende Gerechtigkeit durch Selbsterkenntnis und Vergebung hinaus, sondern bleibt *unter* aller ethischen Qualität, indem sie sich Gut und Böse im Phänomenalen zusammendenkt und darum sich weder Opfer noch Täter vorstellen kann, weder Gerechtigkeit noch Vergebung; dieser bedürfte es ja erst, wenn durch das Böse ein Schaden in die Welt käme, aber dem Geist der ästhetischen Weltanschauung ist die Welt das Gute und Böse selbst.

Geistesgeschichte ist die fortgesetzte Auseinandersetzung über die Mißverständnisse, die wir uns kraft der Sprache und des Denkens schaffen. Gott hat uns in die Niederungen der Sprache und des Denkens verwiesen, bis wir zur Erkenntnis Gottes in Jesus Christus gelangen. Doch auch dann müssen wir mit der Endlichkeit der Sprache vorliebnehmen, wenn wir denn sprechen wollen. Und irgendwie müssen wir es ja. Aber jetzt haben wir den Trost, um die Relativität von Sprache und Denken zu wissen.

Barbarisches Zeitalter: Der Mensch verkommen in der Anbetung seiner Goldenen Kälber: der Werkzeuge – und auch die Technik ist solch Werkzeug, auch wenn sie *Werkraum* geworden ist – und des Wissens ... Und machen diese Götzen – der Werkraum und das Wissen – etwas mit uns? „Die solche Götzen machen, sind ihnen gleich, alle, die auf sie hoffen."

Wir haben die Wahl zwischen Gott und Selbstbeharrung in der Welt. Und wir können uns natürlich für die Selbstbeharrung entscheiden. Das heißt, den breiten Weg statt den schmalen zu wählen. Gott wird diese Wahl akzeptieren. Aber wir müssen auch den Preis dafür bezahlen. Dieser ist hoch, wiewohl er uns niedrig dünkt. Innere Verlassenheit und Dürre, aber auch Unempfindlichkeit (und diese wird gemeinhin dem Schmerz vorgezogen) werden Folgen unserer Wahl sein, nicht als Strafe, sondern als das, was wir gewählt haben, als wir nicht Gott wählten. Und wenn wir nur einen Deut aus dieser Verlassenheit und Rohheit herauswollen, um sie mit Freiheit und innerer Anwesenheit zu erfüllen, müssen wir uns Gott zuwenden und uns von ihm korrigieren und demütigen lassen, uns von unserem geheimen Gotteshaß abwenden. Jetzt überführt Gott die Seele. Aber er macht der reumütigen Seele kein Aufhebens von ihrer Abkehr, sondern feiert mit ihr ihre Umkehr, richtet ein Freudenmahl aus, mit Tränen in den Augen.

Der Künstler findet in der Religion den tiefsten Beistand. Aber zwischen Kunst und Religion zieht sich auch ein tiefer Graben, der beide voreinander rettet und ein jedes in sein Recht setzt. Die Religion macht den Menschen im Künstler zum Menschen. Die Kunst aber ist das Problem der Sprache. Mit welcher Sprache werde ich dem Sprechen der Wahrheit am weitesten gerecht? Die Herrlichkeit Gottes verlangt unser Ent-Sprechen. Auf der Ebene des Liedes, des Schauens, des unwissenden Sprechens, ist dies die Sprache der Kunst.

Die Kunst ist ihrem Wesen nach Zeuge der Hoffnung. Der Zyniker oder wirkliche Pessimist kann kein großer Künstler sein. Diese Hoffnung bedeutet kein einfaches Ja zur Zukunft oder zum Leben, sondern ist tiefe Annahme aller Vergeblichkeit, Dunkelheit, Enttäuschung, bedeutet die Liebe und Aufrichtigkeit, den Blick in die Wirklichkeit zu tun, anstatt sich täuschen zu lassen oder sich selbst zu täuschen, bedeutet, die Wirklichkeit in diesem Anschauen für die Gnade zu öffnen.

Wir sind aus dem Denkgebäude, dem Vorstellungshaushalt, den Wahrheitsimplikationen des Christentums ausgezogen. Das Sein liegt wieder als ungestaltetes Meer mit seiner Größe, Macht, aber auch Gewalt und Unberechenbarkeit vor uns. Wir wohnen nicht mehr, wir hausen, tanzen, vegetieren. Wir sind wieder Wilde mit allem Ungeschlachten, Grausamen, aber auch Wirr-Sehnsüchtigen. Unsere Zivilisation und Technik ist die Bedingung, wodurch wir dieser Wilde *schamlos* sein können. Aber Gott wendet uns Zivilisation und Technik wieder zu Naturgewalt und bremst uns so heraus aus der Möglichkeit, uns vollkommen zu vergessen. Wir stehen wieder am Anfang. Der Weg zu Gott führt über den Auszug aus Haran, den Auszug aus Ägypten, führt unter die Hand des Johannes des Täufers.

Das Kunstwerk ist nicht unser Gebet, ersetzt nicht das Gebet. Das Gebet ist die letzte Instanz. Es ist die Instanz, die uns in die Liebe hinein überwindet. Die Gebetskraft, die im Kunstwerk enthalten ist, reicht nicht aus, uns vor dem Andrängen der Mächte zu retten, da sie nicht in die Intimität der Seele übersetzt; sie kann zeitweise eine Gleichstellung erreichen, aber zuletzt bricht die Flut die Dämme. Unser nicht durch das Werk zu beschirmende Sein bleibt ungeschützt.

Wir können nicht ledig werden, sollen nicht „ledig allen Gebets" werden, wohl aber einer förmlichen und heidnischen Beterei. Jesus hat in der Stunde seiner tiefsten Verlassenheit gebetet, seinerseits den Kontakt zu Gott nicht abbrechen lassen. Heißt das, daß Jesus Gott nur als den Anwesenden kannte und darum von Gott als dem Abwesenden belehrt werden mußte? Die Erfahrung Christi ist keine Erfahrung, die sich auf Epistemologie oder auf das Gottesbild bezieht, so als würde Jesus hier vom Nichts der Mystik belehrt. Gott entkleidet ihn, um seinen Glauben in Treue zu bewähren. Jesus hält zu Gott ohne den Segen, ohne daß Gott antwortet, aus Treue.

Bekehrtsein: daß die Freude an Gott ein intensiveres Empfinden wird als die Angst des von ihm Überführtwerdens.

Bevor ich in die Wahrheit des Glaubens finden kann, muß mir die Welt sie selbst geworden sein. Jetzt wird Erlösung sinnvoll, denn jetzt wird die tragische Struktur sichtbar. Ein Mittler zur Erfahrung der Wirklichkeit von Welt ist die Kunst. Sie legt die tragische Struktur frei, zeigt die Welt als Wirklichkeit. Sie schafft die Echtheit der Natur, das, woran Gnade anschließen kann.

Enttäuschung, wo wir einen Menschen, den wir uns zum Freund wünschen, nicht für besser halten können, wenn sich herausstellt, daß er niedrig denkt.

Was gut ist, braucht die Welt (jenes, was sich in Endlichkeit und Selbstbeharrung einschließt, sich aber als unendlich vorstellt) nicht, sondern die Welt bedarf dieses Guten. Würde man der Welt dieses Gute, wovon sie zehrt, entziehen, offenbarte sich alsbald ihr trostloser und nichtiger Zustand. Jedoch versucht sie fortwährend, uns davon zu überzeugen, daß sie ein Quell sei in sich selbst, während sie nur ein Erpresser und Räuber ist. Die „Welt", das ist jenes System der Verdrängung, das sich *in die Welt* installiert hat.

Wie schrecklich, deinen Namen zu verdecken, wo wir ihn offenbar machen wollen. Und doch genügt Schweigen nicht. Der negative Gott genügt nicht. Du willst, daß wir Zeugnis geben, ohne es geben zu wollen, jene echt gewordene Stimme in uns, da die Gnade hineinschwappt. Das Herz aus Fleisch.

Für den Christen ist das „Sein" nicht Ur-Schrift, nicht Wort, wiewohl es beides auch ist, sondern letztlich und eigentlich und unentwegt Ur-Person. Das will uns die Offenbarung sagen, wenn sie uns Gott als Jesus Christus zeigt. Da er zu uns und wir zu ihm im Verhältnis der Dialogizität stehen, kann die Priorität im Personsein Gottes nicht Schrift, sondern nur Wort sein, aber Wort, das sich in die Schrift zurückhält, die Art und Weise der Schrift annehmen, stumm sein kann. Gottes Personsein handelt durch Wort und Schrift, aber immer auch jenseits davon.

Des Dichters Gebet und seine Arbeit sind verschiedenen Dinge. Der Dichter legt durch sein Werk Zeugnis ab für das, was die Dinglichkeit der Sprache ihm zu sagen erlaubt von dem, was in seiner Seele und gleichermaßen im Sein wahr ist. Sein Gebet, das betet der Mensch im Dichter, der den Dichter trägt.

Jesus Christus ist Revolution und Königreich zugleich. Wer dieser Wahrheit dient, wird König, aber beherrscht doch niemanden und wird von niemandem beherrscht; er kennt immer ein „Jenseits" aller Herrschaft. Er ist gewürdigt. Die Wahrheit, die frei macht, zeugt für ihn. Wie Jesus Christus zum Ärgernis wurde, so werden es auch jene, die ihm folgen, seine Kirche - solange die Geschichte währt. Es ist das Ärgernisnehmen an der erbärmlichen Gestalt, die unsere Erlösung annehmen mußte.

Kunst ist hypostatische Union mit menschlichen Mitteln. Jesus Christus ist hypostatische Union mit göttlichen Mitteln.

Gott, bis etwas so gemacht ist, daß es dich lobt, vergeht viel Zeit, und es kostet unsere ganze Kraft. Und wir können es nicht machen. Du selbst mußt dem, was zu deinem Lob kraft unserer Hände entsteht, den Geist einhauchen und Amen dazu sagen.

Die Kunst – daß sie möglich wird – ist Gabe Gottes. Die Gabe ist zunächst neutral, ist ein Instrument, darauf die Seele spielen kann. Und jede Seele spielt gemäß ihrer Erfahrung. Darum ist die Kunst keine wesentlich christliche Gestalt, denn als neutrale Gabe fehlt ihr der Überschritt in die Gnade. Sie weiß nichts von der Offenbarung Gottes in Jesus Christus. Doch da die Seele – wo sie aufrichtig ist – nur von Gott sprechen kann, wissend oder nicht, ist die Kunst sichtbarer Spiegel unserer Erfahrung Gottes. Sie zeigt, daß die Wahrheit auf den Menschen bezogen, das Verhältnis zwischen Gott und Mensch kein Deismus ist. Sie ist Sprache, durch die wir unsere Sprache reinigen, unserer Seele Ausdruck verleihen können. Derart macht sie Wirklichkeit wirklich.

Jesus Christus hat an seinem Fleisch die Götzendiener erduldet. Dieses Schicksal kann auch jeden Christen treffen; die geschichtliche Situation kann sich so zuspitzen. Die Ohnmacht der Wahrheit prallt mit der Unwahrheit der Macht zusammen oder vielmehr, die Ohnmacht der Wahrheit hat die Unwahrheit der Macht herausgefordert, ihr wahres Gesicht zu zeigen. Dieses Gesicht heißt: Mord. In diesem Sinne sagt Jesus zu den Amtsträgern seiner Zeit, die sich selbstgerecht auf Abraham als ihrem Vater berufen: „Ihr habt den Teufel zum Vater." Doch der Zusammenprall der Kräfte geschieht nicht nur in großen geschichtlichen Situationen, er geschieht, wo für ein paar Augenblicke ernst gemacht wird mit dem, was Liebe, was Entscheidung ist.

Sprachtalent macht keinen Dichter. Der Dichter ist ein seinsmäßig Beschlossenes, nicht zum Tode, sondern zum Leben. Das ist es, was der Mensch im Dichter lernen muß. In ihm kommen Augenblicklichkeit der Wahrheit mit der Ewigkeit der Wahrheit in Konflikt, aber nur, um sich ineinander zu aktualisieren.

Vor der Geburt Christi, in der Alten Welt, war die tiefste und wahrste Sehnsucht die Geburt Christi, die göttliche Leibesherrlichkeit, die Fleischwerdung des Wortes. Konnte man doch den jegliche Offenbarung begründenden Bund Gottes mit Israel nicht herbeisehnen, da dieser an die geschichtliche Bedingung des Volkes Israel geknüpft war und ist. Trotzdem gibt es die Sehnsucht der Völker, auserwählt zu sein, und die Versuchung, sich diese Auserwähltheit anzumaßen. Auserwähltheit als Volk bleibt aber dem Volk Israel vorbehalten. In der Neuen Welt, nach der Geburt Christi, ist vielleicht die tiefste und wahrste Sehnsucht der in den Bund aufgenommenen Völker jene nach dem Garanten Christi: der Kirche. Schließlich nach der Wiederkunft Christi. Darin treffen sich Jude und Christ.

Ab dem Moment, wo der Geist in uns nicht mehr die Anwaltschaft Gottes, die Gnade Christi, übernimmt, ist der Feind eingerückt, mit dem Ziel, uns am Ende umzubringen. Das ist der Geist, der kein Vertrauen hat, der Gott die Gesetze und die Geschwindigkeit des Handelns diktieren will.

Tom, du wirst dich nicht erinnern an den Tag, da ich deine Gedichte las, „do not suddenly break the branch" und „Lord, I am not worthy, Lord, I am not worthy", es war der Tag, an dem die Liebe überhandgenommen. Tom, du Dichter mit den beiden Kronen, Dichterkrone, Gnadenkrone, du hattest die Erde ausgemessen, solltest nun den Himmel sehn, wie jener, der schon vor dir pries: „die Liebe, die beweget Sonn und Sterne."

III

Die Offenbarung ist nicht, uns Antwort zu sein, sondern Brücke. Ohne Offenbarung sind Schöpfung und Erlösung nicht möglich. Jedoch etwas anderes ist es, die Frage, die zum inneren Verstehen dieser Offenbarung führt, mit der Offenbarung vor jeder Offenbarung abzutöten. Das Heidentum ist Frage. Das Christentum Befreiung dieser Frage zur Vollendung der Frage als Liebe.

Barmherzigkeit: den Menschen nicht beim Wort, sondern beim Herz nehmen, denn er weiß zumeist nicht, was er tut oder sagt. Das heißt nicht, daß Barmherzigkeit nicht die Ebene des Wortes oder der Tat einfordert, sondern lediglich, daß sie den Menschen mit dem Blick Gottes zu sehen sucht und sich nicht an den vom Menschen geworfenen Schatten klammert.

Das alte Christentum sah seine Mission bezüglich der Natur darin, den heidnischen Menschen aus seiner symbiotischen Verkeilung mit dem Weltkörper zu befreien. Es tat dies, indem es ihm die Souveränität Gottes vorstellte, ihm so eine Reflexionsebene gegenüber der Welt gab und damit Freiheit. Das neue Christentum, welches das alte ist, findet einen anderen heidnischen Menschen vor. Jenen, der die gewonnene Reflexionsebene gegenüber der Welt zur *Welt* gemacht hat und nun mit ihr seine Symbiose lebt und somit die Welt als Schöpfung ausschließt, aber sie doch benutzt. Demgegenüber muß das Christentum dem Menschen wieder die Welt als Schöpfung zeigen und ihn gewissermaßen in seine heidnische Bestimmung zurückrufen. Und doch geschieht jetzt etwas ganz anderes. Jetzt wird der Mensch durch Berührung und Begegnung mit der Welt aus seiner Selbstsicherheit der zur Welt gemachten Reflexionsebene gerufen.

So wie die Dichtung das Größere ist und den Dichter trägt, so ist die Kirche das Größere und trägt den religiösen Menschen. Ähnliches ließe sich von der Sexualität sagen; hier ist die Ehe das Größere, sie trägt den sexuellen Menschen. Dieses Tragen ist immer ein Korrigieren, Wurzelgeben, Einstiften, Erfüllung- und Sinnschenken, ist ein aus der Isolation in die Kommunikation wahrheitsstiftenden Lebens Senken.

Gegen das Künstler-Evangelium. Warum? Weil es den Bund der Erlösung, den Gott in Abraham, Mose und Jesus Christus geschenkt hat, unterschlägt. Weil es den Menschen auf das Ästhetische oder bestenfalls auf das Ästhetisch-Prophetische verkürzt und sich zuletzt gegen das größere Werk Gottes verschließt. So sehr die Kunst Träger von Wahrheit ist und ihr ein hoher Wert zukommt, so hat Gott uns doch eines höheren Niveaus von Wahrheit für würdig erachtet: Der Wahrheit Gottes, des Menschen, des Innersten der Welt, und gleichzeitig des Äußeren, des Faktischen, das über aller menschlichen Fassenskraft liegt. Ein Künstler-Evangelium, das wäre ein Rückfall in die Verehrung der Schönheit und damit in die religiöse Seelenlage des Schicksals. Aber hier ist mehr als Schönheit.

Für den Christen, also für den, in dem eine verwandelnde Christusbegegnung stattgefunden hat, ist die Tragödie immer schon geboren. Er steht am Ende, also am Anfang. Für den Wirklichkeitsverlorenen aber muß die Wirklichkeit als Wirklichkeit erst geboren werden. Dies wird sie in der Tragödie, im prometheischen Aufstand, im Herausfordern der Götter, im Durchkreuzen der Fiktionen, im Kampf um jene Wirklichkeit, die der Christ Gott nennt. Nur dort kann das Kreuz Christi aufleuchten. Doch das Prometheische, zur Geste verkommen, ist eine klingende Schelle. Am Ende des echt Prometheischen muß die Selbstverleugnung vor Gott liegen, sonst wird es Hybris.

Das Natürlich-Erotische, das in der Schöpfung gegebene Erotische, ist ein Bild und natürliches Äquivalent für die Vorgänge des religiösen Lebens, besonders für die Einung der Einwohnung Gottes mit seinem Geschöpf. Aber wird die religiöse Stufe unecht, ergreift sofort die heidnisch-natürliche den Platz, auch wenn die Rede des Religiösen weitergehen sollte. Darum ist es als Angriff richtig, das Religiöse auf das Erotische als Heidnisch-Natürliches anzusprechen. Um einen heidnisch-natürlichen Zustand des Religiösen zu entlarven und um damit an jenen Glauben zu appellieren, „der die Welt überwunden hat", der sich in der Welt bewährt und damit Salz der Erde ist. Der wahrhaft religiöse Mensch kann von solcher Kritik nicht getroffen werden: Er weiß, wem er vertraut hat. Er ist von den Schrecken der Liebe Gottes gewaschen. Aber es gilt: „Wachet und betet, daß ihr nicht in Anfechtung fallet."

Die Philosophien des Objektivismus wie z.B. der Strukturalismus, sie können uns befreien zur Wahrheit der Dinge, denn derart befreien sie uns vom Sturz nach innen. Aber sie können uns nicht befreien zur Wahrheit der Seele, – diese ist nicht Subjektivismus, sie liegt einen Schritt weiter als Subjektivismus und Objektivismus; und dieser Schritt sieht aus, als wär's ein Schritt zurück.

Lektion, die das historisch gewachsene Christentum zu lernen hat: das Akzeptieren der dem Heidnischen eigenen Geistesverfassung, der heidnischen religiösen Anonymität als Voraussetzung des Glaubens. Dann: im Glauben auszuharren im *horror vacui*, in der Leere, die der Glaube wesensmäßig ist, mit dem Auge auf Jesus Christus, um von hier aus der Liebe die von Gott gemeinte Größe und Freiheit zu geben.

Wer glaubt, ist von Gott mit einer Sendung betraut. Gott hält ihn wach, entreißt ihn der Gefahr der Selbstgenügsamkeit, der Selbstgerechtigkeit. Welche Mittel die Liebe nun wählt – und das ist ein Widerspruch in sich selbst, denn die Liebe ist ja immer eins mit dem Mittel, – ist gleichgültig. Irgendwie wird es Hingabe sein.

Das Problem des Heiden-Christentums: es springt vom mythischen oder philosophischen Gott gleich zu Jesus Christus. Es übergeht Abraham, der im Angesicht Jahwes existiert, der hinausgeht, um woanders hinzugelangen und nicht, um zurückzukehren. Abraham vollzieht die „Trennung". Der mythische und philosophische Gott in seiner Allheit und menschlichen Introspektion steigt nicht hinauf zur Ebene der „Trennung", sondern vermischt Welt, Mensch und Gott. Das Christentum faßt Gott und Jesus Christus auf der Folie dieser Allheit, muß sie so fassen, wenn es vom Heidentum ausgeht. Damit kommt es aber nicht im Vollsinn zu dem Jesus, der aus dem Volk Israel hervorgegangen ist, versteht seine Botschaft nicht auf der Folie, auf der er gesprochen hat. Es „deinkarniert" ihn. Vereinfacht läßt sich sagen, ich muß durch Jesus Christus hindurch zu Abraham stoßen statt zu Herakles oder Dionysos, aber schließlich auch zu diesen, und dann wieder zu Jesus Christus. Ich muß Jesus Christus zuerst von dem geoffenbarten Gott des Alten Testaments her verstehen und erst in zweiter Linie von dem geahnten des Mythos her. Ohne Jesus Christus gewinne ich keinen Anteil am jüdischen Gott, aber ohne Abraham kann ich Christus nicht in seiner jüdischen Farbe erkennen, verstehe ich nicht, warum es das erste Interesse Christi war, die „verlorenen Schafe des Hauses Israel" zu retten. Die Heiden mögen sich Jesus schnell nahe fühlen, identifizieren ihn aber doch mythisch. Die Juden mögen sich ihm fern fühlen, da er die Grenzen des Volkes und des Landes überschreitet, aber sie haben die Möglichkeit, ihn aus der Tradition zu verstehen, der er zuerst geantwortet hat.

Die Kunst kann uns nicht vollends öffnen. Das kann nur Gott. Da, wo uns die Kunst Religion wird, können wir nicht im entscheidenden Sinn aufgetan werden, denn die *poiesis* des Kunstschaffens steht in der Seele der *poiesis* der göttlichen Hand entgegen. Die Rede solch Kunstschaffens ist: „Wie ein gestreckter/ Arm ist mein Rufen. Und seine zum Greifen/ oben offene Hand bleibt vor dir/ offen, wie Abwehr und Warnung."

Die Griechen waren unschuldig, aber sie waren nicht unschuldiger als andere Völker auch. Erst vor der Tiefe des Christlichen kann der Mensch begreifen, was Schuld in ihrer wahren Dimension ist, denn in Jesus Christus wird ihm die Frucht seiner Taten, die er als unerlöster Heide tut, getan hat oder getan hätte, vor Augen geführt. Und diese Schuld zu begreifen ist Adel, ist Segnung, macht unsere bereute Schuld unschuldiger als alle heidnische Unschuld. Die Griechen haben das Äußerste, was in der Grenze des frommen Heidentums möglich ist, vollbracht. Darum war mit ihnen die Zeit erfüllt.

Nihilismus und Religion sind beides Versuche der Weltüberwindung. Darum eignet dem Nihilismus eine gewisse Größe im Vergleich zum Positivismus oder Materialismus. Der Nihilismus versucht die Welt zu unterlaufen, ist im wesentlichen Reaktion auf eine nicht mehr plausible Wertordnung. Die Wahrheit des Nihilismus ist die Verzweiflung, resultierend aus der radikalen Wertverweigerung. Der Nihilismus steht in einer inneren Beziehung zum Christlichen, insofern er versucht, das Subjekt vor sich selbst zu bringen, es von allem Schein zu entblößen. Was dem Nihilismus die Wertverweigerung, ist dem Christlichen Durchgang zu Gott. Die Tatsache der Verzweiflung bezeigt, daß sich unser Leben nicht aus sich selbst vollenden kann. Ein Mensch ohne religiöse Bindung, also ohne Bezug zu seiner innersten Wahrheit, hat nur die Möglichkeit der Gewalt oder des Exhibitionismus, oder er muß im Schmerz des Opfers des religiösen Bezugs würdig werden.

Die Sünde entmenscht uns, macht uns zu einer Mondlandschaft. Die Reue versucht die Sünde durch doppelte Liebe wiedergutzumachen. Unter Tränen setzt sie den Menschen wieder in die Landschaft des Lebens ein. In der Reue hat die Liebe ihre tiefste Kraft. Das wiedergeborene Leben lebt aus solcher Reue, die von Gott her das Geschenk der Vergebung ist. Doch wie, sollen wir sündigen, um der Reue teilhaftig zu werden? Nein, wir sollen versuchen, aus der Fülle zu leben. Wenn wir das tun, werden wir begreifen, wir sind der Fülle nicht fähig, und wir werden nach der Sünde greifen, unsere Seele nicht der Leere aussetzen zu müssen, oder einfach, um zumindest den Schein von Lebensfülle zu erfahren. In diesem Die-Fülle-Erfahren-Wollen können wir ganz naiv und unschuldig sein. Wir erleben, daß die Fülle und unsere Seele nicht in Deckung zu bringen sind. Unsere Seele ist verschieden zur Fülle, oder besser, die Seele hat keine Mittel, sich der Fülle zu vereinen. Jetzt wird sie ihrer Mittellosigkeit und ihrer begangenen Sünden inne. Solch Erfahrung führt sie, sofern sie aufrichtig ist, zur Reue über ihr ganzes falsches Leben und zur Erkenntnis, daß sie im Innersten falsch organisiert ist, weil sie den richtig organisierenden Magneten, Gott, nicht kennt. Endlich ist sie auf dem Niveau der Leere angekommen, ist sie über die Leere hinaus, sofern sie liebt in der Reue und Gottes Vergebung annimmt.

Ein Christ mit Weltangst ist etwas Lächerliches. Wer könnte seinem Wesen nach verwegener, abgeklärter, aufgeklärter, demütiger, mutiger, stolzer, fröhlicher, tiefer, mitleidender, sanfter, wahrhaftiger, alles in allem: vom Wahnsinn der Liebe erfüllter sein denn der Christ. Er darf alles, aber es frommt nicht alles. Wie kann er also Angst vor der Welt haben? Der Christ, der sich selbst versteht, ist ein Aufständischer der Liebe.

Der Atheismus, nicht der Agnostizismus, ist eine gewisse Kraft, insofern er versucht, der Daseinserfahrung fern theologischer Vorauslegung gerecht zu werden, er feststellt, was ist, und so Gott nicht ausklammern kann, ohne ihn jedoch „Gott" nennen zu müssen. In Richtung dieser Reinigung und Erfrischung der Transzendenz ist der Atheismus ein notwendiges Korrektiv. Er verzichtet auf das „Symbolisierte des Symbolisierten". Sein Kern ist Aufrichtigkeit. Aber wenn das atheistische Sich-Zuhören und Erforschen auch zunächst freier und unberührter ist, so greift es doch nicht weit genug aus. Atheismus kann über die Gesinnung Gottes nichts wissen. Hier hebt die Offenbarung an. Sie zeigt das Wie Gottes. Dieses Wie Gottes – in Jesus Christus –, das uns durch die Kirche zugetragen wird, das wir im Glauben ergreifen müssen, erschafft in uns das befreiende Erlösungswissen. Der Atheismus kommt, wenn er Atheismus bleibt, nicht zum Eingeständnis, daß unser Gottesverhältnis von Gott her begründet werden muß, kommt nicht zum Eingeständnis der Notwendigkeit Christi, bittet nicht um Erbarmen. Und das ist seine Schwäche, seine Grenze und schließlich seine Lüge. Die Liebe weiß, wie tief wir von Gott getrennt sind.

Der Christ hat die Zerstörungsbewegung, die durch den Sündenfall in die Welt gekommen ist, unterbrochen. Er hält das Kreuz Christi – sein Sich-Selbst-Annehmen in seinem An-Gott-Verlorensein – und im Anschluß daran, sein Kreuz, das er tragen muß, gegen den Virus der Zerstörung, der aus der Leugnung unseres An-Gott-Verlorenseins hervorgeht, und so gewinnt er das Leben. Der Götzendiener hingegen opfert seine Freiheit und damit sein Kreuz und verliert alle Freude.

Das Gebet ist die tiefste und erste Gnade im religiösen Leben. Sie zu erringen ist das schwerste. Wir können uns aber in unserer intuitiv geleiteteten Hingabe Gott anempfehlen, uns der Gnade des Gebetes würdig erweisen. Gott läßt sich von unserem Herzen bestürmen, von jenem Feuer, das er in uns gelegt hat. Wir müssen jene bittende Witwe sein, um deren Drängen wegen Gott ihr schließlich willfährt.

Sich von der Kunst Erlösung erhoffen: ein Mißverständnis dessen, was der Mensch ist. Wo die Kunst zur Religion wird, bekommen Kunst und Künstler eine Rolle, der sie nicht gerecht werden können. Der Künstler wird an seiner Kunst oder an der Welt verzweifeln, denn das Wort der Kunst können wir uns selber nicht aufschließen; es ist Gottes Gabe. Und außerdem reicht es nicht hinab in die tiefsten Schichten unseres Seins. Das Wort des Glaubens aber reicht bis in die obersten Himmel und bis in die tiefsten Tiefen.

„Ohne Glauben leben" soll der, dem der Glaube ein Bildnis ist, der nicht aus seiner Seele den Zugang zu dem im Glauben verherrlichten Gott findet, nicht *seinen* Himmel im Himmel des Glaubens erkennt, dem aus Glauben nicht Freiheit, Zuwendung und Gerechtigkeit spricht, sondern Illusion, mangelnder Mut zum Selbst, mangelnde Annahme des tragischen Lebensbefundes, determiniertes Fragen. Wer ist aber jener, der dem Glauben ein bedingtes Wahrheitsrecht zugesteht, aber glaubt, daß der Glaube überwunden werden müsse, indem man ihm entwachse, da er sonst den Menschen verzeichne, ihn durch Transzendierung von seinem Ursprung trennt? Glaube gehört hier der Stufe der Kindheit an, die Annahme des tragischen Lebensbefundes hingegen, aus dem es redlicherseits kein Entkommen gibt, der Stufe des Erwachsenenalters. Solch Vorstellung vom Glauben hat zur Voraussetzung, daß aus der Einheit des erbarmenden und gerechten Gottes ein von seiner Gerechtigkeit und seinem Zorn abgeschnittener Gott geworden ist, der nur noch *lieb* sein kann. Das bringt den „Übermenschen" hervor. Dieser erträgt sich ob der Aporien des Lebens, ist tapfer im Unerträglichen, sucht keinen Trost. Er ist Heros. Er ist im Recht, insofern er sich vor Selbstbetrug bewahren möchte, vor Ausbildung seelischer Idiosynkrasien. Religion gilt ihm als Augenwischerei. Zu Gott fliehen ist Schwäche. Solch Starkmut ist zu loben. Er bildet nicht eine Position des überwundenen Glaubens, sondern eine Voraussetzung des Glaubens. Ein erster Mangel dieser Position, sofern man sie zur ultima ratio macht, ist das Defizit an Menschlichkeit, denn sie wird nicht in der Lage sein, die Bedürftigkeit und Schwäche des Menschen in ihr Konzept aufzunehmen, sondern wird diese eliminieren. Es ist die Position derer, die sich nicht vorstellen können, daß es einen Mangel an Kraft gibt, der nur durch Einsatz des Starken für den Schwachen behoben werden kann. Solch Heros braucht keinen Glauben, keinen Trost, da er sich selbst Trost und Glaube ist. Sein Wesen ist narzißtisch. Dieser Glaube bricht zusammen, wenn das Selbst keinen Weg mehr hat, das Leben mit der Sackgasse antwortet. Doch auch hier versucht er sich zu retten durch eine heroische Tat, durch Selbstmord. Der Selbstmord hat ihm nichts Verdächtiges. Der Gottesglaube hingegen zentriert nicht im Selbst, sondern in Gott, der Herr ist über Lebende und Tote, der gerecht ist, ohne unbarmherzig und barmherzig, ohne ungerecht zu sein. Er ist der einzige, vor dem ich mich fürchten muß. Mein Selbst ist angefragt. Antwortet das Leben mit der Sackgasse, steht dahinter Gott, der mir etwas über mein Leben sagen, mich zur Korrektur bewegen will. Der Glaubende muß sich die Mühe machen, das, was offenbar ist, also ihn angeht, von dem zu unterscheiden, was verborgen, also Gottes ist. Aus diesem „Zwischen" entläßt sich der Heros. Für ihn ist Gott ein Wunschbild. Doch sollte dies nicht selbst ein Denken des Wünschbaren sein? Ist es nicht leichter, Gott als den illusionären Kindergott abzutun und sich ins heroische Selbst einzuschmieden als es mit dem lebendigen Gott zu tun zu bekommen, mit dem ich mein Leben nicht bis zum Selbstmord auswetten, sondern vor dem ich mich nur in Gottesfurcht demütigen kann? Es gibt ein „Heroisches" als Haltung vor Gott. Dies ist „die Tapferkeit des Gefühls vor dem Furchtbaren", das Gott ist. Es ist die Demut, die darin besteht, den Willen Gottes zu suchen und zu tun.

Im Geschenk des Glaubens bringt Gott uns zu allem in ein Differenzverhältnis, befreit uns aus naiver Vereinnahmung. Er tut dies, indem er uns unser „Hier-bin-ich" sprechen läßt als Bedingung dessen, daß Gott der Andere, daß Gott Gott wird. Nun gibt Gott „des Menschen Grenzen Frieden", erfüllt uns und spricht mit uns in und an dieser Grenze.

Versuch, uns einer Zweckmühle – einer auch noch so „heiligen" – zu unterwerfen, um dem anstrengenden und lebensspendenden Dialog mit Gott zu entgehen. Versuch: die Vertikale in die Horizontale umzudeuten: Gottesfeindschaft, Menschenfeindschaft. Metaphysische Feigheit.

Das alles überstrahlende EREIGNIS Gottes: das Fest der Feste.

„Einen ketzerischen Menschen meide." Warum? weil es unfruchtbar ist, sich mit der Rechthaberei auseinanderzusetzen. Da wo bei anderen Menschen das Schweigen, das Scheitern, das Fragen ist, ist bei ihm eine Lehre. Das natürliche Einverständnis leugnet er zugunsten seiner Lehre. Dem Vertrauen setzt er geistige Macht- und Besitzgier entgegen. Es gibt keine Gemeinschaft, kein Gespräch mit ihm, keine Freude, keine Erquickung, denn er sucht all dies nicht. Die Freude würde ihn überführen.

Die Kirche ist die stärkste Verteidigung des religiösen Menschen. Gott hat die Kirche eingesetzt, damit der von ihm Berührte nicht an der Welt irre wird, sondern der Wahrheit ein

Haus gebaut sei aus den Gaben des Geistes. Wäre die Kirche nicht, müßte der zum Glauben in Jesus Christus Berufene den Verstand verlieren oder in den Selbstmord flüchten. Was wäre aus Paulus geworden nach dem Damaskus-Erlebnis, hätte man ihn nicht der Kirche zugeführt?

Die Kunst kann uns dazu verführen, uns zu verdammen, indem wir das Werk gegen das Leben setzen. Doch damit geraten wir vor Gott in die Unwahrheit. Von ihm sind wir durch Jesu Tod und Auferstehung in den Bund der Erlösung aufgenommen. Darum dürfen wir unser eigenes Tun nicht wichtiger als das Handeln Gottes nehmen, nicht Gott zum Lügner machen, indem wir sein Werk der Erlösung mißachten. Wir sollen vielmehr alles auf *sein* Werk setzen. Dies wird das unsrige dann schon hervorbringen, wenn Gott es haben will, und zwar Stück für Stück, in Geduld.

Das „Nur-Ästhetische" hört das Ethische nicht. Und damit hat es auch keine Empfindung dafür, daß es ein Gerechtigkeit verteidigendes Leiden, das Leiden des Gerechten gibt.

Daß Kirche und Christentum unter das Verstehen der Repräsentation geraten sind, ist ihre Krise. Die Kirche hat *Raum* und *Legitimation* freigesetzt, den bzw. die zuerst sie selbst, dann andere travestiert haben und nun gegen die Kirche ins Feld führen. Daß die Kirche sich psychologisch auf diesen Raum der Repräsentation bezieht anstatt auf Gott im unnahbaren Licht – denn „das ist seine ewige Kraft und Gottheit" –, das ist es, was sie so schwächt. Sie selbst verwechselt in ihrem Weg nach draußen die Inkarnation mit der Repräsentation. So kommt es im Streit mit dem Draußen nur zum Streit zwischen dem von der Kirche freigesetzten und dem travestierten Raum. Ein wenig fruchtbarer Streit, weil so der eigentliche, der der Gottesfrage, nicht ausgetragen wird.

Wir, in unserer Torheit, glauben, irgendwann an die Grenze unseres Machens und Erfindens zu kommen. Wir begreifen nicht, daß uns alles möglich ist: jeder Wahn, jeder Traum erfüllt sich. Wir können alles entdecken, alles erfinden. Dies liegt in der Möglichkeit und im Ernst unserer Freiheit. Doch durch dieses unser Machen und Erfinden richten wir uns. Für unser ewiges Leben bedeutet das Machen und Erfinden nichts, sondern vielmehr negativ, daß wir keine Früchte sammeln für das ewige Leben und vor Gott bei ausgezerrter Kraft und durch Erschaffung unnützer Probleme mit leeren Händen stehen.

Viele urteilen über Gegenstände des Religiösen ohne religiöse Erfahrung. Das ist der Anfang der Verkehrung. Denn das Religiöse erschließt sich nur der Erfahrung. Gott meint es ernst. Er will nicht, daß wir Ihn, den Lebendigen, mit dem Gott der Philosophen verwechseln. Der lebendige Gott löscht alles Denken aus und führt zur Buße. Doch dies bedeutet nicht, daß in dem Gott, den die Philosophen beschwören, nicht irgendwo auch der lebendige zu finden wäre. Aber das durch die Erfahrung Gottes belehrte Denken und das Denken, das ohne diese Erfahrung auszukommen sucht oder auskommen muß, sind zweierlei Ding.

Wie kann der Dichter des „Waste Land", das artistisch gearbeitet ist, jenes vergleichsweise einfache und scheinbar formal anspruchslose „Ash-Wednesday" schreiben? Aus der Erfahrung der Umkehr, der Erfahrung, daß Gott *da* ist.

Die Frage, wo endet Natur, wo hebt Gnade an, diese Nahtstelle zu bezeichnen, ist für unseren Geist unmöglich. Darum ist, Natur und Gnade gegeneinander auszuspielen, der Anfang einer Kette falscher Folgerungen. Es kann hier nur Abgrenzungen und Klarstellungen geben. Im Innersten bilden in jedem Menschen Natur und Gnade ein Lebensgeheimnis, das einzig Gott kennt.

Die Lüge webt einen falschen Faden ins Tuch der Welt. Der falsche Faden eröffnet zunächst ein Stück Weg, einen, auf dem die anderen nicht gehen können, denn sie sehen den Faden nicht. Das ist der Vorteil und zugleich das Unglück des Lügners. Er erhält auf seine falsche Spur keine Antwort, denn der Faden ist zwar eingewebt, aber er leitet nicht. Der Lügner weiß darum nie, was seine Lüge bewirkt, bereits bewirkt hat und noch bewirken wird. Aber genau dessen möchte er sich vergewissern, denn das Geflecht droht für ihn undurchsichtig zu werden. Solch Vergewisserung ist aber nur durch Zerreißung des Fadens möglich. Beim Lügner verbleibt statt des Wortes das Schweigen. Es gleitet munter auf dem Geflecht hin und her, aber es benutzt die falschen Fäden nicht, sondern macht sie wie durch Infrarot kenntlich. So befindet sich der Lügner in einer dreifachen Isolation. Das Schweigen verrät ihn, die Menschen können auf ihrem Geflecht nicht zu ihm hin, und er muß den toten Faden weiterweben und noch neue tote Fäden gegen das ihn verratende Schweigen hinzufügen. Er macht einen Wettlauf mit dem Schweigen, bis das Geflecht so brüchig geworden – da es inzwischen fast gänzlich aus toten Fäden besteht –, daß er überführt wird bzw. sich selbst verrät. Das wird Befreiung für ihn sein, denn jetzt werden die nichttragenden Fäden aus dem Geflecht herausgeschnitten. Die Wirklichkeit darf wieder Wirklichkeit sein.

Das Heidnisch-Heilige ist noch unvollkommen. Es wirft Welt, Mensch und Gott zusammen und kann als Numinoses das Ethische nicht unterscheidend gewinnen. Es weiß sich noch nicht von der Macht abzutrennen. Vollkommen wird es erst durch die Sinai-Offenbarung und durch den Kreuzestod Christi. Jetzt ist das Mysterium Mensch unverbrüchlich mit dem Mysterium Gott verschweißt. Die auf Gott bezogene Washeit ist korrigiert zum *Antlitz*.

„Freuet euch mit den Fröhlichen und weinet mit den Weinenden", das kann nur, wer innerlich frei ist, der liebende Mensch. Normalerweise herrscht das Gegenteil: Schadenfreude und Mißgunst. Darum erfährt man, hat man einmal wirklichen Grund zur Freude, wie gewähnte Freunde sich in Mißgunst verschließen, oder im Falle einer Leiderfahrung, wie die Schadenfreude hinter der Mitleidsbekundung lauert.

Das Gedicht kann der Prototyp der Zukunft allen Machens sein. Es ist als Gestalt am tiefsten mit dem Geheimnis des Verfertigens im Dinglichen vertraut. Es erforscht im Dinglichen die Zukunft des gültigen Seins, oder besser, des gültigen Sprechens. Es ist die *poiesis*, aber darüber hinaus auch die ideale *poeisis*. Das Gedicht als ideale *poiesis* ist, wenn es sich richtig versteht, das Kunstwerk des Kunstwerks. Es kann auf engstem Raum am weitesten ausgreifen.

Es gibt ein mythisches Denken, ein Denken der Wirklichkeit und ein Denken der Realität. Letzteres entspricht allen empiristischen Unternehmungen. Das mythische Denken ist ein quasi-religiöses, aber noch unaufgeklärtes – im Sinne einer religiösen Aufklärung. Das Denken der Wirklichkeit aber hält die befreiende Mitte. Es hält sich offen für die Ereignisse der beiden anderen Denkweisen. Das als durch Juden- und Christentum – und im geringeren Maß durch Buddhismus – aufgeklärte und aus der Erfahrung Gottes auf den Weg gebrachte Denken ist ein Denken der Wirklichkeit. Es identifiziert nicht.

Die nichterleuchtete Liebe ist eine symbiotische Liebe, ein Grauen. Gott muß unsere besitzergreifenden Herzen erleuchten, unsere Angst-Herzen, auf daß sie sich am Andern freuen, anstatt in ihn hineinzufallen oder ihn zu überwältigen.

„Liebet eure Feinde." Das heißt nicht, daß wir uns nicht verteidigen, sondern wir uns durch den Feind nicht aus der Grundverfassung des Liebenden heraustreiben lassen dürfen, uns im Kampf nicht zum Haß verleiten lassen, sondern einzig kraft der Liebe die Gerechtigkeit, die Verteidigung der Wahrheit suchen sollen. Dann fallen wir nicht in Schuld. Jesus Christus ergab seine Seele nicht der Gewalt des Hasses, einem Denken der Vergeltung, aber er hat sich auch nicht in Indifferenz geflüchtet. Das Gebot der Feindesliebe will uns davor bewahren, das Unrecht, das uns angetan wird, zum Anlaß für Unrecht zu nehmen.

Schmerzvoll, um die Liebe Gottes zu wissen in einer ins Animalische zurückgefallenen Zeit, die von tieferen Werten und Wahrheiten ausgeschlossen bleibt und darob von Dummheit und Anmaßung gezeichnet ist. Übung der Ausblendung jeglicher tieferen Lebenswerte, was unbeschreibliche Einsamkeit und Anonymität der Wahrheit zur Folge hat. Wird in solcher Zeit Freundschaft noch verstanden? Wenn die Wahrheit auch einsam ist – und die Wahrheit das ist Gottes *Da-Sein* –, jener, der die Wahrheit liebt, wird nicht einsam sein. Gott schenkt ihm eine Gemeinschaft, die alles übertrifft. Jener erfährt: „was kein Mensch gehört hat und was in keines Menschen Herz gekommen ist, bereitet Gott denen, die ihn lieben."

Unsere Versündigung am ersten Gebot: der Gottesliebe. Unsere Seele kann nicht gesund sein, wenn sie das Gebot nicht beherzigt. Die Gottesliebe ist die Pflege einer Beziehung, der realsten Beziehung. Das Gebot bedeutet, daß wir Gott Gott sein lassen, ihn seinen Namen vor uns aufrichten und seine Rechte von uns einfordern lassen, unsere Welt- und Lebensbezüge von ihm her aufbauen, ihm nichts vorenthalten und in allem, was wir tun, unser Herz auf ihn lenken und so im Innersten *eins* sind.

Alle Religionen haben zum Christentum ein katechumenales, aber auch auslegendes Verhältnis und sind gleichzeitig im Christentum enthalten mit Ausnahme des Judentums. Das Judentum steht in einem grundierenden und in Frage stellenden Verhältnis zum Christentum. Es erhält dem Christentum die adventliche und messianische Dimension, es holt die Erfüllung zurück in die Verheißung. Das Christentum erklärt den Vater durch den Sohn, das Judentum den *Sohn* durch den Vater. Ohne Judentum droht dem Christentum der Verlust des Offenbarungswortes. Ohne Christentum fehlt dem Judentum eine entscheidende Selbstoffenbarung.

Den ärgsten Feind des Glaubens kann Gott über Nacht zum Kämpfer des Glaubens machen. Das ist eine Weise, wie Gott sich Heilige beruft. – Und ein Feind des Glaubens kann ja nur sein, wer den Glauben nicht im Geist des Glaubens, im heiligen Geist verstanden hat, aber nicht indifferent ihm gegenüber ist.

Gott nennt mich beim Namen; ich habe nicht das Recht noch die Fähigkeit, ihn beim Namen zu nennen. Meine Antwort auf seinen Ruf kann nur heißen: „Herr, hier bin ich." Das ist meine äußerste Möglichkeit, meine Wahrheit. Aber wenn ich Gott auch nicht beim Namen nennen kann, so kann ich seinen Namen doch heiligen. Und dies muß ich, wenn ich in der Wahrheit leben, seinen Namen nicht durch andere, mich und das Sein entstellende Namen verzeichnen will. Und wie heilige ich seinen Namen? In der Gottesliebe gebe ich Gott Raum, er selbst zu sein, und damit gibt er mir Raum.

Bevor uns das Unbeschreibliche der Fleischwerdung Gottes das Geheimnis werden kann, das es ist, müssen wir um Gott im unnahbaren Licht wissen. Wer um diesen Gott nicht weiß, dem kann die Selbsterniedrigung Gottes in Jesus Christus nur ärmlich erscheinen.

Gott hat die beiden Kräfte Wort und Schrift in ein gelingendes Verhältnis gebracht: in Mose, in den Heiligen Schriften, in Jesus Christus. Unseres kulturellen Grundproblems, dem Krieg zwischen Wort und Schrift, hat Gott sich angenommen und es zur Heilung hin überwunden. Heilung heißt hier: Wort und Schrift als dem Sein selbstgemäße Eröffnungskräfte des Gottesverhältnisses. Im falschen Verhältnis oder im Nicht-Gottesverhältnis bekämpfen Wort und Schrift einander. Gott vertraut sich der Schrift an, um nicht nur Anwesend-Abwesender, sondern auch Abwesend-Anwesender sein zu können. So dem Menschen die seine Würde begründende Verantwortung zu eröffnen. Gott nimmt seine Nähe zurück, damit wir uns nahen können.

Das Christentum ist vielleicht die grausamste Aufklärung. Tiefer noch als die buddhistische Leere ist die Tiefe, die in der Leere Gott als menschliches Antlitz erkennt. Ein Gott, der sich uns ausgeliefert hat, mit dem wir alles machen können und eben darin uns selbst richten. Der, um ihn zu erkennen, den mystischen Tod zur Voraussetzung hat – und das ist gemäß der buddhistischen Leere –, der aber dann nicht abstrakt und neutral bleibt, sondern personal wird – als Antlitz.

In der Freiheit und Würde des Gottesglaubens brauchen wir uns nicht durch Dünkel vom anderen Menschen abzusetzen, nicht mehr zu fürchten, daß Unwürdige aus unseren Schalen trinken. Weil Gott uns ganz macht und unsere Einsamkeit ausmißt und uns den Rang schenkt, der uns seinsmäßig ist, ist der andere nicht mehr der Feind oder Konkurrent. Unser Glas ist bis zum Rand gefüllt, und wir können singen: „Der Herr ist mein Hirte, mir wird nichts mangeln."

Gott hat uns im Wort einen Ausstieg aus der Todestrommel, unserer selbst verschuldeten Gottesferne gegeben. Ohne das Wort zermahlt uns der Geist. Das Wort ist das Fahrzeug der Seele. Unser Schweigen ist nur befreiendes Schweigen im Verhältnis zum Wort. Und das Wort ist nur befreiendes Wort im Verhältnis zum Schweigen. Das Wort ist von jener engelhaften und zugleich tiefmaterialen Substanz, in der auch der Mensch sich erfährt. Darum ist der Mensch im Wort behaust, kann er sich an das Wort übergeben, bindet ihn sein Wort, kann es ihn binden. Darum müssen die Menschen „Rechenschaft geben von einem jeglichen nichtsnutzigen Wort, das sie geredet haben." Im Wort bekennen wir unser Hier und ergreifen gleichzeitig unser äußerstes Dort.

Kein Mensch kann in Wahrheit etwas gegen Gott sagen. Man kann ihn nur erkennen oder nicht erkennen. Doch solange wir ihn nicht erkennen, müssen wir mit unserem Bild von Gott – und jeder hat ein solches Bild – ringen, wenn wir wahrhaftig sind. Jakobs Kampf mit dem Engel. Das ist ein Kampf, den der Mensch führen muß, wenn er des Namens *Israel* gewürdigt werden will. Ohne diesen Kampf kann Gottes Selbstmitteilung nicht an ihn ergehn.

Sollte es uns gelingen, vollkommen relativ zu werden? Das wäre im gewissen Sinn eine Leistung, insofern das Relative sich immer noch vom Absoluten her auslegt. Aber wirklich relativ kann nur sein, wer seine Höhe erklommen hat. Anders ist er nur depraviert, denn im solchermaßen Relativen sich zu begnügen, bedeutet zwangsläufig, ethisch Opportunist zu sein. Jetzt kann nur noch mein Wohlergehen das höchste der Ziele sein; nicht mehr Liebe zählt, die das Leben in Gefahr bringt, sondern Leben, das die Gefahr möglichst klein hält. Solche Vorstellungen erziehen uns zu Feiglingen und Zuschauern. Sie nehmen uns die Lebenskrone, zu leben in aufrichtiger „Sehnsucht nach dem Idealen" als des Reiches Gottes, das nicht von dieser Welt ist und darum nur wirklich werden kann als Sehnsucht und Gnade.

Wohl dem, dem Züchtigung zuteil wird von Gott, den Gott beraubt, der Entäußerung preisgibt und auf Sehnsucht festmauert. Wenn jener lang genug von den Heuschrecken der Wüste gelebt hat, was ihm wie Strafe, wie Verdammung erscheint, wird Gott die Züchtigung beenden. Hernach wird es das Wunder gewesen sein, das ihn für eine neue Welt bereitet, empfangsbereit gemacht hat.

Es gibt eine Rede, der der Sündenfall etwas Äußerliches ist, ein systematisches Moment: in das Reine fällt das Unreine, das Dunkle kommt von außen wie Zufall, wie blinde Gewalt. Das Reine und Unreine sind Vorfälle einer ontologischen Natur. So beginnt aller Gnostizismus. Die Realität des Sündenfalles ist etwas anderes. Leben müssen in der Differentialität, die nie eine Einheit findet, und in der daraus folgenden Unterdrückung und Leugnung der Differentialität. Diese Differentialität bis in ihre äußersten Tiefen, die menschliche Realitäten sind und kein Theorem, anzunehmen ist nur möglich in der Gnade der Vergebung. Vergebung kommt aus der Gnade, die die Einheit Gottes ist, von hier aus wird Differenz verstehbar und sichtbar, erhält sie ihre Wirklichkeit zurück. Darum folgt aus der Gnade der Vergebung die Reue als innigstes Anerkennen dieser Differenz, als Bejahung und Wiedergutmachung am Anderen.

Danksagung. Das ist die Speisung der Fünftausend. Fünf Brote und zwei Fische und die Danksagung, das ist Speise genug für Fünftausend. Und es bleiben noch zwölf Körbe übrig. Die Danksagung verwandelt das sonst karge Leben in das, was es ist: Überfluß. Ohne die Danksagung hätten auch fünftausend Brote und Fische nicht genügt, die Menschen satt zu machen. Denn satt macht uns nicht das Brot, sondern die Gegenwart Gottes.

Gott zu erfahren heißt, zu erleben, daß Gott der „Herr" ist. Man sieht plötzlich ein liebendes Licht, dem nichts und niemand gleicht, Licht, das es so auf der Welt nicht gibt. Es ist weder innen noch außen, noch ist es nicht innen oder außen. Es kommt aus einer Souveränität, die man nur *Gott* nennen kann. Das innerste Selbst und der ewige Gott umarmen sich. Es ist das äußerste Wiedererkennen, das möglich ist. Die Seele hat ihren Geliebten wiedergefunden. Sie ist wieder ganz und lobsingt. Und jetzt gehört alles Gott, der „Herr" ist, alles gehört ihr, und sie ruft freudig: „Mein Herr und mein Gott!"

Was das Christentum der Heiligkeit vom Christentum der Kleinbürgerlichkeit unterscheidet – und Kleinbürgerlichkeit ist eine Herzensverfassung, nicht etwas, was man von außen sehen kann –, ist das gleiche, was Kunst vom Kunstgewerbe unterscheidet: das Erlebnis der Grenze, das Wissen um die Verwegenheit des Geistigen angesichts einer sich in sich selbst verschließenden Immanenz.

Gott richtet, indem er uns Wertwelten eröffnet oder uns Wertwelten verschließt. Daß uns eine Wertwelt verschlossen ist, wissen wir nicht. Wir wissen es nur zurückschauend, sobald uns jene neue Wertwelt eröffnet wurde.

Die Natur der Natur ist die Gnadenliebe Gottes.

Zweites Buch

I

Hinausgehen, meine Zugehörigkeit ins Miteinander aller Menschen entdecken, die Toten wissen, Gott erkennen, Jesus Christus erkennen, die Heilsnotwendigkeit der Kirche verstehen. Wissen: alles ist gut. Die Sprache vergessen haben. Nichts mehr sagen müssen, wollen, können. Loben.

Für den, der in dem Gott der Kirche nur ein Seiendes sieht, ist es ein weiter Weg, in diesem Gott den Lebendigen zu glauben und zu erkennen, aber wenn Gott will, kann es auch ein kurzer Weg sein. Der Weg, auf dem Gott uns auslöscht, wie Saulus ausgelöscht wurde unterwegs nach Damaskus im Sinne des vierfachen Nichts, wie Meister Eckehart es beschreibt. Aber dann muß uns Gott den Ananias schicken, der uns die Hand auflegt und uns in die Kirche aufnimmt, auf daß wir wieder sehend, neu sehend werden. Wenn der Gott Jesu Christi uns geblendet hat, kann nur die Kirche uns retten.

Der Mensch ist der Humus des Dichters. Wie die Gnade auf der Natur aufruht, so ruht der Dichter auf dem Menschen in ihm auf. Und der Mensch ist der, der die Gnade des fleischgewordenen Wortes in sich selbst und an sich selbst verwirklichen muß.

Christentum und Judentum gehören zusammen. Sie sind *eine* universale Religion. Darum ist die Trennung von Kirche und Synagoge das „erste große Schisma" und deckt auf, wie wenig beide ihrer geistigen Berufung gefolgt sind, wie irdisch gesinnt sie noch waren oder sind. Israel hat die Offenbarung des wahren Gottes empfangen und in die Welt ausgestrahlt, Jesus Christus hat diese für alle Völker zugänglich gemacht, durch sich selbst. Vom Judentum wissen wir um Recht, Geschichte, Ethik und die höchste und freieste Geistigkeit. An die Fragen, die das Judentum gestellt hat, schließt das Christentum an. Und ohne diese Fragen verliert das Christentum den Horizont der *Wahrheit*, wird heidnisches Verstehen, verliert seinen erlösenden Charakter, um deswillen es einzig da ist. „Gottes Gaben und Berufung können ihn nicht gereuen." Die Erwählung Israels hält an. Die Erwählung derer, die durch Christus zum Volk Gottes gelangt sind, hält ebenfalls an. Jesus Christus ist die Tür zwischen den beiden Völkern des einen Bundes, „ein Licht, zu erleuchten die Heiden, und Herrlichkeit für sein Volk Israel."

Trotz der Wahrheit und des Trostes des Glaubens läßt Gott uns Anteil haben an den Leiden der geschichtlichen Stunde, denn darin kündigt sich seine neue Welt an. Diese Leiden sind Gottes vornehme Gabe.

Wo uns die Vermenschlichung, die Inkarnation des Geistes nicht mehr gelingt, droht unser Geist krank zu werden und wird auch krank, so wir in reiner Vertikale oder Horizontale verbleiben. Gottes Liebe ist nur in der Kreuzesgestalt denkbar. Bevor dies für die Heiden in Jesus Christus sichtbar wurde, war es für Israel schon gegenwärtig und ist weiterhin gegenwärtig in seiner Sohnschaft als Volk Gottes. Gottes Geist war von Anfang an Geist der Inkarnation. Als dieser ist er geschichtlich *mit* seinem Volk. Die Inkarnation in Jesus Christus wendet sich an den Einzelnen und an die heidnische Geistigkeit, macht diese bundesfähig. Jeder Mensch muß das inkarnatorische Handeln Gottes in irgendeiner Form nachvollziehen.

Nie die Gnade gefunden zu haben, gegen sich selbst in den Krieg zu ziehen: mit sich selbst betrogen zu sein.

Unsere Zeit hat nicht die geringsten Versöhnungs-, Schlichtungs-, Vergebungskräfte. Ein Streit, und alles läuft auseinander. Der Wirbel des Bösen ist durch unsere schwachen Seelenkräfte, die keinerlei Nahrung mehr erhalten, nicht einzufangen oder zu bremsen. Wir, allein, nur auf uns gestellt, finden nicht die Kraft der Vergebung. Unser Ich, das einzige, was wir haben, fühlt sich gekränkt. Und wie soll es aus dieser Kränkung wieder herausfinden? Jetzt versuchen wir die Flucht nach vorn, werden glatt und angriffslustig. Posieren „übermenschlich". Wir Armen, wir verstehen die Reue nicht mehr, wir fressen andere, fressen uns selbst.

Wie schwer, wie unmöglich, dem Menschen, der von Gott nur eine bildnishafte Vorstellung hat, den lebendigen Gott zu vermitteln, denn die entscheidenden Bahnungen sind mit Mißtrauen und falschen Bezügen durchsetzt. Immer muß, damit Vermittlung möglich werden kann, sich Gott uns zuvor als der Lebendige erahnbar gemacht haben.

Wir sollen nicht Kränkung mit Kränkung vergelten, aber sollen auch nicht die Kränkung hinnehmen, als wäre sie nicht. „Wenn dein Bruder aber (gegen dich) sündigt, gehe hin und halt es ihm vor", aber nicht um ihn zu beschuldigen, sondern um verstehbar zu machen, daß die Beziehung leckgeschlagen ist, und um auf ein Verhalten hinzuweisen, das die Würde und Freude menschlicher Beziehung untergräbt. Jetzt ist Liebe gefordert. Hier das bereitwillige und entgegenkommende Verzeihen, dort die Bereitschaft, zu sehen, daß man jemanden verletzt hat, und sich dafür vor dem andern schuldig zu sprechen und Verzeihung zu erbitten.

Welch Kampf, sich vom Gnostizismus zu befreien, vom Gnostizismus des Ethischen, – des Guten, aber: natürlich gibt es das Gute, es ist uns als Unerlösten zugänglich und ist eine Tür zum Erlösungsverständnis. Gnostizismus wird das Gute dann, wenn es die Gnade nicht kennen will oder nicht zur Sündenerkenntnis führt, zur Erkenntnis unserer Vergebungsbedürftigkeit, darin Gott uns voller Erbarmen anschaut und uns kraft der Vergebung zum Guten fähig macht, – vom Gnostizismus des Denkens, dem Rationalismus, vom Gnostizismus des Religiösen, dem Gott, der sich des Menschen nicht annimmt, vom Gnostizismus des Ästhetischen, dem Formalismus. Das Ende eines radikalen Gnostizismus kann nur Selbstzerstörung sein. Solch Gnostizismus muß auch die Kunst ablehnen. Es ist schwer, und man muß es richtig lernen: sich von Gott lieben, die Güte der Fleischwerdung des Wortes an sich geschehen zu lassen und derart dem versteckten Selbsthaß, der den Gnostizismus nährt, den Boden zu entziehen.

„Die Taten des Ungerechten sind Wind." Der Ungerechte ist jener, der ohne den Gottesquell in sich sein möchte, der sich um sich selbst betrügt und darob versucht, eine Logik des Betrugs zu nähren. Seine Taten können, soviel er auch tut und wie aufwendig er sie auch inszeniert, nicht Boden fassen. Das ist der Jammer seiner Seele: daß er nicht Mut fassen kann, bei der Wahrheit vor Gericht zu erscheinen. Er ahnt die Wahrheit, will ihr aber kein Recht über sich geben.

Es gibt nichts Neues unter der Sonne. Das einzig wirklich Neue unter der Sonne war die Offenbarung Gottes an das Volk Israel, schließlich an alle Völker durch Jesus Christus. Aber in einem tieferen Sinn war dies nicht *neu*, sondern wirklich. Damit ist die Geschichte in eine *neue* Stufe getreten. Wiewohl es nichts Neues gibt, gibt es den Geist, der alles neu macht. Wo etwas in Auseinandersetzung mit diesem Geist geboren wird, da beginnt die Welt noch einmal, ist sie wieder Knospe.

Wir verlangen fortwährend Unendliches vom Leben. Doch wir müssen in den Falten der Endlichkeit anwesend sein. Nur so kann Gott uns finden. Aber wenn er uns der Gnade Christi gewürdigt hat – er uns den Sohn offenbart –, und wir endlich leben, tanzen, essen, feiern, leiden, lachen, trinken, weinen können, stellen wir fest, daß niemand ist, der mit uns tanzt, weint und lacht. Wir sind lebendig geworden mitten im Totenhaus.

Gott will beim Sich-Von-Uns-Findenlassen unsere Freiheit nicht antasten. Darum birgt er sich in den unscheinbaren Gestalten von Brot und Wein, der Heiligen Schrift, seiner Heiligen Kirche und der andauernden geschichtlichen Gegenwart des jüdischen Volkes. Diese Gestalten erhalten erst durch den Glauben Macht und Wirklichkeit, bleiben aber unverlierbar in der Welt.

„Ich kann nicht gegen Gott ankämpfen, der mich in seine Kirche ruft ... Ich habe keine Macht, einen Finger zu rühren: Gott fällt die Entscheidung, nicht ich" (Gerard Manley

Hopkins). Gott ruft uns in seine Kirche. Und kein Mensch kann hier ohne Sünde widerstehen, so er gerufen ist. Gottes Ruf ist über alle Vernunft, was nicht heißt, daß wir nicht alle Vernunft in dieser Frage ausmessen sollen und dürfen. Dieser Ruf Gottes in seine Kirche ist wohl nur der Erfahrung vergleichbar, einen Menschen als Partner geschenkt zu bekommen. Wir müssen zu dem Geheimnis ja sagen, weil wir fühlen, er ist uns einmalig geschickt. Nie könnte unsere Vernunft den Partner wählen, finden. Gott muß das Entscheidende tun, das, was über alle Vernunft ist und manchmal wider die Vernunft erscheint. In ein solches Liebesverhältnis nimmt Gott uns auf, wenn er uns in seine Kirche ruft, nur daß hier der Partner kein sterblicher, der Sünde ausgesetzter Mensch ist, sondern Gott selbst. Und fortan leben wir mit ihm im Haus des Heiligen Geistes. Dieser Ruf Gottes in seine Kirche, das Offenbarwerden seiner Kirche vor unserem inneren Auge, ist uns näher als wir uns selbst. Was können wir gegen die Wahrheit Gottes?

Das Kunstwerk: „unsere inneren Augen durch aufgelegten Lehm zu heilen." Kunst aber stillt nicht das Verlangen. Das Verlangen stillt nur Gott. Kunst vermag, uns die Augen zu öffnen für das, was *ist*; sie kann uns sehend zu machen.

Das Geschlecht ist der Urwald, das Meer im Menschen. Es ist die Tiefenströmung des Leibes. Und darum ist der Mensch hier so empfänglich wie verletzlich. Gott hat dem Menschen sein geschlechtliches Gegenüber geschenkt, ihm dieses Meer zu trinken zu geben, in diesem Urwald zu wandeln, Hingabe zu feiern. Die rechte Frau oder der rechte Mann, das ist die höchste Gabe, die Gott uns von der Welt geben kann. Alle Genüsse, die die Welt zu bieten hat, sind hier versammelt. Wenn wir Gott lieben, wir uns der falschen Liebe zu den Geschöpfen entschlagen haben, sind wir der Geschöpfe würdig geworden. Und Gott segnet uns mit freudig-keuscher Empfänglichkeit.

Schicksal der Kirche, die Wahrheit zu offenbaren und zugleich zu verdecken, Schicksal des fleischgewordenen Wortes. Als Meister des Zen wäre Jesus nie am Kreuz geendet, gäbe es kein Martyrium, gäbe es die Kirche nicht, keine Erlösung, wäre Gott nicht nahe gekommen. Aber Jesus war auch Meister des Zen.

Wer mit dem Engel um den Segen gekämpft hat, dem ist die Hüfte ausgerenkt, ist die natürliche, unmittelbare Kraft zerborsten zugunsten eines inneren Sehens, der ist im Gehör. Das ist der Segen: daß er Gott, den er vorher nicht kannte, jetzt hört. Er weiß *Gespräch*. Nicht die Welt ist ihm beredt geworden – das war sie schon vorher –, sondern das Sein selbst ist ihm *Wort*, es ist verstehbar und sprechend geworden. Das Stumme hat eine Stimme, hat *die* Stimme erhalten und das Antlitzlose ein *Gesicht*.

Der Dichter darf das Feuer, das in ihm brennt, vor nichts und niemandem löschen. Aber wenn er es löschen kann, ist er denn dann ein Dichter? Der wahre Dichter kann sein Feuer nicht löschen. Es erlischt von selbst oder es wird eine neue Weise des Brandes. Der Dichter kann sein Feuer nur vor dem größeren Feuer, dem Gottesfeuer, löschen. Jedoch nur eine Zeitlang. Und dann wird es eine kleine Flamme in der größeren Flamme, wird es in seine äußerste Höhe emporgerissen.

Im anderen Geschlecht steigt im gewissen Sinne Gott selbst, indem er sich zum Dritten im Bunde macht, zu uns herab und erlöst uns ein Stück weit – unter Umständen das entscheidende Stück weit – aus unserer Einsamkeit. Aber für diese Beziehung fordert er Treue und Verantwortung; nur so wird die Zukunftsfähigkeit des Verhältnisses gestiftet. Ohne dies gebrauchen wir unser Geschlecht uns zum Gericht, und Befreiung schlägt in Gefangenschaft um.

Es gibt keinen Sieg für das Tätigsein im Geist. Nur Zeugenschaft. Der Wortstreit ist nicht Sache des Evangeliums. Warum? Weil sich Gottes Wahrheit nicht über einen Disput ermitteln läßt. Weil der Wortstreit sich nicht auf der Ebene des gegenseitigen Zuhörens vollzieht, sondern in Polemik und Rechthabenwollen. Doch hiervon ist der Streit als geistige Arbeit zu trennen. Jetzt kommt der Disput aus Sehnsucht und Frage, jetzt muß den Fährnissen der Vernunft auf den Grund gegangen werden. Hier aber wird die Wahrheit des Christlichen hell leuchten.

Skeptizismus und Rationalismus bleiben in Reflexion gefangen. Religiös werden sie nur die Stufe der Erkenntnis erreichen, nicht die des Glaubens. Für den Glauben bedarf es der vertrauenden Hingabe, also eines Loslassens auch des Denkens. Im Denken verbleiben wir an der Oberfläche unserer tiefsten Wünsche. Erst die geschenkte Naivität des Glaubens, die klüger und im Herzen abgeklärter ist als die Klugheit irdischer Vernunft, gewährt die Gemeinschaft Gottes und eröffnet das gläubige Denken oder das Denken des Glaubens.

Jesus ist das Zeichen und das Wunder, das den Gott Abrahams, den Gott Isaaks und den Gott Jakobs bestätigt, Gottes Zeugnis von sich selbst bekräftigt. In dieser Bekräftigung und Bestätigung Gottes nimmt Jesus sein Gericht wahr. Gott wendet sich nicht zuerst an unseren Glauben, sondern an unsere Aufrichtigkeit und Verantwortung. Aufrichtigkeit, die das Faktum Gottes als Geschichtswirklichkeit nicht aus der Welt lügt, und Verantwortung insofern, als wir über unser mögliches Glaubenkönnen hinaus vom Gesetz Gottes in Anspruch genommen werden. Erst jetzt kommt das Glauben in den Blick. Diesem bietet sich Jesus dar; und es heißt: „glaubt mir, daß ich im Vater bin und der Vater in mir, wenn nicht, so glaubt mir doch um der Werke willen." Jesus steht nicht anstelle des Vaters –, denn „wer den Sohn sieht, der sieht den Vater", sieht den Sohn nur, wenn der Vater es ihm offenbart. Jesus steht unter dem Vater für den Vater ein. Er bekräftigt das Jahwe-Zeugnis, ist dessen vollkommenes. Wer nun Jesus allein Gott sein lassen will, löst ihn von der Faktizität Gottes in seinem Volk Israel und delegiert alles an ein Glaubenkönnen, das solcherart gar kein Glaube werden kann.

Wer liebt, wird auf diese oder jene Weise auf Feindschaft oder Verfolgung stoßen. Die Liebe kann damit leben, ja, es bestätigt sie sogar, denn sie nährt sich, wo sie wahr ist, nicht von dieser Welt.

Noch schwerer als den Glauben zu erringen ist es, im Glauben wahr zu sein und wahr zu bleiben, die Losschälung an sich geschehen zu lassen, denn Glaube ist kein irgendwie zu fixierender Ort, sondern Synonym für Liebesbereitschaft und Liebesfähigkeit. Jesus Christus ist für uns Heiden das Tor. Aber wer durchs Tor geht, bleibt nicht daran hängen, sondern sieht eine andere Welt.

Die Erfahrung Gottes, also jene Erfahrung, daß Gott die wirklichste Wirklichkeit ist, schenkt uns die Möglichkeit, wieder zu werden wie die Kinder, so wie Jesus es fordert. Wir können wieder schamhaft, staunend, freiherzig, wahrheitsliebend, empfindsam für Gerechtigkeit, vertrauend werden. Aber ist all dies das Kind in jedem Fall? Die Bedingung ist, daß es sich im Schutz der Eltern weiß. Die Eltern regeln das Leben für das Kind in all dem, was Sorge des Geistes – nämlich die Welt zu verstehen – und was Sorge des Leibes heißt – nämlich geschützt zu sein an Leib und Leben. Wird das Kind erwachsen, zieht es aus diesem Schutz aus, tritt es in die Sorge. Jetzt drohen ihm all jene Verhärtungen, Verbitterungen, Verschlossenheiten, Gewöhnungen, die uns gemeinhin als Erwachsenen stumpf, mißtrauisch und unlebendig machen. An dieser Stelle schlägt Gott eine Bresche. Er bietet an, sich der Sorgen des Erwachsenen anzunehmen, so daß dieser seine in jedem Menschen verborgene Kindlichkeit wieder oder überhaupt erst entdecken kann. Gott macht sich für den Erwachsenen zu dem, was für das Kind die Eltern sind. Er nimmt ihm die Welterklärungsnot, die Not des Sinnes, indem er sich selbst als der SINN zeigt, und nimmt ihm so auch die wahnhafte Sorge um Leib und Leben. Er schafft Raum, darin wir spielen und im einzig angemessenen Sinn ernst sein können.

Vollkommen einsam sein bedeutet, vollkommene Kommunikation mit Gott, vollkommene Abgeschiedenheit. Dies bedeutet nicht etwa äußere Abgeschiedenheit, wiewohl sie dies auch bedeuten kann als Ausdruck der Reduktion auf das Wesentliche, sondern bedeutet, in allen Lebensbereichen nur noch auf Gott zu hoffen, allen falschen Bindungen gekündigt zu haben. Der Geist ist lauter geworden.

Ein Glaube, der dem Unglauben nicht seine Wirklichkeit zugestehn will, den Zweifel nicht mitglaubt, wird Behauptung und Identität, Wahnwirklichkeit. Unser Glaube muß sagen, „Herr, ich glaube, hilf meinem Unglauben", und das bedeutet, den Unglauben nicht zu eliminieren durch Leugnung oder Überhöhung, sondern ihn Gott als Wirklichkeit anzuvertrauen.

Gefahr: daß Gott zum Hiesigen, zum Seienden wird: zum Bildnis. Gefahr: daß Gott aus dem Hiesigen vertrieben wird und er, der letzte Wirklichkeit ist, zum Abstraktum verkommt. Gefahr: daß wir den Menschen einschließen oder vom Menschen eingeschlossen werden mit etwas, was nicht Gott ist. Gefahr: daß wir uns qua Freiheit und freiem Willen von Gott ausschließen, auf ihn verzichten und statt aus der Quelle aus der Zisterne trinken.

Der Heilige, was ist das? Er ist der einsamste Mensch. Weil niemand in sein Sein hineinreicht, kein Mensch ihm die erlösende Frage stellen kann. Aber er bleibt nicht einsam. Gott wird ihm Gesprächspartner. Gott stellt erlösende Fragen. Fragen heißt: sich für eine mögliche Antwort verantworten. Der Heilige ist durch die unendliche ethische Forderung hindurchgegangen und darum zu Gott gelangt. Er muß sich fortan vor der Verantwortung für den Menschen nicht fürchten. Seine Einsamkeit ist: „Ich trat die Kelter allein."

Die Gnade der Poesie: etwas anvertrauen können, was man niemandem anvertrauen kann. Nicht weil niemand vertrauenswürdig wäre, sondern weil das Zu-Sagende nicht mitteilbar ist und es auch nicht in das Zwiegespräch des Gebetes gehört, denn im Gebet wäre es stimmlos. Die Poesie ist das Nicht-Mitteilbare-Mitteilende, ist das sterbende Weizenkorn der Sprache. Ihre Gnade ist, daß sie eine Tür öffnet zu unserer Hiesigkeit, unserer leibhaftigen, sprach-leiblichen Wirklichkeit. Der Dichter ist schöpferisch in der Sprache, durch die Sprache, mit der Sprache. Die Sprache eröffnet ihm das Menschsein in der dem Menschen eigensten Verfassung. Leben wir immer schon im Wort, tritt jetzt das Werk zum Wort hinzu. Darum die Schöpferfreude des Dichters: aus dem Menschlichen, das im Wort begründet ist, und aus dem Wort, das im Menschlichen begründet ist, einen lebendigen Organismus zu schaffen, Werk, das von allen Werken des Menschen dem höchsten Schöpferwerk Gottes: *Mensch* am nächsten kommt, vorausgesetzt die Poesie verhält sich zur Würde ihrer Berufung. Die Poesie ist Gnade, weil niemand sie wollen kann, sie ist Gabe, weil sie uns vermenschlicht und uns in unserem Wort auffindbar macht. Sie ist nicht unsere unwissendste Weise zu singen – das ist die Musik –, aber sie ist unsere zärtlichste und härteste, gestaltnehmendste.

Das Heidentum – und Heidentum ist eine Seelenlage – möchte mit seinem Geist nicht zu Gott hin, sondern zur Welt als dem substanzhaft Gegebenen. Sein Anliegen ist Weltheiligung als Ästhetisierung, und es führt dieses Anliegen, ohne das christliche Anliegen – die Heiligung des Namens Gottes – zu verstehen, gegen das Christentum. Auf diese Weise schließt sich das Heidentum von den letzten Fragen aus. Der Heiligung der Welt als Ästhetisierung – ein zunächst gerechtfertigtes Tun des ästhetischen Heidentums – steht das Eschatologische des Christlichen gegenüber. Dieses schließt die Heiligung der Welt ein. Das Heidentum möchte eine Weile spielen. Wenn aber das Spielen nicht mehr geht, weil der Ernst das Spiel befragt, greift es zur Gewalt oder zum Selbstmord. Das Christentum möchte die Welt heiligen aus der Erfahrung der Heiligkeit Gottes heraus. Darum heiligt der die Welt, der die Welt mit der schmerzfähigen Liebe Christi liebt.

Die Erkenntnis Christi von der Erkenntnis unterscheiden lernen. Das ist das Ende der Erkenntnis und der Anfang der Liebe. Und wenn dann noch Erkenntnis ist, dann ist sie in der Liebe.

Wenn wir unsere Sexualität folgenlos genießen könnten, wären wir im Paradies. Doch die Sexualität zeigt, indem sie auf sich selbst zeigt, auf etwas anderes. Und das können wir schwer verstehen. Verstehen, das mit Schmerz erkauft wird. Wir können nicht unschuldig sein in der Sexualität, nicht weil wir so verdorben wären, sondern weil Sexualität als ästhetische eine ethische Sprache spricht. Sie weist auf Sozialität, auf verbindliche Beziehung, schließlich auf Kinder hin. Ein Einzelner kann glauben, in einem unschuldigen Verhältnis zu ihr zu stehen, aber niemals zwei. Ein unschuldiges Verhältnis entsteht nur, wenn die Zwei das Wort der Sexualität hören, und das heißt: „mein Freund ist mein, und ich bin sein." In der Folge bedeutet das Ehe, Familie, Kinder. Daraus erwachsen aber Sorgen der Liebe und Verpflichtungen. Da die Ehe ein wahres Verhältnis ist, tötet sie nicht das Wort des Leibes als ethisches. Doch wenn sie das ethische Wort auch nicht tötet, sondern aufrichtet, so kann sie das Wort als Ästhetisches in sich verkleinern. Die Sorgen können das Ästhetische in ihr fast verschwinden machen. Darum der Traum von einer folgenlosen Sexualität, der geheime Traum der Kunst, die verborgene Hoffnung auf das Neue Jerusalem. Aber Gott erlaubt keine Kurzschlußlösung, nicht den Ausweg aus dem menschlichen Dilemma in eine naive Sexualität, oder er erlaubt ihn, jedoch zu dem Preis, daß wir anschließend nicht mehr naiv sind. Gott beschneidet den Traum der Unschuld. Die rituelle Beschneidung drückt ein wahres Verhältnis aus. In der Sexualität wird das Tragische des Sündenfalls wirklich: wir können nicht unschuldig bleiben, außer wir verantworten uns. Doch mit der Verantwortung bin ich nicht mehr der einfache Gespiele des Erotischen, sondern die Ungereimtheit des Daseins kommt auf den Leuchter, und diese schneidet tief. Aber in der Annahme des Ethischen und der Pflege des Ästhetischen im Sexuellen werde ich ein durch den Leib Beglückter.

Das Kunstwerk, das so schön ist wie die Liturgie. Ein solches Kunstwerk kann es nicht geben, sonst wäre die Liturgie nicht die Liturgie und die Kunst nicht die Kunst. Gegenüber dem Allgemeinen der Liturgie ist die Kunst das Besondere.

Alle Dinge sollen zur Ehre Gottes geschehen. Nur so erfüllen wir das erste Gebot. Unser armer Wille neigt dazu, sich selbst die Ehre zu geben, und wir merken nicht, daß solch Handeln ein Greuel ist, denn es gesteht Gott nicht die Urheberschaft des wahren Handelns zu. Alles ist Gottes, nur mein Tun für Gott, das ist meines. Der Selbstgerechte, das ist er. Er will Gott mit seinen Werken retten.

Es gibt drei Möglichkeiten, außer der barbarischen, sich zum Geist zu verhalten: als Weisheit, als Liebe oder als Philosophie. Und die Wissenschaft? Sie ist jene Geisteshaltung, kein Verhältnis zum Geist zu haben, sondern sich Vorfälle zu schaffen, um den Geist zu beschäftigen, ihn von sich abzulenken. Ihr Paradigma heißt: „Ich will sehen." Aber dies Sehenwollen kann der Aufrichtigkeit und Sachlagen-Richtigkeit geschuldet sein. Dann gewinnt es Anteil am Geistverhältnis der Liebe. Aber zumeist ist sie reflexive Bestimmung einer „gewalttätigen Hermeneutik". Sie weiß schon im voraus, was sie von der Natur wissen will. Sie forscht *nach* Ergebnissen. Das Geistverhältnis der Liebe ist jenes der Heiligen und allen, die guten Willens sind. Die Liebe macht demütig in allem, denn sie wendet all ihr „Wissen" zuerst auf sich selbst an und hält sich nicht ins Wissen oder Denken zurück. Die Weisheit ist das höchste unserer natürlichen Erkenntnisfähigkeit, sie ist offen zur Liebe hin. Die Philosophie ist Ableitung aus der Weisheit, ist eben nicht mehr Weisheit, sondern Liebe zur Weisheit. Und daraus folgen weitere Ableitungen, bis zu dünnsten Aufgüssen. Philosophie, die nicht mehr den Göttern opfert, ist Verbrechen und gleichzeitig Befreiung - zur Liebe. Aber wo Philosophie sich selbst ein Gott wird, muß sie, um ihren Ableitungscharakter zu verbergen, neue Götter einschalten, zum Beispiel die Arbeit oder das Wissen. Jetzt verfehlt sie ihren Sinn: für den Einbruch und Umbruch der Liebe zu öffnen, sie im Denken in Bewegung zu bringen.

Das Bekenntnis unserer Verfehlungen – und immer sind Verfehlungen angesichts des reinen Überschwangs göttlicher Liebe – trennt die unerlaubte Vermischung von Irdischem und

Himmlischem, macht den Himmel wieder rein. Es gibt Gott die Möglichkeit zu *sein*, und wir werden das, was wir in Wahrheit sind: Geschöpf. Diese Wahrheit macht uns frei. Die Selbstliebe ist Bedingung des Glaubens. Darum ist dessen Selbstliebe groß, der glaubt. Im Glauben erhält die Selbstliebe ihre Vollendung. Die Selbstliebe ist das, was uns am schwersten fällt. Zumeist ist unser Geist durch Eigenliebe, durch Egoismus auf Zerstörung dieser Selbstliebe aus. Gott ist der einzige, der sich vollkommen selbst lieben kann. Die Trinität ist die Einheit der vollkommenen Selbstliebe Gottes. Wenn unsere Selbstliebe kühn und großherzig geworden ist, gewinnt sie durch den Glauben Anteil an Gottes Selbstliebe.

Das Irrige des Atheismus: daß er sich als Projekt gegen den Glauben und nicht als Not des Glaubens versteht.

Gott macht, daß wir uns durch die Sünde dem Blick des andern aussetzen. Den Schutz, den wir im Stand der Gnade, aber auch im unschuldig-natürlichen Stand der Seelenkindheit haben, jenes sichere Wissen um uns selbst, wird durch die Sünde beschädigt. Und diesen Schaden macht Gott vorm andern Menschen groß. Die so entstandene Löchrigkeit unserer „Atmosphäre", unserer Immunität, die es möglich macht, daß nicht alle in sie eintretenden Fremdkörper verbrennen, läßt uns uns verbergen. „Wo bist du?" fragt Gott Adam. Und wir beginnen mit der Selbstrechtfertigung, mit dem Anfang des Verbrechens, oder wir vollbringen das Schmerzliche: wir bekennen unser Vergehen ein.

Dichtung und Kunst sind Gabe gewordene Dankbarkeit für die Gabe der Welt. Gott spricht durch die Welt – durch sein Geben der Welt ist er als Gebend-Abwesender in ihr – zum Dichter, zum Künstler. Dieser spricht, vom Gebenden die Gabe der Welt empfangend, durch die Gabe der Welt zu Gott als dem Gebend-Abwesenden. Er wird von Gott zum Gebenden gemacht. Dem Verhältnis, das Gott zum Menschen durch sein Geben der Welt einnimmt, entspricht der Dichter, der Künstler gegenüber Gott, getragen von der Gabe Gottes, auf der Seite des Menschen.

Gott, Dichter und Künstler treffen sich im Geheimnis der Welt, darin Gott der Gebend-Abwesende ist.

Die Unendlichkeit Gottes vom Endlichen unterscheiden lernen, ist Bedingung, um so etwas zu verstehen wie: „Das Himmelreich ist nahe herbeigekommen." Die Unendlichkeit ist nicht der Mond auf der verschwimmenden Fläche des Sees, als wäre er nur dort, sondern ist das Sehen des Mondes am Himmel, seine reale ungetrübte Gestalt, sind nicht die Schatten der Dinge in der Höhle, sondern ist die Sonne. Unsere Erkenntnis ist gemeinhin menschlich und darum nur allzugern mit den Schatten in der Höhle beschäftigt, und zu welchem Fleiß weiß sie sich hier nicht zu steigern. Das Endliche hat endlose Aufgaben für uns; genau das Richtige für unser flüchtiges, Zerstreuung suchendes Dasein. Von den Schatten in der Höhle werden wir mit eben diesem Fleiß genarrt. Wie nun jener, der nicht diesem Trug aufsitzt, der Nicht-Vielbeschäftigte, der Wahrheit-, der die Sonne-, der den reinen Mond-Schauende? Für ihn gibt es nur noch eine Sehnsucht: Wie kann das Unendliche, wie kann die ewige Wahrheit *einwohnen*? Diese Ursehnsucht, Sehnsucht des reinen Herzens, beantwortet Gott. „Ich komme nahe", sagt er, „ich lagere mich bei dir, der du meine Unendlichkeit geschaut hast, nicht mehr den Mond im Wasser suchst, ich nahe mich dir, indem ich jenen sende, der mit mir eins ist und der die Last meiner Wirklichkeit trägt, ich komme durch ihn zu dir. Wie soll ich ihn nennen, denn die menschliche Sprache ist sprachlos darob. Ich nenne ihn Jesus. Aber meine größere Nähe ist für dich nur Heil durch deine tiefere Empfänglichkeit; darum bedeutet Jesus als mein Nahesein für dich gleichzeitig tiefere Vergebung, denn Vergebung befreit zur Hingabe, zur Arbeit am Vertrauen." Und jene in der Höhle werden aufgrund dieses Ereignisses andere Schatten an den Wänden wahrnehmen, aber um keinen Deut mehr verstehen. Sie werden weiter versuchen, sich zu zerstreuen. „Rühr mich nicht an", sagen sie zu Gott, und ihre Seele bettelt darum, daß es in alle Ewigkeit nur Schatten gäbe. Gott aber ruft ihnen zu: „Fürchtet euch nicht!"

Von der Philosophie zur Weisheit, von der Weisheit zur Liebe. Aber die Weisheit steht nicht über der Philosophie, sondern in der Philosophie, sonst wäre sie nur schlechte Philosophie; und die Liebe steht nicht über der Weisheit, sondern in der Weisheit, sonst wäre sie nur Naivität. Und doch steht die Weisheit über der Philosophie wie die Liebe über der Weisheit, aufgrund ihrer tieferen geistigen Intensität, ihrer wirklicheren Wirklichkeit. Die Philosophie sucht das Wo und Wie des Geistes am Beispiel aufzuzeigen. Die Weisheit ist Wissen um alle Dinge, auch um die des Geistes. Die Liebe vergißt alles, was sie weiß, und sucht den Willen Gottes, gibt sich hin.

Gott im Willen zu haben statt in der Gnade: der religiöse Eiferer, aber auch die Tür zum Selbstmord oder zum Wahnsinn. Hier versuchen wir über den Willen und die Erkenntnis, unsere Geschöpflichkeit auszuschalten und Gott zum Geschöpf zu machen.

Es gibt gerechte und ungerechte Rede. Die ungerechte Rede liebt zu sagen, hier sei kein Unterschied. Für sie ist alle Rede gleich. Wie auch anders, denn sonst könnte sie nicht mehr indifferent sein. Die ungerechte Rede ist ihrem Wesen nach Schmeichel- und Überzeugungsrede. Ihr großer ästhetischer Aufwand dient fadem Gewinnstreben. Ihre philosophische Bedingung ist: es darf keine Ethik geben, keine Gerechtigkeit. In ihrem Wesen als Schmeichel- und Überzeugungsrede ist sie Verachtung des Angesprochenen in seinem Anderssein. Sie benutzt die Sprache so, daß das Sprechen der Sprache nur angedeutet wird. Im Innersten ist sie nichts anderes als Gespür und Antenne für die Konsolidierung dessen, was die Macht hat. Immer hält sie Ausschau nach dem, was die Macht hat oder wo diese sich gerade befindet. Sie kommt von der Macht und will zur Macht, auch wo keine Macht ist. Sie ist das Prinzip der Ausschließung des Anderen durch heuchlerische und täuschende Einbeziehung seiner. Die gerechte Rede hingegen ist nicht Reaktion auf jene, sondern unabgeleitetes Schauen, was *ist*. Von hier aus ist sie schöpferisch. Darum kann sie helfen und heilen. Sie kann, vom anfanglosen Anfang herkommend, korrigieren, kann das, was nahe am Wirklichen ist und darum von der ungerechten Rede verachet wird, stützen. Darum ist sie Helfer der „Witwen und Waisen", der in jeglichem Sinne Armen, sie ruft den Anderen in sein Anderes, steht ihm in seiner Armut bei, spielt aber nicht den Armen gegen den Reichen aus. Sie läßt sich nicht vom Reichen oder vom Armen blenden, denn das wäre unbarmherzig. Die gerechte Rede sucht den *Unterschied*, der freisetzt, sie weiß, was Gefahr im Verzug ist, weiß aber auch um die Güte, die der Herr der Gefahr ist. Gerechte Rede will hören und Gehörschaffen. Sie bedeckt unsere Blöße mit Barmherzigkeit.

Gott braucht die Sehenden, jene, die er sehend gemacht hat. Er will sie einpflanzen in die Welt, als Brennpunkt, als Katalysator, als Brücke, als Stille, als Salz. Sie aber wehren sich und möchten lieber mit der Welt sein, deren zeitlichen Frieden unwissend teilen. Sagte Paulus nicht, daß er lieber bei seinem Volk wäre als bei Jesus Christus, aber um der Wahrheit willen müsse er bei Jesus Christus sein? Wiederholt sich nicht immer das Ölbergereignis? Man möchte lieber bei dem einfachen, natürlichen Leben sein als bei dem Leiden und der Glorie des Kreuzes. Gottes Willen geschehen zu lassen kann eine Entscheidung werden auf Leben und Tod.

Der tragische Künstler: er vernichtet sich für das Gottgeheimnis der Welt, auf das die Welt lebe. Er unterscheidet noch nicht zwischen Gott, dem Geber, und der Welt, dem Unterpfand dessen, daß gegeben wurde. O, daß er sich in Gott hinein vernichten könnte, auf daß er mit der Welt lebte: vor Gott.

Gott rettet uns vor dem Geschlecht. Davor, im Geschlecht das äußerste Geheimnis und den zentralsten Sinn zu sehen, an das Geschlecht als Inhalt und Kosmologie zu verfallen. Und das Geschlecht rettet uns vor Gott, vor dem falschen Gottesbild. Das Geschlecht ist die Erdmitte, die Gott in uns gelegt, der Lehm, aus dem er uns gemacht hat. Wenn unser Geist irrgeht, einem falschen Gottesbild nachjagt, holt Gott uns durch das Geschlecht auf die Erde zurück, werden wir wieder inkarniert, bekommen wir eine reale Ausgangsposition zurück. Aber ohne die geistige Kraft, die Gott schenkt, können wir unseres Geschlechtes nicht „Herr" werden, ihm nicht die Zügel anlegen, ihm nicht den großen, aber relativen Ort zuweisen, den es braucht, uns die erquickende Gabe zu sein, die es sein will, um dienstbar für die Freiheit zu sein.

Wie wenn man sich für die Gnade bereitet, aber ihrer noch nicht teilhaftig wird: wenn Gott sich noch nicht schenkt? Von der symbiotischen Teilhabe getrennt, bei der Freiheit Gottes noch nicht angekommen. Gottes Feuerprobe.

Versuchung, die Kirche am eigenen Maß zu messen, sie so haben zu wollen, wie man sie sich vorstellt. Das falsche Verständnis macht die Kirche zur Institution, macht sie zu etwas Identischem, will sie verfügbar machen, sie belehren, was nicht heißt, daß die Kirche nicht Belehrung bräuchte oder suchte. Aber sie kann Belehrung nur von denen annehmen, die nicht das fleischgewordene Wort auflösen wollen zugunsten eines Gnostizismus der Erkenntnis.

Das Kunstwerk steht in der Gestaltgabe Christi. Es erfährt von Christus her seine Sprachkraft, seine Form. Nicht die Natur ist und war in Wahrheit der Gestaltgeber, sondern die Erscheinung Christi. Der Natur fehlt die Höllen- und Himmelfahrt, das, was das Kunstwerk als Imitatio oder Präfiguration Christi durchleben muß, um von uns gelesen werden zu können. Die menschliche Geschichtlichkeit kommt in der Natur nicht vor.

Warum ist die Kirche der konsistenteste Ort der Erlösung? Weil hier der Geist des Wir ist, das Wir des *Einzelnen* vor Gott, der in eine Gemeinschaft eingeladen ist, die unsere unauflösliche Einsamkeit nicht aufhebt, sondern erfüllt. Das Wir der Kirche entspricht dem Uns im Vaterunser.

Heiligkeit ist eine höhere, aber dem Menschen, dem es widerfährt, völlig natürliche Stufe. Es ist die Stufe Gottes, der uns so natürlich ist wie die Jahreszeiten, wie das Atmen, der uns näher ist als wir uns selbst.

Wer von Gott berührt worden ist, hat nimmermehr das Recht, seinem eigenen Behagen zu leben, und doch möchte er, wie alle anderen, es tun dürfen. Er möchte sich selbst in Besitz nehmen, aber er gehört sich nicht mehr. Das muß er schmerzlich lernen. Und bei allem Mißtrauen, das er gegen diese Erfahrung haben mag, spricht Gott doch unwiderruflich: „Du bist mein." Und da die Seele weiß, daß sie nur in Gott existiert, erkennt sie Gottes Wort an. Sie betet: „Mein Gott, du grausamer, du wahrer, die Welt kennt dich nicht, aber ich kenne dich, weil du mich erkennst." Sie gibt sich ins Unvordenkliche, vertraut sich der unerforschlichen Logik Gottes an. Sie riskiert ihren irdischen Untergang. Sie ist wie Abraham bereit, Gott den Herrn der Zukunft sein zu lassen.

Gott läßt nicht mit sich verhandeln: wir sind gehorsam und wir leben, oder wir sind ungehorsam und wir sterben. Entweder wir sind Sklaven Gottes und sind damit Herren, oder wir versuchen Herren über Gott zu sein und sind damit Sklaven.

Das Volk Israel, der Jude, Jesus Christus, der Christ, das sind die Ärgernisse, die Gott als Keil in die auf Selbstbeharrung fixierte Welt geschlagen hat. Die Welt möchte ihrer Freiheit keine Fragen gestellt wissen. Sie möchte nicht hinab zum Gewissen. Möchte nicht Gottes Freiheit akzeptieren, die da heißt: „Ich erwähle." Nur der böse, mißgünstige Bruder kann solcher Erwählung gram sein. Nicht Israel, nicht der Christ erwählt sich, sie werden erwählt. Ihre Erwählung ist ihr Schicksal. Wer nun Gott liebt, liebt auch dessen Erwählung. Warum sollte er ein Vorrecht dem bestreiten, der auch existentiell die Ausnahme ist. Wenn wir die Ausnahme akzeptieren, die das Volk Israel, die der Christ ist, akzeptieren wir die Bedingung, die unserem Heil vorausliegt, unser Sein als „unter der Bedingung", also unsere geschichtliche Existenz, und bestätigen, daß unser Heil zwar da, aber noch nicht vollendet ist. Unsere Freiheit öffnet sich der Frage. Jetzt können wir ethisch werden, erhalten Recht und Gewissen. Das jüdische Volk bleibt als sichtbare Wunde Gottes auf der Erde, Jesus Christus ist die fleischgewordene Wunde in unserem Geist, unserer symbolischen Ordnung. Ohne das jüdische Volk ist das Christentum in Gefahr, der heidnischen Polisvergottung anheimzufallen, ohne Jesus Christus ist das jüdische Volk in Gefahr, die universale Menschlichkeit Gottes zu verfehlen.

Gott enthält uns in seiner Liebe den Gegenstand unserer Liebe so lange vor, bis wir nicht mehr symbiotisch mit ihm und damit seiner würdig geworden sind. Anders zerstörte dieser Gegenstand wie z.B. Ehe, Freundschaft oder auch Gott uns. Wer nicht die Arbeit des Reifens auf sich nimmt und in der Symbiose dahinträumen möchte oder versucht, dem Himmel Gewalt anzutun, den Gegenstand seiner Liebe an sich zu reißen, er wird ihn zerstören und von ihm zerstört werden, ohne seiner inne geworden zu sein. Dies Innewerden wird er dann nur in der Umkehr erfahren können. So lernt er, daß Gott *Herr* ist, sein Gesetz ein unabdingbares ist.

Wenn Gott spricht, ereignet sich Wirklichkeit. Und darum ist Christentum kein Buch, sondern Kirche.

Alle Weisheitslehren vor Jesus Christus sind, so hoch sie auch stehen, reines Wort, und alle Weisheitslehren nach ihm, wenngleich es eigentlich keine mehr gibt, auch. In diesem Sinne sagt Jesus, daß alle Propheten, die vor ihm waren, und alle, die nach ihm kommen, Betrüger gewesen sind bzw. es sein werden. Aber das sagt er auf die Tatsache der Erfüllung hin, die durch ihn geworden ist. Doch die Erfüllung bleibt nur wahr, wenn ihr lebendige Frage vorausgeht, von ihr durchwirkt ist und diese in ihr weiterklingt. Wer aber stellt die Frage, die bleibt? Die Hebräische Bibel, das jüdische Volk, Jesus selbst. Jesus weist auf den Vater und die Zeit: „Von dem Tage aber und von der Stunde (des Kommens des Menschensohnes) weiß niemand, auch die Engel nicht im Himmel, auch nicht der Sohn, sondern allein der Vater." Die Zeit und der Vater tragen über die Erfüllung hinaus.

Gott will weder uns noch die Welt durch unsere Werke retten, und seien sie noch so edel, würdig oder genial, wohl aber durch das von ihm gebotene Tun oder Nichttun. Gott will dies nicht, weil unser Werk nicht so tief reicht wie unsere Verlorenheit. Es wäre eine Wesensverkennung des Menschen, wenn Gott solches vorhätte, und dann wäre Gott nicht Gott. Gott hat die Welt bereits gerettet durch sein Sohnes-Opfer, aber auch dadurch, daß er sein *auserwähltes* Volk in die Welt eingekerbt hat. Dieses Werk reicht bis in die untersten Tiefen und in die höchsten Höhen. Wir müssen nur jene Leiden noch austragen, die an den Leiden Christi oder die bis zum Kommen bzw. Wiederkommen des Messias noch fehlen: jene, die uns der Gnade öffnen, und jene, die unserem Glauben eine Wirklichkeit im Fleisch geben, sowie jene, die Gnade aneignen, indem sie uns ethisch machen. Diesem Gnade-Aneignen, Sich-für-die-Gnade-Bereiten gelten die Gebote. Gott weiß, erst im Tun sind wir ganz, erleben wir Selbstvergessenheit. Es geht für uns nicht mehr darum, die Welt zu retten, sondern um ein uns gemäßes Reagieren auf die Glaubensgnade. Für unsere Werke gilt: „Der Glaube, wenn er nicht Werke hat, ist er tot in sich selbst", aber „wenn der Herr nicht das Haus baut, bauen die Werkmeister umsonst", aber „wo man die Gebote hält, da ist unvergängliches Leben gewiß."

Wer treu ist, ausharrt, wer das Senfkorn des Glaubens in seiner Seele pflegt, es hochpäppelt gegen alle Widersprüche und großen Pflanzen um es herum, wer nichts anderes will als diese starke, verzweifelte, verheißungsvolle Liebe, dem wird Gott treu sein und ihm schenken, was er sich ersehnt hat, sobald die Zeit dafür reif ist.

Die Liturgie: das Kunstwerk der Herrlichkeit.

II

Das Christentum hat in Jesus Christus den vollkommenen, nicht mehr zu überbietenden Propheten; es hat durch ihn einen Zugang zum Gott Israels, ist einer außergewöhnlichen Nähe Gottes teilhaftig. Aber trotz dieses Nahe-Bezugs, aufgrund dessen der Christ im Geist Christi Gott „Vater" nennen darf, bedarf es der Erfahrung der geschichtlichen Stunde zur Realsetzung Christi vor der Welt, braucht es die Kontrastfarbe, den Geistraum, in dem sich Jesus zuerst verstanden wissen wollte: die Hebräische Bibel, den Geistraum des Judentums, wachgehalten vom Judentum. Ohne dieses kann Jesus nicht in seiner wirklichen Größe erkannt, die Inkarnation nicht vor Deinkarnation bewahrt werden. Realsetzung, die nicht Repräsentation ist, sondern Hingabe. Dazu verhilft vom Heidentum her der prophetische Geist, der in der Welt ist und nach Jesus Christus dürstet. Er zeigt an, welcher Art Hunger und Durst der Seele sind und wo die Seele sich befindet. So ist das Christentum zwischen prophetisches Heidentum und Auserwähltes Volk gesetzt und muß für seine Wahrheit diese beiden befragen.

Im Armen wird die Welt mit der Wahrheit konfrontiert, daß sie nicht Gott ist. In ihm ist ihr Kleid löchrig – auf Gott zu.

Das Kunstwerk ist ein Gleichnis der Herrlichkeit Gottes. Die Herrlichkeit Gottes ist dem Menschen unsichtbar als Gnade. Das Kunstwerk ist Ahnung dieser Herrlichkeit und Verherrlichung dieser Herrlichkeit in der Sprache der Dinge, auch wenn beim Künstler nicht das geringste Wissen um die Herrlichkeit Gottes besteht. Das Kunstwerk und das Heilige tragen das Paradox auf höherer, lebendiger Stufe in sich im Unterschied zur irdisch-ungeistigen Verabsolutierung, zum Geist des Fleisches, wo sich die Gegensätze feindlich gegenüberstehen. Das Heilige ist dieses Paradox als Liebe. Doch wehe, wenn wir Kunst und Herrlichkeit Gottes zusammenschneiden. Die Herrlichkeit Gottes löscht auch die Kunst aus als Spott, Dummheit und Anmaßung und reißt den Menschen in ihre unmittelbare Nähe. Möglich, daß sie später der Kunst ein neues Leben, auf höherer Stufe, auf der Stufe des wissenden

Lobes des Namen Gottes, nach dem alle Dinge benannt sind, schenkt. - Dem Unwissenden aber bleibt im Inkognito Gottes die Kunst Garant und Ahnung der Wahrheit.

Daß Altes und Neues Testament von Gott kommen: Kein Mensch kann aus menschlicher Weisheit heraus – man vergleiche die Zeugnisse anderer Kulturen – so weit hinter sich zurück, so tief schauen und formulieren. Die Schreiber der Heiligen Schrift schrieben ähnlich wie der Dichter sein Gedicht schreibt. Die Worte scheinen ihm zunächst ganz natürlich, gemäß dem Diktat, das er hört. Das Außerordentliche daran wird ihm erst später klar. So auch sie, wenn sie auch ahnten – wie der Dichter beim Empfang eines großen Gedichts es am Grad seiner Erschöpfung ermißt –, daß die Gnade mächtig war.

Unsere Seele ist lebendig nur in der Umarmung. Entscheidend ist, ob sie den Geliebten findet, der ihrer würdig ist, nämlich Gott. Und kann die Seele Gott nicht finden, umarmt sie ein Bild, eine Identität, den Tod, denn sie ist lieber tot, als daß sie nicht umarmte. Welch Augenblick, da sie aus den falschen Umarmungen fliehen kann, weil der wahre Geliebte, jener, den zu umarmen Freiheit ist und Freiheit bleibt, der echte Bräutigam vor ihrem Auge erscheint!

Die Kirche ist nur durch sich selbst erschütterbar. Jeder Angriff auf sie macht sie härter und gefaßter. Was bleibt dem Feind darum anderes, als sie in Ruhe zu lassen. Tut er dies, muß er aber das Ärgernis, das er an ihr nimmt, hinnehmen. Und diese Passivität gibt der Kirche Raum zur Verkündigung. Erschütterbar ist sie durch ihre eigenen Allzumenschlichkeiten. Doch diese gehören zu ihr, wie es die Evangelien zeigen. Die Kirche hebt den Menschen dort auf, wo ihn niemand mehr aufheben kann. Sie kann von „den Pforten der Hölle" nicht überwunden werden, weil sie für ihre Wahrheit keinen Sieg braucht, sondern nur die Erfahrung der Niederlage. Und diese ist die Erfahrung eines jeden aufrichtigen Menschen.

„Du sollst den Namen deines Herrn, deines Gottes nicht mißbrauchen, denn der Herr wird den nicht ungestraft lassen, der seinen Namen mißbraucht." Gottes Namen mißbrauchen, bedeutet, Gott zum Handlanger unserer Anliegen zu machen, seinen Namen durch unser Ich-Bild zu überfremden und dabei Gott als Autorität in Anspruch zu nehmen, indem wir „Gott" sagen. Gott falsch zu benennen, nicht kraft des Heiligen Geistes, sondern nach eigenem Geist, und dann diesen so benannten Gott als Gott in unseren Dienst zwingen, das kann Gott nicht ungestraft lassen, denn er muß seinen Namen schützen, da nur dieser uns retten kann. Gottes Strafe besteht darin, daß er uns an das falsche Bild, an uns selbst ausliefert, so ausliefert, daß wir Gott sein müssen. Dieser Mißbrauch unterscheidet sich vom Irrtum des Atheismus, der Gott ablehnt. Doch hier wird auf die Autorität Gottes zurückgegriffen, und dadurch steigt der Irrtum ins Ungeheuerliche, wird Gotteslästerung.

Fürchten und gleichermaßen ersehnen: das Wort, das Kunstwerk, das Sakrament.

Ich muß die Wahrheit Gottes: daß ich gerettet bin, über die meine stellen: daß ich nicht gerettet bin. Ich muß mich mit den Augen Gottes sehen und meine Wahrheit vor der seinen beugen, denn diese Veränderung, die im Himmel geschehen ist, daß Gott die Annahme des Menschen vollendet, auch den Heiden sein Heil eröffnet hat, kann ich nicht aus mir selber folgern, sondern sie muß mir verkündet werden durch den Heiligen Geist. Und dieses Heiligen Geistes kann ich nur vollends durch die Begegnung mit der Kirche teilhaftig werden. Ein Glied der Kirche muß mir in diesem Geist begegnen. Heiliger Geist und Heilige Kirche gehören zusammen. Veränderung im Himmel – es muß heißen: im *heidnischen* Himmel –, daß Gesetz Gnade geworden ist, Gott aus Knechten Kinder gemacht, uns Heiden Anteil gegeben hat am Lohn Israels, Gott nahe gekommen ist – nur dem Heiden, dem Ungläubigen ist das Gesetz Satzung, also Zorn, wiewohl es in Wahrheit Gnadenliebe Gottes ist. Der Jude, der sich Gottes

Bund gewiß, wie nur er es kann, versteht diese Problematik nicht, aber für den Heiden ist es Gnade, seine nicht von Gott gewirkte satzungshafte Wahrheit aufgeben zu können. Dies ist keine Veränderung, der wir mit einem intellektuellen Trick, mit einer Funktionsänderung entsprechen könnten, sondern diese will den Menschen an Leib und Seele neu erschaffen, ihn heiligen, ihn verwandeln unter *Furcht und Zittern*. Das Christsein ist darum nichts Leichtes. Aber weil es von Gott getragen ist, ist es das Gott Wohlgefällige, und darum ist es die Last, die leicht ist, das sanfte Joch. Christsein ohne Heiligung, ohne das Andere – geworden in Fleisch und Blut – ist nichts. Ein Christ ist, wenn er es denn ist, ein Mensch, an dem Heiligung geschehen ist. Er ist der Gott-Begegnete. Er kann schweigen.

Wenn schon beim Kunstwerk (was ja eine Art Inkarnation ist) etwas in der Welt explodiert, wie groß muß dann erst die Explosion bei der Fleischwerdung des Wortes Gottes in Jesus Christus gewesen sein. Und es war wahrhaft eine Explosion. Sie hat alles verändert.

Ungerechtigkeit herrscht da, wo sich niemand verantwortet. Wer aber soll – wiewohl ohne diese Verantwortung niemand frei werden kann – sich verantworten, wo seine Verantwortung eine Absurdität ist angesichts der Unauslotbarkeit der Sünde? Darum mußte Gott uns zu Hilfe kommen und uns in Jesus Christus den Menschen schenken, der jene Verantwortung übernehmen konnte, die bis in die Unendlichkeit der Sünde hineinreicht. Jesus Christus hat sich für alles verantwortlich gemacht, um uns aus dem selbstgeschaffenen Tod der nur noch durch Selbstmord oder Wahnsinn einzuholenden Verantwortung – wobei das keine Verantwortung wäre, sondern nur die Bezeugung ihrer Unmöglichkeit – zu retten, um uns wieder Boden unter die Füße zu geben. Das ist der Trost, die Sättigung derer, die hungern und dürsten nach der Gerechtigkeit.

Gott besiegt uns, indem er sich uns in unserem eigenen Mund, im eigenen Herzen zeigt.

„Auf daß die Schrift erfüllt werde." Gottes Schrift, darin alles eine notwendige Stelle hat und die Zukunft gekannt ist, denn sie kann sich nur nach dem Gesetz Gottes entwickeln, welches wiederum nur Gott zur Gänze kennt, ist die Notwendigkeit, die allem Sein innewohnt, ein Inhärierendes. Aber als Gottes Schrift ist sie *göttliche* Notwendigkeit, beinhaltet Freiheit als Gnade. Darum mußte die göttliche Notwendigkeit über sein Volk hinaus, für alle Gerechten aus den Heiden und zur Bestätigung seines Volkes göttlich erfüllt werden. Ohne solche Erfüllung wird sie uns – außerhalb seines Volkes – Schicksalsreligion, hebt sie die Freiheit auf. Das ist nicht Gottes Wille, nicht die Absicht seiner Schrift, sondern seine Schrift zielt auf Jesus Christus und auf das Gottesvolk. Jesus stellt sich in den Willen Gottes, in die heidnische Determinierung durch die Schrift, in ihren Zenit, und erfüllt die Notwendigkeit des Absoluten. Er eröffnet so das Erfülltsein. Heidentum ist Notwendigkeit der Schrift und also Schicksalsreligion. Christentum ist erfüllte Notwendigkeit und darum Gnade. Judentum ist Gnade als Schrift – es ist die *Ausnahme*. Wenn die Stufe der Gnade – die Stufe der Freiheit und des Antlitzes – unecht wird, meldet sich die Stufe der Schrift, der Notwendigkeit, der Struktur zurück. Diese Stufe muß jedoch nicht notwendig zur Freiheit Christi führen, sie kann sich auch selbst gefallen und versuchen, Gott, den Menschen und die Freiheit abzuschaffen.

Was hat der Gott Abrahams, der Gott Isaaks und der Gott Jakobs mit dem Gott der Philosophen zu tun? Fast nichts oder nichts. Der Gott Abrahams, der Gott Isaaks und der Gott Jakobs ist Erfahrung, ist Wirklichkeit, ist Beziehung, der Gott der Philosophen ist Abstraktion, Idee. Trotzdem gibt es eine Philosophie, die mit der Erfahrung des wirklichen Gottes korrespondiert; hier liegt religiöse Erfahrung zugrunde. Zumeist aber handelt es sich nur um die Gottesidee. Dann ist es nur natürlich, ja notwendig, daß jemand die Wirklichkeitserfahrung gegen die abstrakte Gottesidee ausspielt. So kommt es zu einem tiefen Mißverständnis. Gott – der Unbekannte – wird gegen die Gottesidee, die irrtümlich mit dem Gott Abrahams, dem Gott Isaaks und dem Gott Jakobs identifiziert wird, ausgespielt, und damit ist die Offenbarung des unbekannten Gottes verstellt. Die ersehnte Befreiung – das ist die Verbindlichkeit Gottes – ist der Augenblick, wo unser Wort aufgetan ist dem Wort des Gottes Israels.

Der Heilige, er lebt vor Gott; und was an ihm noch von der Welt ist, bringt er Gott dar, macht er Gott kenntlich. Der Name Gottes ist für ihn (und für alle Menschen, nur wissen sie zumeist darum nicht) der einzige Name für den es sich zu leben lohnt. Alle Philosophie, Dichtung und Kunst sind nur ein äußerst schwacher Schatten von jener Gemeinschaft, die Gott seinem Begnadeten schenkt.

Es kann ein langer Weg sein, bis wir begreifen, daß die Kirche nicht zu uns zu kommen hat, sondern wir zu ihr.

Jesus Christus: das heimgesuchte Wort durch die Schrift, der Wort und Schrift neu aufeinander hin öffnet. Nur Jesus Christus kann sagen, er tue dies und das, damit die Schrift erfüllt werde. Von ihm spricht, nach ihm sehnt sich, von ihm schweigt die Schrift. Wort und Schrift sind in ihm beide *wirklich*.

Gleichwohl Philosophie, Dichtung und Kunst nur ein äußerst schwacher Schatten des Geheimnisses Gottes sind, so sind sie doch unsere einzigen und bescheidenen und darum wieder großen Ausdrucksmittel, um unserer Stummheit abzuhelfen, uns einander zu verstehen zu geben. Der vom Geheimnis Gottes Berührte feiert und erleidet diese letztliche Unübersetzbarkeit als Gottes souveräne Wirklichkeit.

„Es ist vollbracht", ihr handelt zwar, aber ich bin der eigentlich Handelnde, immer noch. Ich bin das Wort, und darum bin ich eins mit dem Wort. Darum kann ich in meiner Sterbestunde noch Wortkraft wahren, noch Gesetz geben, meinen göttlichen Auftrag erfüllen und sagen, daß ich ihn erfüllt habe.

Der Berufene versteht die Nähe, die Stimme, die Führung Gottes. Er versteht, was nicht vermittelbar ist. So evident es seiner Seele ist, so wenig ist es aufs Transportband der Sprache zu legen, um es andern evident zu machen. Ein gutes Argument für Gott hat zehn gute Argumente gegen sich. Dem Berufenen ist das Geheimnis des Verstehens dargetan, über dessen Kern es keinen Austausch geben kann. Und doch ist seine Erfahrung nicht privat, sondern im höchsten Sinne allgemein. Es geschieht ihm so, wie Jesus Christus sagt: „Meine Schafe hören meine Stimme." Man könnte meinen, wie seltsam, solch Schaf zu sein, das sich über seine Erfahrung nicht mitteilen oder zumindest nicht glauben kann, verstanden zu werden. Die Wahrheit der Seele ist es, im Dialog-Verhältnis zu stehen; und solch Verhältnis ist nur wirklich, wenn es – wie alle vergleichbaren menschlichen Verhältnisse – in Diskretion geschieht. Diskretion, die Gott nicht verlangt, sondern verfügt durch Inkompatibilität. Nur Liebe wird dieser Erfahrung gerecht.

Jedes Werk, damit es ein Werk zum Lobe Gottes ist, muß von seiner ihm eigenen Zärtlichkeit und Wahrheit überholt werden.

Das Christentum hat eine von Grund auf tragische Dimension. Nirgendwo sonst wird der Konflikt zwischen Menschen- und Gotteswelt bis zur Neige ausgetragen. Andere Religionen retten sich vorher durch Entrückung oder Enthaltung. Einzig das Judentum hat diesbezüglich eine Nähe zum Christentum. Als wartend auf den Messias und sich als Gottes Knecht begreifend, erkennt es den tragisch-unlösbaren Weltzustand an, ohne dessen Tragik abzuschwächen, indem es ihm die Qualität von Wirklichkeit nimmt oder diese Tragik an eine allgewaltige Vorsehung abgibt. Es verknüpft sein Schicksal damit, weil ihm die Welt die *eine* Welt ist. Der Jude erlebt diesen Weltzustand am eigenen Leib, da er das Tragische nicht symbolisieren kann und aus seiner speziellen Berufung heraus auch nicht will. Das Judentum ist der Sohn, der leidende Gottesknecht, und hat so eine unvergleichliche Stellung im Weltgeschehen. Dem Christentum ist ebenfalls die Welt die *eine* Welt Gottes, aber es weiß durch Jesus Christus um eine authentische Symbolisierung des Tragischen, die gleichzeitig das Faktische ist und so die Qualität von Erlösung hat.

Der Ideologe möchte alles unter die Gewalt seiner instrumentellen Vernunft bringen, des Todes, der in ihm denkt. Er ist bereit, um einer Kleinigkeit willen einen Menschen zu verwerfen. Im erlösten Menschen aber denkt die Ordnung des Herzens.

Die Dichtung, die Kunst und der Glaube entwachsen einem bestimmten Niveau von Verzweiflung, man kann es auch als „wir haben hier keine bleibende Statt" oder als das Exil der Wahrheit bezeichnen. Darum *flieht* ein in solcher Grenze existierender Mensch zum Glauben und / oder zum Lied. Diese Verzweiflung bedeutet: der mit ihr lebende Mensch kann nur über ein Jenseits des Gegebenen – und dieses Jenseits wird ihm das Kunstwerk oder religiös der Glaube – sein Leben und die Welt zur Einheit verstehen, Frieden finden. Er lebt aus dem *Jenseits*, denn das Diesseits ist ihm Verzweiflung, und er kann sich da nicht hinausbetrügen. Die Liebe treibt ihn an diese Grenze. Wie aber wenn ein Dichter gläubig ist? Dann weiß er zu unterscheiden – oder er lernt es – wenn er es denn lernt –, was Gottes und was Gottes durch die Dichtung ist. Es gibt Zustände in ihm – und das bezeigt ihn als Dichter –, die nur vom Lied adäquat befreit werden können, die im unmittelbaren Gottesverhältnis verunklarend wirken, in eine eigene Sphäre, in die des Liedes gehören, und es gibt Zustände in ihm, die nur Gott angemessen befreien kann und die im Lied zu Verzeichnungen führen, in eine eigene Sphäre gehören, in die des Gebetes.

Wer an Gott gläubig geworden ist, ist sich selbst aus dem Licht gegangen und sieht nun, was vorher unter Schatten lag, wunderbar erhellt.

Den Gottesweg kann man nur in der Freundschaft gehen. Wo aber ist der Freund, der über Nützlichkeits-, Prestige- und Konkurrenzgebaren hinweg das Herz der Freundschaft versteht, der eine Treuezusage macht im lebendigen Widerstreit der Herzen? Freunde können sich einander zumuten.

Das Christentum hat auf der Folie seiner heidnischen, wilden Wurzel die Wahrheit Christi gelesen. Es hat sich immerdar mit dieser Wurzel auseinandergesetzt und versucht, sich davon abzusetzen. Damit war es für das Judentum sprachlos, da dieses die heidnische Ausgangsposition nicht mitvollziehen konnte. Dem Christentum entstanden dort Werte, wo es sich von seiner heidnischen Wurzel losmachte, und das Judentum galt ihm – in Unkenntnis darüber, was ein auserwähltes Volk im Sinn der Offenbarung ist, – als verstockt und damit sogar als minderheidnisch. Wie sollte der Jude also zum Christentum und zum christlichen Jesus, der gegen ihn in Stellung gebracht wurde, eine Beziehung finden? So ist der jüdische Jesus verlorengegangen oder besser, noch gar nicht entdeckt.

Wie wenig weiß der Mensch über sich selbst und von Gott, der sich vornimmt, „ohne Gott" zu leben. Und doch ist für ihn der Weg, ohne Gott zu leben, der Weg mit Gott zu leben, mit dem Geist. Sein Gottesbild ist ein krankes.

Der freie Geist, das ist der Geist Gottes, der den von Gespenstergeistern gefangenen und eingestrickten Menschen auf die Höhe der Freiheit und der Frage bringt. Mit dem freien Geist kann Heiligkeit beginnen. Denn in die Freiheit und in die Frage gestellt, begreift der zur Heiligkeit Berufene schließlich, daß es nicht in erster Linie um Befreiung von Unterdrückung geht, sondern um die Befreiung seiner Freiheit, um die Befreiung seines Geistes in die Freiheit des Heiligen Geistes hinein. Doch wehe jenem, der den freien Geist alleine walten lassen will, die freie Stelle, die er im freien Geist erkämpft, Gott nicht erstatten will. Dieser wird in seiner Freiheit auf eine Weise frei werden, wo er nur noch sich selbst zur Gesellschaft hat. Er wird den Untergang des dialogischen Seins erleben. Er wird gleichzeitig Gott und Mensch sein müssen. Jetzt winkt der Wahnsinn, und dieser wird über ihn kommen, wenn er nicht einlenkt, sich nicht dem Sinn des freien Geistes unterwirft: die Heiligung des Namens Gottes.

Im Buch Gottes – ein sprachliches Bild, das nicht ohne Bedenken zu gebrauchen ist – sind wir vom Haupttext (vielleicht auch schon vom Nachwort) ins Vorwort zurückgefallen. Also wartet man immer, daß das Buch beginnt – viele aber haben es sich im Vorwort schon bequem gemacht. Andererseits ermöglicht dieses Im-Vorwort-Sein irgendwann ein neues Lesen des Haupttextes. Wir sind jetzt dabei, uns im Vorwort die Augen zu waschen, wenn wir denn dabei sind.

Wie will derjenige, der dem Geist nicht die geringste Wirklichkeit zutraut und sich folglich im Illusionären zudecken muß, auch nur ein Tüpfelchen von dem verstehen, was das höchste des Geistes ist: die Fleischwerdung des Wortes. Wie schmerzlich: dem Geist Wirklichkeit zuzugestehen. Wer das tut, kommt in die befreiende, glückhafte, aber schmerzliche Linie der Wahrheit und begreift, daß die Versöhnung zwischen dem Geist und uns nur durch eine Tat Gottes erfolgen kann: der Fleischwerdung des Wortes.

In der irdischen Verklammerung ist uns der Geist Gottes der Geist der Verwegenheit, denn Verwegenheit kann uns aus der Vernunft- oder Biederverklammerung retten. Diese Verwegenheit bezeugt unser Vertrauen auf das Unmögliche, bildet gewissermaßen den untersten Boden der Freiheit Gottes, doch sie wird bei dem in die Freiheit Gottes Gelangten nicht mehr Befreiungsgeste sein, sondern nur rechter Umgang mit den sich zu göttlichem Recht aufwerfenden menschlichen Gesetzen.

Durch das Christentum werden Natur (und damit auch Geschlechtlichkeit) und Geschichte unserer Reflexion gegenwärtig, denn das Christentum weiß – im Unterschied zum pantheistischen Heidentum – Gott unvermischt mit den Kräften der Welt, und das Verhältnis Gottes zum Menschen ist ihm Heilsgeschichte, deren Empfänger der Mensch ist, und durch den Menschen kommt sie in die Welt. Daß Natur und Geschichte uns so in der Reflexion gegeben sind, ist eine Voraussetzung der Freiheit. Gott will, daß wir aus der Gottesliebe heraus ein liebendes und gläubiges, d.h. nichtwissendes paradoxes Verhältnis zur Natur und Geschichte haben, denn so resultiert es aus dem Gottesverhältnis. Wie aber, wenn nun diese Freiheit, die Gott gesetzt hat, zur Vereindeutigung von

Natur und Geschichte, als Waffe gegen Gott mißbraucht wird? Über die Vereindeutung von Natur und Geschichte hebt der Unglaube die Freiheit wieder auf und damit seine Verantwortung, und damit das Glaubenmüssen. So gibt das Christentum dem Heidentum die Dinge an die Hand, womit es sich des Christentums erwehren kann. Damit das Heidentum in diesem prometheischen Aufstand auf ein selbstregulierendes Niveau kommt, darf es das Christentum weder als Feind noch als Deckung benutzen können. Das Heidentum merkt selbst, daß es ein solch selbstregulierendes Niveau braucht und zieht aus dem Christentum aus und streift umher, eine immanente Transzendenz suchend, und schwankt zwischen Vatermord, Waisenschaft und Vatererhöhung. Das Christentum muß angesichts der Welt das ertragen, was Gott angesichts seines verlorenen Sohnes erträgt.

Stolz gehört zum Wesen des Heiligen. Dieser kommt aus der Erfahrung, von Gott berührt worden zu sein. Wer so berührt wurde, wurde vom Leben selbst berührt. Jetzt hat er die höchste Verantwortung, aber auch die höchste Freiheit.

Warum das Christentum Garant für die freieste und tiefste Kultur ist: weil in Jesus Christus die Welten zusammentreffen, die alte und die neue, die vertraute und die fremde, das Volk und die Völker. Es ist Garant, weil es sich vor nichts verschließen muß. Es steht in der Gnade, alles prüfen und das Gute behalten zu können. So ist das Christentum prinzipielle Offenheit und größte Weite und eröffnet ein reflexives, nichtabsolutes Verhältnis zum Seienden und zur Zeit. Jesus Christus als Nahtstelle der Zeiten, als Eckstein eines Seinsverständnisses, darin alle anderen Seinsverständnisse, sofern sie nicht totalitär sind, eine Sicherung ihres Bestehens finden. Hat also die Kirche die institutionelle Rolle der Religion inne, so ist Freiheit möglich. Die Kirche unterscheidet in ihrem Selbstverständnis zwischen sich und der Welt, zwischen Thron und Altar. Sie weiß um die zwei Schwerter. Sollte sie diese ihre Wahrheit vergessen, ihr nicht gerecht werden, kann die Welt ihrerseits diese durch negative Abgrenzung ergreifen, doch sie kann dies nur, weil die Kirche kein Mandat für den Thron hat, sondern für Gott, und Gott ist der Gott der Freiheit.

Über allem, was wir haben und nicht haben, müssen wir noch eine Höhe haben. Das macht uns in Wahrheit frei. Und diese Höhe heißt Gott. Wenn wir im Angesicht dieser Höhe leben, was soll uns noch schrecken?

Die Kunst, das Schöne, ist heilende Generösität. Der Geist des Schönen ist jener, der diese Generösität verstanden hat, aufrechterhält und pflegt, ohne im geringsten narzißtisch zu sein. Er ist heilendes Selbstverhältnis der Freiheit. Es gehört zur Seligkeit und Höhe des Geistes, sich selbst so verstehen zu können. Er ist das Ja zu Gottes Neuem Jerusalem. Darum die Sehnsucht: daß ein Mensch in seiner unschuldigen Leibesherrlichkeit unschuldig darum wissen und *sie* sein könnte. Bewußte Leibesherrlichkeit ohne Niedrigkeit in Denken und Gesinnung. Die Inszenierung eines vollendet schönen Selbstverhältnisses, Inszenierung, die man nicht merkt. Das ist die Sehnsucht der Kunst. Normalerweise erträgt der Mensch es nicht, in seiner Schönheit zu existieren. Er verzweckt sich, macht sich klein, zum Sklaven und damit häßlich. Das ist der Sündenfall, daß er in seinem Geist nicht zur Höhe seiner Schönheit gelangt. Er schämt sich, weil ihm eine Stimme (nicht Gott) sagt, daß er nackt ist. Seine Angst verhindert, daß er seine Schönheit wird.

Wahre Religion widersetzt sich unserer einverleibenden Innerlichkeit. Sie führt unintegrierbare Teile mit sich, uns in Begegnung zu versetzen.

Wie Gott den Menschen und alle Kreatur mit einer verletzlichen Stelle gemacht hat (in der Seele ist Gott selbst diese Stelle), dem Geschlecht – Verletzlichkeit, die den Menschen in die Scham und in die Schönheit, in die Frömmigkeit erhebt –, und zum Zweck dieser Verletzlichkeit den Menschen in einen tiefen Schlaf fallen ließ, so muß auch das Kunstwerk von diesem Schaffen Gottes gewirkt sein. Es muß diese verletzliche Stelle aufweisen. Dafür muß der Künstler sein Werk in eine Art Schlaf fallen lassen, ihm eine Rippe entnehmen und die Stelle mit Fleisch schließen, Stelle, die unsere Freude und Zuwendung erheischt und wodurch das Werk demütig wird.

Das Geheimnis des jüdischen Volkes ist groß. Wer ist zugleich Stammesvolk und Träger einer universalen Religion? Dem christlichen Verständnis nach hätte es seine Stammesvolkschaft aufgeben, Jesus Christus annehmen sollen. Wie aber das? War es doch kein heidnisches Volk, das die Volkskonstitution von der Offenbarung trennen konnte. Jeder Römer blieb als Christ Römer, auch wenn das quasi-religiöse antike Polisverständnis mit dem Christsein zusammenstieß. Als Christ hatte er eine gläubige und eine staatliche Existenz, wobei die gläubige die staatliche formte. Der Jude mußte aber Jesus Christus in ein Selbstverständnis integrieren, darin Volkszugehörigkeit und Confessio eins waren. Und das ergab eine andere Fragestellung. Der Heide konnte durch Annahme des Christentums nur gewinnen, während der Jude nur schwer verstehen konnte, warum er jetzt zum Vater einen Mittler brauchte, wo er sich doch als Glied des auserwählten Volkes der Huld Gottes immer nahe wußte. Warum forderten die Heiden von ihm, was für sie Gültigkeit hatte? Wodurch sie zum ersten Mal Gott nahe kamen, das forderten sie von Israel, die Geschichte des Gottesvolkes mißkennend. Sollte aber Israel seine Konstitution als Gottesvolk von einem zum anderen Tag aufgeben, sollte es diese Konstitution überhaupt aufgeben? Wer aber war dieser Jesus von Nazareth? Wie sollten die Heiden, die sich in den Augen der Juden ihren Christus synkretistisch gebildet hatten und die Heiligen Schriften vom jüdischen Volk trennten, den Juden etwas zu sagen haben? Das war ein minderer Glaube, der von der Offenbarung nur einen Schatten gesehen hatte, der ohne den Mittler nichts war. Doch was will Jesus aus Nazareth von Israel? Auf welche Weise gehört er zu ihm?

Wer geliebt hat, der hat auch gelitten. Und wer gelitten hat, den kann Gott aufheben, der weiß, ohne es zu wissen, daß unsere Panzerung aufgebrochen werden muß, wenn wir in Gott leben wollen.

Es macht einen Unterschied, ob ich die Erkenntnis oder das fleischgewordene Wort anbete. „Und wenn ich weissagen könnte und wüßte alle Geheimnisse und alle Erkenntnis und hätte allen Glauben, so daß ich Berge versetzte, und hätte die Liebe nicht, so wäre ich nichts." Das ist der Unterschied: ich kann die Erkenntnis anbeten und dabei nicht zur Erkenntnis der Erkenntnis kommen – der Liebe. Ich kann mich durch die Erkenntnis der Erkenntnis der Erkenntnis verweigern. Bete ich aber das fleischgeworde Wort an, bete ich die Liebe an und habe alle Erkenntnis. In der Erkenntnis zu verbleiben heißt, sich nicht auszuliefern an das Gottesverhältnis.

Alles außer Gott bleibt außerhalb, gegenüber. Nur er vermag im Herz zu sprechen.

Die zwei Freiheiten: die Gabe der Welt und das Faktum Gottes. Zwischen diesen beiden Freiheiten tauscht sich das, was wir Kultur nennen, und zwar deshalb, weil unsere Sprache, unsere Paradigmen nie das Leben erfassen, sondern nur punktieren können. Unsere Paradigmen sind dazu erschaffen, verworfen oder gewandelt zu werden. Gott hat uns nicht gegeben, ihn in unserer Sprache zu besitzen, sondern er macht uns verantwortlich darin. Mit der Gabe der Welt brandet er unsere Gottesbilder dahin. Er macht die Welt selbst (für uns) zu Gott, zu Gnade angesichts der Erstarrung unserer Modelle und zeigt: nur so kann Heiligkeit beginnen, Heiligkeit, die das Branden der Welt erlebt hat und nicht Wirklichkeitsschwund ist, die sich zur vollen Wirklichkeit aus diesem Branden entfaltet und von hier aus Gott, den in Freiheit Brandenen, gewahrt. So mußte Jesus Christus zurückübersetzt bzw. mußte auf seine vorinterpretierte Mittlerschaft verzichtet werden, um ein auf ihn bezogenes erstarrtes Paradigma aufzubrechen und die Welt hereinfluten zu lassen, so wieder die Bedingung für das Verstehen des Faktischen zu schaffen. In der Bedingung unserer nur-punktierenden Sprache hat Gott die Gewähr unserer Geschichtlichkeit. Und diese Geschichtlichkeit ist die Chance, unser in Freiheit verfaßtes Menschsein auszumessen, also ein Schicksal zu haben, und damit Gott, der Heiligkeit, entgegenzureifen.

„Wenn es möglich wäre, würden auch die Auserwählten verführt werden..." Es ist aber nicht möglich, denn Gott hat sie erkannt, sie angeschaut. So tief kann nichts auf der Welt den Menschen anschauen. Diesen innersten Grund der Seele erreicht kein falscher Prophet. Sonst wäre Gott nicht Gott.

Woran erkennt man echtes Christentum? An der Echtheit des geistlichen Ranges. Dieser ist dem Menschen natürlich, nichts Künstliches oder Gesuchtes haftet ihm an. Die Wiedergeburt hat stattgefunden. Die Seele ist wissend geworden.

Gott hat, uns zu erlösen, uns keine Rede, keine Lehre, kein System dargeboten, sondern eine Tat, eine die durch alle unsere Aneignungsgebärden hindurchsteigt, uns in unserem Voraussein überholt und uns an den Ausgangspunkt zurückbringt. Hätte Gott uns statt seines lebendigen Sohnes eine Lehre geschenkt, wir hätten sie, wie alles, ins Unkenntliche verbogen. Der Faktizität dieser Tat entspricht liturgisch die Tischgemeinschaft. Jesus wußte sehr wohl, daß es kein Einssein unter uns gibt, wenn man dieses der vorlauten und spalterischen Vernunft anvertraut. In der Tischgemeinschaft aber kommen die oberflächlichen und sich sichernden Instinkte zum Schweigen, und die Seele kann aufblühen in Nichtwissen und *Gespräch*.

„Fürwahr, der Herr ist an dieser Stätte, und ich wußte es nicht." Das ist die erlösende Erfahrung: Gott ist *die* Wirklichkeit.

„Arme habt ihr allezeit bei Euch." Vielleicht erkennt man das christliche Herz daran, daß es den Armen nicht von sich ausschließt, und sogar im Gegenteil, im Armen die Welt tiefer und eigentlicher erkennt, wissend um die Bedürftigkeit aller Menschen. Ein Christ ist ein Mensch, der barmherzig geworden ist, sein Herz aus Fleisch gefunden hat.

Ein Tischler, der die Wahrheit Gottes erkannt hat, soll er nun mit dem Tischlern aufhören? Ist sein Tischlern Sünde geworden? „Ein jeder bleibe darin, worin er berufen ist", lautet die Antwort des Paulus. Der Tischler soll weiter tischlern, aber er soll es im Namen Gottes tun. So auch der Künstler. Er soll seine Kunst nicht opfern, wenngleich er sie erst einmal opfern muß, um sich von falschen Zugängen, Haltungen und Absichten zu befreien. Er wird alles durchdenken, überdenken, neu finden müssen, aber er soll Künstler bleiben, auch wenn er während der Zeit der Buße überhaupt nicht weiß noch wissen will, was weiter werden wird. Es geht ihm nur um Wiedergutmachung und um die Ausrichtung seines Herzens auf Gott. Doch seine Arbeit wird eine neue Erfahrung zum Inhalt haben und Erfahrung im anderen Licht. Der Künstler, der gläubiger Mensch ist, muß sich vor dem Gewissen der Kunst und vor dem Gewissen seines Glaubens verantworten. Da wo die Kunst zur Illustration des Glaubens verkommt, ist die Kunst verraten, ist der Künstler kein Künstler mehr und ist es wohl auch nie gewesen. Aber wo der Künstler von Gott gewollter Künstler ist, wird dieser den Glauben nicht mißbrauchen, wird er sich die Kunst nicht zudecken, im Gegenteil. Die Kunst wird ihm erst richtig aufgehen. „Ein jeder bleibe darin, worin er berufen ist." Nur müssen wir lernen, alles zum Lob und Ruhm Gottes zu tun, was den Versuch einschließt, einer jeden Sache aus sich selbst heraus gerecht zu werden.

Der Mensch in seinem unerlösten Zustand hat ein stählernes Herz und stählerne Gedanken und denkt, er habe einen unverletzlichen Körper, während er in Wahrheit ein Herz aus Fleisch, wirre Gedanken und einen hinfälligen Körper hat.

Man lese allein die Seligpreisungen der Bergpredigt, und man weiß, daß die Heilige Schrift göttlichen Ursprungs ist, Niederschlag (hier das Neue Testament) des auf Erden gelebt habenden Jesus von Nazareth. Um eine einzige Seligpreisung zu erfassen und existentiell zu erfüllen, brauchen wir schon ein halbes Leben Zeit, was aber nicht heißt, daß wir dann die anderen auch schon erfaßt hätten, geschweige denn existentiell erfüllt. Die Seligpreisungen sind nicht nur in ihren Einzelaussagen, sondern auch in ihrer Aufeinanderfolge, ihrer Konzentration mehr als Menschenweisheit vermag.

Was kann man dem Ungläubigen, aber zu Gott Wollenden raten, um sich für die Gnade zu bereiten, um sich Christus kenntlich zu machen? Die Zehn Gebote halten und leiden als Warten und warten als Leiden. Oder sich Rechenschaft darüber geben, welch Kluft zwischen Wollen und Vollbringen klafft, wie sehr wir das Gute, das uns aufgetragen ist, schuldig bleiben. Beim ehrlichen Versuch, die Zehn Gebote zu halten oder das Gute zu tun, werden wir inne, daß wir es ohne die Hilfe Gottes nicht vermögen. An diesen Geboten wird uns unsere Unfähigkeit zum Guten und zur Wahrheit offenbar. Allein das zweite Gebot „Du sollst dir kein Bildnis machen" überfordert unsere natürliche Kraft. Das Innewerden unserer Unfähigkeit und der gleichzeitigen Forderung Gottes an uns, die Gebote zu halten, läßt uns nach übernatürlicher Hilfe Ausschau halten, uns, die wir als Heiden uns nicht auf Gottes Beistand durch die Erwählung im Alten Bund berufen können. Jetzt verstehen wir, warum die Tat Gottes, uns seinen Sohn zu senden, sein Wort Fleisch werden zu lassen, das göttliche Heilmittel ist.

Erst wenn die Zeit erfüllt ist, also ein bestimmter Grad der Erkenntnis und der Liebe erreicht ist, können wir Christ werden. Die Geschichte als solche ist in diesem Vollalter, was die Menschheit aber nicht hindert, in Infantilität zurückzufallen; dennoch ist sie unter dem Anspruch des Vollalters, des Gerichts Christi. Und nur uns vor diesem – wissend oder nicht – verantwortend, können wir uns selbst gerecht werden, denn ihm, Christus, „ist gegeben alle Gewalt".

Ein Erbarmen, das der Gerechtigkeit nicht Rechnung trägt, die Gerechtigkeit unterschlägt, kann nur Feigheit oder Dummheit sein. Das wahre Erbarmen kommt aus dem Herzen Gottes, schenkt die Kraft zur Gerechtigkeit und macht gerecht. Es ist die stärkste Macht.

„Was bleibet aber, stiften die Dichter." Sie finden die gültigen Behausungen. Der Autor, der von der beschreibenden, instrumentellen Sprache gleich welchen Diskurses weg will und mittels Sprache der Offenheit des Seins entsprechen möchte, nähert sich dem Dichterischen, muß sich ihm nähern. Die diskursive oder servil-kommunikative Sprache arbeitet im Ephemeren, die Dichtung aber räumt, baut, bremst in die Stille und Verhaltung. Dieses Bleibende stiften die Dichter. Nur was in der Sprache gestiftet, ist gestiftet. In diesem Sinn ist Gott selbst der erste Dichter. Er ist der Sprechende in der Sprache, die dichtet, die erschafft. In einem unendlichen Unterschied zur menschlichen Dichtung als geschriebenes Wort sind seine Evangelien, die das Opfer Christi in der Sprache bezeugen, wie sein Wort nach der Heiligen Schrift überhaupt, *die* Dichtung.

Was wird der Christ anderes gegenüber jenem, der sich die Wahrheit Gottes bequemer, als eine nicht den ganzen Menschen einfordernde Wirklichkeit, sondern als Illusion vorgestellt hat, sagen können, denn was Paulus sagte: „Wir können nichts gegen die Wahrheit, sondern für die Wahrheit." Und das heißt, die Wahrheit Gottes ist kein Konstrukt, sondern ist das, was *ist*. Diese Erfahrung liegt echtem Glauben zugrunde. Und das ist sein Zeugnis.

„Wir können die Mittel benutzen, aber es ist Gott allein, der sie segnet" (J. H. Newman). Was aber, wenn Gott sie nicht mehr segnet, er uns die Speise vergällt, das Leben verbietet, er uns aussetzt seinem furchtbaren Verdikt, uns zu zeigen, daß er der Herr ist; wenn er uns keinen Weg mehr zuläßt außer jenem, uns ihm preiszugeben und ihm, dem Befreienden und Verherrlichenden, zu dienen und ihn zu preisen? Dann dürfen wir wissen, daß es Gottes Liebe ist, die uns an sich ziehen will, eine Macht, die das eigentlich Furchtbare ist – denn nichts anderes ist wirklich zu fürchten –, die darum aber auch das Erlösende ist.

Das Unrecht, das wir uns nahestehenden Menschen und Freunden durchlassen, weil es uns vorübergehend Vorteil bringt, es selbst wird uns treffen. Darum läßt der Gerechte seinem Freund, seinem Gatten, seinem Kind kein Unrecht durch. Seine Liebe sucht die Gerechtigkeit, auch wenn Ungerechtigkeit ihm verborgen zu dienen sich anschickt. Aber er sucht die Gerechtigkeit nicht ohne Liebe.

„Schrecklich ist es, in die Hand des lebendigen Gottes zu fallen." Dann fallen wir ins Leben selbst, ohne noch einen Fuß auf festen Grund setzen zu können. Und wehe, wenn Gott uns dann diesen Grund nicht wieder schenkt, aus dem unsere Sterblichkeit gemacht ist.

Unser Problem, warum wir uns so schlecht verstehen, besteht nicht in den verschiedenen Weltanschauungen oder Überzeugungen, sondern in der Sprache, oder genauer, in unserem Verhältnis zur Sprache. Könnten wir eine gemeinsame Sprache sprechen, vermöchten wir an unserer Erlösung zu arbeiten. Eine gemeinsame Sprache ist nur aus der Gnade der Gottergebenheit möglich; darum können Liebende zuweilen diese Sprache sprechen, auch wenn sie sich verschiedener Sprachen bedienen müssen. Die gemeinsame Sprache ist nicht einunddieselbe für alle Völker, sondern daß wir den gleichen Sachverhalt unabgelenkt vom Unterschied der Worte meinen. Wir sprechen jedoch scheinbar über das Gleiche, meinen aber Grundverschiedenes. Darum ist die Sprachverwirrung zuerst unter Gleichsprachigen zu denken. Die Verschiedensprachigkeit ist dem Phänomen nur äußerlich. Dieses Grundverschiedene deckt uns die Sprache nicht auf. Wörter sind Häuser mit unendlich vielen Etagen. Jede Etage ist eine andere Bedeutungsschicht. So kommt es, daß wir uns scheinbar treffen im gleichen Wort, aber unendlich entfernt und getrennt voneinander sind. Wir lassen uns tauschen vom *sichtbaren* Sinn der Sprache. Andere meinen exakt das Gleiche, benutzen aber andere Wörter, und wir verstehen nichts. Durch die Sprache sind wir auseinanderdifferenziert und umgekehrt wieder zusammengesetzt. So ist ein unendliches Verwirrspiel eröffnet, darin sich das, was wir Geschichte nennen, zuträgt. In diesem Sinn ist die Sprache ein unauslotbarer *Unterschied*. Da hinein fällt Pfingsten. Pfingsten ist nicht, daß plötzlich alle die gleiche Sprache sprechen, sondern jeder hört den andern in *seiner* Sprache, hört in des andern Sprache die gleiche Seele wie die seine. Und damit hört er den Bruder. Er hört nicht mehr auf das „Sichtbare" der Sprache. Er vernimmt im Heiligen Geist.

Alle Gaben der Erde und alle Anstrengungen der Menschen sind umsonst, wo wir nicht an Gott glauben; wir werden der Früchte unserer Anstrengungen nie dankbar, nie inne werden. Alles kann – nach irdischen Möglichkeiten – zum Besten stehen, ohne Gott werden wir es nicht merken.

Jesus Christus tritt quer durch den Dichter- und Kunstgarten und spricht: „Seht, ich bin es, der Lebendige."

Wir haben nur so weit Erkenntnis, so weit wir auch erfahren und geschaut haben. Darum können wir wahrhaft nur von dem berichten, was uns auf diese oder jene Weise widerfahren ist, was zur Erfahrung unserer inneren Schau gehört. Würden wir nur über das reden, was wir derart unser eigen nennen, würde es sehr still und wirklich werden auf der Erde.

Es ist vielleicht schwerer, hat man die Tatsächlichkeit der Liebe Gottes erfahren, die Verweigerung, das mutwillige Gott-aus-dem-Weg-Gehen, das satanische Aufrichten einer Gegenmacht zu ertragen, als ohne die in der Tatsächlichkeit gewirkte Nähe Gottes auskommen zu müssen und darum unsere Verstockung noch nicht zu begreifen und noch an das indifferente Begehren ausgeliefert zu sein. Jesus Christus hatte diese furchtbare Hellsicht und mußte darum am meisten leiden.

Die Träne der Sehnsucht, das ist das eine Kostbarste für den Menschen, der im seligen Nichtwissen angekommen ist; das andere ist, von der liebenden Gegenwart Gottes ergriffen und erfüllt zu sein.

III

Indem Gott unser Bekenntnis, unsere Klage, unseren Lobgesang auf dem Papier annimmt, schenkt er uns in die Gnade der Gabe, und die Gabe steht in der Schönheit. Die Tatsache, daß wir auf dem Papier oder am Computer – das ist hier unerheblich, als auf Erscheinen zielend gehört es dem Dinglichen an –, in der Sphäre des Bildlichen arbeiten, läßt uns nach Schönheit Ausschau halten, die Gott vorher für diese Sphäre gesetzt hat. Opfer, Wandlung und Gabe vollziehen sich im Bildlichen, das der Potenz nach ein Dingliches ist. So entsteht die Dichtung, das Kunstwerk.

Die reifgewordene Liebe liebt das Einsamsein, das Durchstehn des Punktes, wo die Liebe echt wird, das Wesen hervortritt. Jene Vereinsamung von Körper und Geist, die unseren Geistkern echt macht, die uns Gott schauen läßt. Diese Einsamkeit ist Garant für die Echtheit unseres Werkes. So ist der wirklich schaffende Mensch von Einsamkeit umgeben, die Kraft, Essenz und Leben ist. Aber diese Einsamkeit bedeutet nicht – wiewohl sie dies auch bedeuten kann – Abwesenheit von Mensch und Welt, sondern *unterscheidbare* Wirklichkeit.

Man schaue die Evangelien durch. Hat Jesus jemals disputiert? Nein, denn dann hätte er das göttliche Wort, das für ihn zeugte und für das er zeugte, vor die Säue geworfen. Wenn Jesus Christus mit seinen Gegnern sich auf den Disput einließ, dann disputierte er nicht, sondern redete auf völlig anderer Ebene als diese, eine Ebene, die, wenn seine Gegner sich auf sie einließen, sie augenblicklich überführte, so daß es nichts mehr zu disputieren gab, sondern man nur zur Gewalt greifen oder sich der Wahrheit stumm oder anbetend übergeben konnte. Jesus wußte, daß das Wort im Menschen reif sein mußte, aufgetan, hören gemacht. Darum redete er mit jedem Menschen mittels einer jenem Menschen fremden oder so vertrauten Ebene, daß dieser nicht auf die Idee verfallen konnte, hier gäbe es etwas mittels eines Disputs zu klären. Das Wort Gottes war vor den Menschen gekommen, und also wurde der Mensch eingefordert und nicht der Lärm seiner Weltweisheit.

Wo aber ist der Mensch? Wo das göttliche Wort uns ergreift, wird diese Frage gestellt werden.

Kommend von deinem Fest, Herr. Wo ist oben, wo unten? Am Himmel spielen die Schwalben, die Wolken. Alles ist nah, geschenkt. Die Seele trunken.

Die Wahrheit sucht nicht zu richten, sondern sie *ist*. An diesem Ist-Sein richten wir uns selbst. Denn wir *sind* nicht. Um uns aus diesem Selbstgericht zu befreien, hat Gott uns Jesus Christus geschickt. Er ist das Äquivalent der Wahrheit, ist das volle Ist-Sein aus dem Ist-Sein Gottes heraus, und darum kann er rechtfertigen. In ihm werden wir des Gerechten, an dem kein Fehl ist, angesichtig. Er befreit uns aus dem unbewußten Selbsthaß, mit dem wir uns kraft unserer Gottunebenbildlichkeit verfolgen, und setzt uns ein in die Nachfolge seines Seins als unserer Gottebenbildlichkeit.

Die Sünde, sich toll gefühlt zu haben, dieses Ruhmredige in der Seele, auch wenn man nie ruhmredig gesprochen hat, die Sünde, nicht der gefallene, betende Mensch gewesen zu sein, sondern der aufgeblasene, aber in Wahrheit vor Gott nichts anderes als das geknickte Rohr, das Gott ob seiner Güte nicht bricht, und der glimmende Docht, den er nicht löscht.

Entblößt all der natürlichen Gnaden, weder lesen, arbeiten, essen, trinken, Gesellschaft, Gespräch haben können, nicht schlafen können, außer unter der Bedrohung, nicht wieder aufzuwachen, Schmerzen an Leib und Seele, nicht zu Gott hin und nicht von ihm fort zu können, nicht beten können und trotzdem leben müssen, von allen Gespenstern des Todes erschreckt, sich verdammt wissen, fortgerissen aus dem Leben, das Gott ist, ist dies das Gericht, durch das er uns unser Nichts offenbart? Ein Nichts, so bodenlos, daß es sich selbst zu Gott nicht mehr retten kann, eben ein Nichts, und doch pulst Leben darin.

Eines ist es, über Gott zu reden und nachzudenken, ein anderes, die Beziehung mit ihm aufzunehmen, zu pflegen und auszuhalten; letzteres ist eine Furcht und ein Verlöschen, ein wunderbares Leben.

Im Wahnsinn trennt sich das Leben in uns, das Gottes ist, von seinem Knechter, unserem Geist, denn wir haben das Leben in uns – aus welchen Gründen auch immer – anstatt es in Gottes Geist hinein zu befreien und zu erfüllen, mit unserem Geist klein gemacht, kleiner als Gott es haben will, oder wir haben es auf falsche Weise erhöht und so noch kleiner gemacht. Also trennt Gott unseren Geist von unserem Leben, damit das Leben wieder atmen kann, wenn es nun auch bedroht ist, da es keinen Beschützer – was Aufgabe unseres Geistes kraft Gottes Geistes gewesen wäre – mehr hat. Aber es gibt auch eine andere Art Wahnsinn, einen prophetischen. Es ist die sich keiner Schicklichkeit einpassende Sehnuchtsgestalt. So entsteht Leidensherrlichkeit. Ein solcher Mensch wählt die Sehnsucht als seine wahrste Daseinsform. Er weiß, daß er sich der Gefahr des Wahnsinns und der Vernichtung aussetzt. Er wählt die Liebe so rein und frei wie möglich. Sicherungsdenken ist ihm Gespenst und Anfang von Verlogenheit. Er weiß, daß Beharrung das Ende unserer Liebesfähigkeit ist. Er will der Spur der Liebe, die nach dem Fall Adams in der Welt geblieben ist, folgen, will sie aufzeigen. Aber der Fall Adams ist Wirkmacht, die sich ihm als Schwerkraft entgegenstemmt und versucht, ihn von der Wirklichkeit in den Traum zu versetzen, ihn so zum Opfer seiner Phantasie zu machen. Seine Sehnsucht aber drängt ihn zum Werk. Das Werk hält ihn in die Wirklichkeit zurück und gleichzeitig ins Fiktive hinaus. Das Werk erdet ihn. Aber ist diese Erdung tief genug? Der Fall Adams versucht, die in der Fiktion nicht eingelöste Schwerkraft gegen ihn in Anschlag zu bringen. Der *Fall* spottet als Alltäglichkeit und Erstarrung der Sehnsuchtsgestalt und läßt ihn daran irre werden. So trennt sich schließlich auch hier der Geist vom Leben. Was könnte diesen Menschen davor bewahrt haben? Nur die Möglichkeit einer Stellvertretung, die durch den Fall Adams hindurchgreifen und Sehnsuchtswirklichkeit offenhalten kann. Genau dies hat Jesus Christus vollbracht. Mit ihm, als meine Stellvertretung, und mit meinem Herzen, als in der wahrsten Sehnsucht, den wahren Gott zu preisen, dem dann das Werk nachfolgt, auch wenn es von Zeit zu Zeit vorauszugehen scheint, das setzt die Liebe so frei, daß sie nicht von der Schwerkraft niedergerungen oder in den Irrsinn entlassen werden kann, eben weil sie bei der äußersten Schwerkraft beginnt: „Gott, sei mir gnädig nach deiner Güte, und tilge meine Sünden nach deiner großen Barmherzigkeit."

Man muß tief genug in Gefahr gekommen sein, nach der Wahrheit gefragt haben, um nach Jesus Christus fragen zu können, denn erst ab einer gewissen Frageiefe wird die Wirklichkeit Jesu Christi entscheidend, verstehen wir, was es bedeutet, daß „der Fürst dieser Welt gerichtet ist", verstehen wir, daß wir uns ohne Selbstmitteilung Gottes nicht erheben können, sondern ohne Ende Gleiches mit Gleichem vertauschen.

Wenn unser Geist beginnt, sich selbst zu verzehren, der innere Quell in uns langsam austrocknet und wir merken, daß selbstzerstörerische oder einfach für das Reich Gottes unfruchtbare Kräfte in uns die Oberhand gewinnen, unser Geist also von seiner übernatürlichen Nahrung abgezogen wurde, er sie nur noch kraft einer Willensanstrengung erreicht, und auch dann nur noch knapp und unvollkommen, dann verlangt unser ganzer Haushalt nach der übernatürlichen Speise, welche ist der Leib und das Blut Christi. Gäbe es dann diese Speise nicht, fielen wir zuletzt in einen Dualismus oder Vitalismus zurück, wären wir nicht mehr christlich. Die Speise des Leibes und Blutes Christi nährt unseren geistlichen Haushalt und zieht uns zum Wirklichen, zu Gott.

Der Unterschied der mystischen Theologie des Christlichen zu anderen negativen Theologien, z.B. des Zen-Buddhismus, besteht vor allem darin, daß diese neben und in der verneinenden Beschauung immer auch um die bejahende Beschauung weiß. Sie steht durch Jesus Christus im Wissen um die Gesinnung Gottes. Dieses Wissen, daß Gott Liebe ist, ermöglicht eine unvergleichliche Beschauung. Die negative Beschauung aber vertieft und klärt unseren Zugang zur Liebe Gottes. Darum sind negative und bejahende Beschauung, wie sie im Christlichen zusammenwirken können, Erfüllung und Vollendung.

Das Kunstwerk thront nicht über uns, will keine Macht ausüben, sondern ruft uns in unsere Mündigkeit. Es begleitet uns, ist uns Gefährte. Es hilft uns, unseren Weg zu sehen und reinigt unseren Geist als Sprache.

Wer Perlen vor die Säue wirft, wird selbst zur Sau. Er ist in dem Moment, da er dies tut, eine Sau, denn er will die Unterscheidung vergessen, will sich außerhalb der schmerzlichen, distanzfordernden Differenz stellen. Wer eine Perle empfangen hat, muß sie auch als Perle behandeln, so er sie behalten will, muß sie hüten, damit der andere sein Sein daran aufrichten kann. Wer diese Perle aber vor die Sau wirft, wird zu Recht samt Perle von der Sau gefressen. Und nun muß er sehen, wie er da wieder herauskommt, und dann, wie er der Perle ihren Glanz zurückgibt.

Der Glaube ist für die heidnische unerlöste Seele eine größere Lebensbedrohung als der Selbstmord.

Im Kunstwerk ereignet sich das gleiche – wenn auch in einem niedrigeren Grad – wie in der Eucharistie. In der Eucharistie bringen wir Brot und Wein zum Altar, und Gott macht daraus Leib und Blut Christi. Im Kunstwerk bringt der Künstler sein Handwerk, seine Inspiration, seine Stimme vor das Angesicht Gottes – durch das Fenster der Kunst , und Gott macht daraus das Kunstwerk. Dies ist der Vorgang der Wandlung, ohne den nichts Gott gefallen kann. Desgleichen der Mensch. Er bringt seine natürlichen Gaben und seine Sehnsucht vor Gottes Angesicht. Und Gott wandelt sie ihm in Segen.

Gottes Name ist „Herr". Erst wenn ich „Herr" zu Gott sage, den ich als Herrn erfahren habe, trete ich zu Gott in eine ausdrückliche Beziehung. Jetzt bin ich das Geschöpf und Gott ist Gott, mein Schöpfer. Jetzt sind die Rechtsverhältnisse geklärt und in der Wahrheit.

Das Christentum ist von Offenbarung, Auferstehung und Überlieferung her immer schon über die natürliche Fragestellung hinaus. Darin liegt seine Stärke, aber auch seine Schwäche. Es hat nicht wie das Judentum eine natürliche Kraft durch seine Geschichte als Volk. Es ist, wie Paulus sagt, „von dem Ölbaum, der von Natur aus wild war, abgehauen und wider die Natur in den guten Ölbaum gepfropft ..."

Die Geisteslandschaft des Heiligen: ein zerklüftetes Gebirge, die Wirklichkeit der Gottesliebe.

Das, was in mir glauben will, kann von dem, was ich glauben will, daran gehindert werden, in seine heilsnotwendige Differenz zu kommen, kann – selbst wenn es den Glauben in mir hört – den Unglauben, meinen tatsächlichen Atheismus, den Gott gar nicht auslöschen, sondern nur meiner Seele als Bedingung des Glaubens wirklich werden lassen will, wegdrücken und so versuchen, den Glauben in mir mit einer jenseitigen Idealität zu vereinigen. So ist ein Idealismus gewonnen, aber nicht der Realismus des Glaubens. Gott in der Weise der Differenz, darin die natürliche auf Ausschluß zielende Identität nicht ans Ziel kommt, sondern die „Trennung" als glaubensnotwendig, ja als Vollzug des Glaubens selbst aufrechterhalten wird, zu glauben, ist die Qualität, durch die der Glaube befreiender, zur Unterdrückung der Geister unfähiger Glaube wird. Er ist ganz Frage, ganz Gehör, ganz Gespräch. Dieser Glaube kann keinen Anstoß nehmen, weil er alles Anstößige schon unterlaufen hat. Er kennt die Realität und kennt die Herzen. Aber er kann leiden an dem Versuch, seine Offenheit unerföffnet zu lassen oder sie zu schließen durch Eliminierung der Differenz.

Wenn wir die „dunkle Nacht der Sinne" durchschritten, erduldet haben, sind wir vom Joch des Sinnlichen, vom Joch des

Verstandes befreit, sind unseren Sinnen die heilsnotwendigen Zügel angelegt und der Verstand hat es aufgegeben, unseren Geist, indem er ihn zum Diener seiner Instrumentalisierung macht, zu versklaven. Unser Geist hat die befreiende Schau empfangen.

Die Kirche ist Lehrerin und Hilfe, die Kräfte und Gefäße in uns zu bilden, die das „Neue Leben" – durch die Gnade Gottes in uns geweckt – aufnehmen und gestalten können. Sie nimmt den aus Gott wiedergeborenen Menschen an die Hand und hilft ihm, sich den Reichtum des Glaubens zu erschließen; sie bewahrt ihm das lebendige Bild Christi.

Zwei Künstler: Jener, der mit dem Gottgeheimnis der Welt betraut ist, und jener, der außerdem mit dem Gottgeheimnis als solchem betraut ist.

Eine der Ursachen des möglichen Mißverstehens und der Abstoßung zwischen Judentum und Christentum ist im Begriff des Volkes zu finden. Dieser hat für den Christen eine heidnische Provenienz. Er will ihn abstreifen, um zu einem transzendenten Volksbegriff zu gelangen, dem der Kirche. Aber was der Christ irrtümlich als heidnisch apostrophiert, ist dem Juden heilig und Erwählung. Dieser kennt den heidnischen Volksbegriff als Erfahrung gar nicht. Dadurch, daß der Christ den jüdischen Volksbegriff als heidnischen identifiziert, glaubt er im Judentum eine Verstockung gegen den transzendenten Volksbegriff der Kirche wahrzunehmen, denn das Christentum versteht habituell nicht die bleibende Erwählung des Volkes Israel, jene unvergleichliche Realität. Der Jude aber versteht, warum der Heide seinen Volksbegriff transzendieren muß, jedoch nicht, warum er das mit dem seinigen tun soll, wo Gott ihn doch in aller Konkretion, in Ausnahme zu allen Völkern, sozusagen im *Fleisch* berufen hat.

Kunst und Dichtung sind der menschlichen Körperverfaßtheit, insoweit unser Geist im Körper ist, entsprechende Sprachen. Sie bedeuten: mit der Körperseite des Geistes zu schauen und zu denken. Unser Geist hebt an unserer geist-körperhaften Wahrnehmung an. Aber woran und wodurch hebt die geist-körperhafte Wahrnehmung an: am Angeschautsein, das ein Angesprochensein ist. Sie ist vor allem Anfang, als aller Anfang dieses Angeschautsein, Angesprochensein vom Antlitz.

Die Einsamkeit: wunderbare Quelle religiösen Lebens und der Kunst. Das Gebirge Gottes formt uns klüftig, rauh und zart – und jeder irdischen Hand sind wir entronnen –, macht unsere Kunst nach der Maßgabe dieser Landschaft, so daß daraus erahnbar wird, wo die Herrlichkeit Gottes zu suchen ist.

Sollte im Christlichen die Kunst sich schließlich selbst abschaffen, weil die Form, die die Kunst ist, immer am Inhalt, der das Christliche ist, scheitert, weil das Christliche sich durch das Spiel von Verbergen und Entbergen nicht erschließt, seinem Wesen nach tiefer und früher ist als alle ästhetische Präsenz? Wenn dies der Kunst einziges Verständnis wäre, vielleicht. Doch Kunst ist vor allem Sprachsuche, und als dieses ist sie Akt. Sie taucht nach dem Sprach-Wort des Worts. Dieses Tauchen wirkt befreiend, bringt wahrhaftiges Bedeuten mit. Kunst ist vorepistemologische, traumhafte, hieroglyphische Suche. Sie bewahrt uns in der natürlichen Metaphorik der Seele, und dabei ist sie nicht ohne Erkenntnis. Das Christliche, wenn es richtig wirkt, verschärft die Aufgaben, schafft befreiende Differenz.

Bekehren lassen wir uns nur von der unabsichtlich dargelebten Güte der Wahrheit. Auf diese Weise zeugen wir in unserem Unglauben für die Wahrheit.

Das heraklitische Feuer, Shiwa, die Leere: Namen für den einen Gott, der in Jesus Christus uns die letzte Qualität seiner Wirklichkeit mitgeteilt, uns in seine Wirklichkeit hereingeholt hat. Er hat seine Verborgenheit als Nähe, sein Feuer als Liebe, seine seit jeher waltende Vollkommenheit offenbar gemacht, jedoch ohne die Absicht, seine alten Namen, die Versprechen sind, auszulöschen. Er will sie nur richtig befragen.

Wie hat Jesus seine Jünger berufen? Er sah sie im alltäglichen Leben. Doch sie waren wie jemand, der weiß, daß das Eigentliche noch aussteht, aber auch weiß, daß es nicht in seiner Hand liegt, es zu bewegen, der aber über diese demütige Schwermut nicht seine Treue zum Irdischen vergißt. Sie hielten den Herrn unausgesprochen für möglich. Sein Ruf traf sie im Innersten, Natürlichsten. „Johannes, Andreas, Simon, Philippus, kommt und folgt mir nach." Wäre diese Stimme Lüge, müßte das Sein selbst Lüge sein. Also ließen sie die Netze fallen, und das war vollkommen in der Ordnung. Er war im Recht. Eine nie gekannte Vollmacht ruhte auf ihm. Sah man das nicht? oder besser: hörte man das nicht? Ihre Einfalt hatte die Klugheit, gerade dies zu fühlen: sein Gesegnetsein, und also folgten sie ihm, dessen Stimme sie kannten. Aber wen sah Jesus? Er sah jemanden, der im Kern von Menschen nicht verführbar war, der höchstens aus Liebe eine Weile einen falschen Weg mitgeht. Jemand, der unverdorben in der Seele geblieben und die Stelle Gottes freigehalten hat. Jemanden, mit dem Irdischen betraut, sich des Irdischen liebevoll annehmend und doch unmöglich darin aufgehend. Dessen Seele hatte die Kraft der Zuwendung und das Feingefühl, wegzuschauen von der falschen Stätte, hatte die Vornehmheit, von der Verletzung zu wissen, und war doch ohne Mißtrauen.

Die Liebe des Dichters. Nur mittels der Dichtung kann er ihr entsprechen, weitergeben, was er sieht. Die Dichtung besingt seine Liebe zur Welt, welche Liebe der Liebe ist, mit der Gott die Welt liebt.

Wenn all unsere Möglichkeiten zum Guten erschöpft sind, unsere Möglichkeiten des Betens, Büßens, Lobens, Tuns, dann bleibt Gott nur, wenn er uns zu einer noch tieferen Katharsis führen will, dies ohne unser Mitwirken zu tun. Dann bleibt die passive Läuterung, was der schrecklichste der Schrecken ist. Dann erleiden wir Gott.

Vom Christentum reden als von den Tafeln, die zerbrochen werden müssen, oder daß der Dichter ihm gegenüber jener mit den zerbrochenen Tafeln sei, ist Tautologie und zeigt, wie sehr man Christentum als Religion des Buchstabens – und das kann jede Religion werden – auslegt. Christentum ist jedoch seinem Wesen nach Religion der zerbrochenen Tafel. Der Dichter kann helfen, dieses Verständnis offenzuhalten, denn alle Religion hat als Zeuge des Ewigen Neigung, sich zu vertafeln. Die Poesie ist der Maulwurf der Religion. Sie lockert den Grund, macht ihn luft- und wasserdurchlässig. Der Dichter geht von der zerbrochenen Tafel aus und kann – im Unterschied zur Religion – keine neue herstellen. Er erreicht aber seinerseits nicht die Höhe des Befunds: die zerbrochene Tafel als Fleisch und Blut Christi.

Gibt es neben den sieben näheren Sakramenten nicht noch drei weitere: die Welt, den Nächsten und das Kunstwerk? Gaben, darin Gott der Doppelt-Verborgene ist.

Die Hölle des Gnostizismus: im Unendlichen anfangen und im Unendlichen aufhören. Wort, das nicht Fleisch wird und darin noch eine Qualität sieht. Ewigkeit als Geschichtslosigkeit. Hier hat der Geist einen leichten Sieg, denn er vermeidet es, sich mit dem „Lehm Adams" zu bekleckern, sich in die Demütigung durch das Ist-Sein der Dinge zu begeben; ein Überflieger- und Enthaltsamkeitssieg, der nichts anderes ist als das Laster, sich mit Einbildung zu nähren.

Das Schauen auf die Glaubenszeugin Maria bewirkt die Kraft der Keuschheit. Es ist eine Weise, sich für das Geheimnis des fleischgewordenen Wortes zu öffnen, den Stand der Gnade zu feiern. Maria vollzieht den Urakt christlichen Glaubens: sie erkennt die Notwendigkeit göttlicher Inkarnation an und läßt in sich und an sich dieses Geschehen wirksam werden. Sie *gebiert* den Gottessohn. So reinigt sie – indem wir an ihrem Glaubenkönnen teilhaben – unsere seelische Berührungsfläche mit dem So-Sein der Welt, schenkt sie uns die Erfahrung, daß „Welt" in Wahrheit Gottes Schöpfung ist, beschenkt uns mit keuscher Empfänglichkeit, ohne uns gnostisch zu verkürzen. Es ist ein kindliches Schöpfungserleben.

Was keinen Preis hat, kann Gott nicht gefallen, wiewohl Gott seine Gabe umsonst gibt – denn er ist Gott –, so können wir uns doch nicht umsonst geben, sondern müssen teuer sein. Was macht uns teuer? Unsere Armut, unsere Hingabe, unser Nichts (Gaben, die nicht leicht zu erringen sind).

Wie muß die Religion beschaffen sein, um nicht als absolute Wahrheit mißbraucht werden zu können oder wenn doch mißbraucht – denn nichts kann vor Mißbrauch geschützt werden –, so doch den Mißbrauchenden seines Mißbrauchs an klagt oder aus ihr anzuklagen ist. Solch Religion muß geistige Gewaltenteilung kennen, die da heißt: „Gebt dem Kaiser, was des Kaisers ist, und gebt Gott, was Gottes ist." Diese Gewaltenteilung ist im Zweifelsfall gegen die Religion ins Feld zu führen. Eine andere Gewaltenteilung heißt: „Was durch den Mund zum Menschen hineingeht, wird durch den natürlichen Ausgang wieder hinausbefördert und macht den Menschen nicht unrein; unrein macht ihn jedes böse Wort, das zum Munde hinausgeht." Der Ordnung, die Gott der Natur gegeben hat – Gott nimmt sie an als von sich „getrennt" – wird stattgegeben, es sei denn Gott möchte ein Wunder wirken, so die Regel durch die Ausnahme bestätigend. Die Religion muß also selbst Differenz als Gewaltenteilung mit hervorbringen, um vor religiösem Wahn geschützt zu werden. Und wenn sie sich selbst nicht mehr schützen kann, sich doch geschützt haben muß dadurch, daß sie kraft ihrer Konstitution außerhalb ihrer nichtintegrierbare Kontroll- oder Korrekturgewalten belassen hat.

Das Gebet ohne öffentliches Gebet, ohne Wir, wird früher oder später ein abergläubisches Gebet. Es kann Gott nicht gefallen, wo der Beter sich nicht der Kirche zuwendet oder einer Instanz, die für ihn, dem Stand seiner Erkenntnis gemäß, dieses Wir glaubhaft vertritt. Die Frage der Allgemeingültigkeit darf nicht ausgeblendet werden. Aber der Einzelne kann mit seinem Gebet das Gebet der Kirche beten, wenn er von ihr den Geist empfangen hat.

Der Denker denkt immer nur seinen Gegenstand: Wann wird er ihn auf sich selbst beziehen? Das wäre Weisheit. Und schließlich: Glaube.

Die Kirche deckt für uns den Tisch. Wir sind eingeladen, umsonst. Wer ein wenig in der Welt umhergeirrt ist, weiß, daß es in ihr keinen Ort gibt, wo wir umsonst zu Tisch geladen werden. Gott wollte aber, daß eine Zuflucht sei, daß Güte die Herzen regiert. Und also hat er uns gegeben, was wir uns selbst nicht geben konnten: eine Zuflucht und ein Fest, einen gedeckten Tisch in der Wüste.

Den Ungläubigen muß man fragen, warum er seiner Freiheit nichts zutraut.

Große Kunst: wie kann sie anders als im Innersten tragisch sein. Die Frage ist nur, inwieweit sie verwundene Tragik ist, ohne komisch zu sein, Wort der Seelen-Rede. Als diese sagt sie vielleicht am deutlichsten, am schönsten, daß der Mensch Mensch ist.

Frucht des Leibes und Blutes Christi: die Dinge in vollkommener Absichtslosigkeit erfahren zu dürfen. Endlich darf die Welt sich selber sein, kommt sie zu ihrem Recht. Wir haben aufgehört, sie als Gottes-Ersatz zu mißbrauchen. Die Seele hat einen geistlichen Leib. Solange dieser Leib nicht mit dem Fleisch und Blut Christi genährt wird, muß sie im Fleisch der Welt, im natürlichen Fleisch, ihre Nahrung und Ruhe suchen. So aber erhält der geistliche Leib keine Nahrung, wird an Vergänglichkeit ausgeliefert. Die Seele leidet Hunger. Erst mit dem Fleisch Gottes, dem Sakrament, ist uns die Möglichkeit gegeben, unsere Seele mit ewigem Fleisch zu nähren. Und wie schon das natürliche Fleisch uns erquickt und erneuert, so erst recht das göttliche. Es wirkt in uns jenseits von Worten.

Die Sünde kraft des Modells des Wissens: uns im Benennen zu verschanzen und uns so unsere Tragödie, das Verstummenmüssen, zu verbergen. In vorwitziger Vernunft wollen wir über alles reden und alles erforschen, kein Geheimnis kennen.

Kraft des Modells des Wissens verleugnen wir die Not des Glaubenmüssens.

Wenn die Dinge nicht wären, Gott müßte sie erschaffen, damit der Mensch sie lieben kann. Darum schuf Gott zuerst die Naturdinge und erst dann den Menschen.

Eine Philosophie, die das Gottgeheimnis in Jesus Christus nicht kennt, die ohne Gott auskommen will und muß, wird notwendig die Dinge verdrehen, und sei es nur an einer einzigen Stelle, denn sie erträgt es nicht, so ohne Gehalt zu sein, und dies gilt auch, wenn sie – um ihrem Agnostizismus gerecht zu werden – einen Negativ-Fetisch als Gehalt-Ersatz einführt. Selbst wenn sie buddhistische Philosophie ist, was das höchste in dieser Richtung wäre, müßte sie vor der Frage der Geschichte und des Menschen irgendwann aufmerken und – um vollkommener „Buddhismus", also um auch die Setzung der Nichtsetzung aufzuheben, sprich christlich sein zu können – bei Gott in Jesus Christus Zuflucht suchen. Was aber zumeist nicht geschieht, sondern die Philosophie bildet sich ein Gehalt-Substrat, ein immanentes Agens.

Von Gott geliebt sein: nie das tun können, was man selber will. In der Gefangenschaft Gottes existieren, in höchster Freiheit.

Wer nicht recht arbeitet, seine Zeit nicht auskauft, keine Früchte der Gerechtigkeit bringt, sondern den Tag verschläft und unwillig und unkonzentriert arbeitet, und also mit der geschenkten Gabe Gottes nicht wuchert, sondern sie bei sich vergräbt, auf den fällt der Zorn, den spricht Gott nicht frei. Wie soll dieser also Rechtfertigung erlangen, wiewohl er von Gott, wie alle Menschen, gerechtfertigt ist. Er wird, wenn er sich prüft, feststellen müssen, daß er so etwas wie Feigheit vorm Feind betreibt. Vor dem Schmerz, der Verwandlung.

Wenn wir das Antlitz des Menschen aus unserem inneren Auge verlieren, ist das Abgöttische und Gottwidrige nahe: daß unser Geist das kalte Licht der Zerstörung anstatt des wahren und warmen Lichtes der Gegenwart Christi anbetet und so sich selbst zerstört.

Jeder Mensch kommt in seinem Leben in die Situation, wo er strafen muß, wo Nicht-Strafen bedeutete, den anderen oder die Gemeinschaft mit dem anderen der Gleichgültigkeit, dem Tod auszuliefern. Jetzt bedeutet Strafen Liebe, das äußerste Interesse an der Gemeinschaft, die Wiederherstellung der Gemeinschaftwürde.

Wenn man mühevoll den rechten Umgang mit der Welt und dem Nächsten gelernt hat, bleibt noch die letzte, die schwierigste Aufgabe: der rechte Umgang mit uns selbst. Dieses: „Erbarme dich deiner Seele." Uns nicht zu Tode zu schinden für das noch so heilige Werk, sondern Gott lieben, der meinen Tod nicht braucht, und wenn er ihn doch bräuchte, ihn nicht in die Maßgabe meines Willens legte. Aber hier verwischen sich die Grenzen, und der Teufel macht, daß man nicht mehr weiß, ob man Gott oder sich selber dient, ist es noch gerechtes Opfer oder schon abgründiger Stolz. Doch Gott läßt uns nicht ohne Zeichen: Verlust des menschlichen Antlitzes aus unserer inneren Geistigkeit, unduldsames Eifern, Verlust der Fähigkeit, mit uns selbst gesellig zu sein, sowie Krankheitssymptome an unserem Körper zeigen, daß wir dem abgründigen Stolz verfallen sind, daß wir unser Ich mit dem Werk identisch gesetzt haben und also in falsche Abhängigkeit geraten sind. Die Nähe eines Werkes im Dienst des Willens Gottes zum abgründigen Werk des Stolzes ist auf den ersten Blick so groß, daß eine Unterscheidung schwerfällt. Doch ein Unterscheidungsmerkmal: das Gefangengenommensein vom Werk bei gleichzeitiger Souveränität vom Werk, die Bestimmung zum Werk ist geistig und damit in ihrem Wesen frei. Der wahrhaft Schaffende hat noch eine Höhe über seinem Schaffen. Ihn treibt nicht Ehrsucht oder Ruhm oder demiurgische Leidenschaft, sondern Notwendigkeit und Verantwortung, Gesicht und höchste Gabe. Darum kann er im Zweifelsfall innehalten und warten, kann einem Befehl Gottes zuhören, dem sein Werk dienen will. Anders, wo Ruhm- und Ehrsucht uns ergriffen haben, oder ganz einfach Leidenschaft, die sich mit heimlicher Hybris paart, und uns über das Ziel hinaus- bzw. am Ziel vorbeischießen lassen. Hier werden Ich und Werk so sehr eins, daß Gott keine Höhe mehr darüber hat. Der Schaffende opfert sich in das Bild seiner Selbstverliebtheit, wobei dieses Bild überaus wahr sein kann. Aber daß er sich opfert, ohne dabei an sich und damit an Gott festzuhalten und so in den Teufelskreis des Selbsterlösungszwanges gerät, das vernichtet ihn in Wahnsinn oder Selbstmord. Hier mischt der Teufel subtil den Eigenwillen – unsere Leidenschaft, den Selbsthaß, unsere Ruhm- und Ehrsucht mißbrauchend – unter den eigentlichen Willen Gottes: daß wir leben, in Gottes Verherrlichung.

Die Kirche nimmt dem Menschen nicht das Kreuz zu tragen ab, sondern legt es ihm auf, und zwar so, daß es paßt, und also die Last leicht wird.

Die unaufhebbare Einsamkeit und geheime Trauer des Christen: mit einer Erfahrung der Liebe Gottes beschenkt zu sein, die er seinen geliebtesten Menschen nicht weitergeben, über die er zumeist nicht einmal sprechen kann. Gott will – um der Wahrheit willen –, daß diese Einsamkeit ist. Jesus Christus mußte diese Einsamkeit ertragen und verbat den Jüngern, von ihm zu erzählen, bevor nicht die Zeit erfüllt sei. Er sagte den Jüngern nicht: „Ich bin der Messias", sondern wartete, bis sich dies dem Simon offenbarte. Er fragte die Jünger, für wen sie ihn hielten. Darum muß der Christ im Angesicht des anderen Menschen die Wahrheit Gottes (was er davon zu wissen meint) vergessen und warten, bis Gott die Stimme, das Herz des anderen auftut und sich ein mögliches Erkennen eröffnet. Er muß ihn fragen, was er von Gott denkt aufgrund eines ihm zugänglichen Zeugnisses.

Dem Barbaren fällt nichts Besseres ein, als mit dem ihm geschenkten Leib und Geist Krieg zu machen.

Die Geschlechtlichkeit ist der Ofen, die Brandstelle des Körpers. Von ihr aus wird der Körper warm. Schürt man an diesem Ofen, glühen die Kohlen auf, und aus Wärme des Körpers wird Glut. Alle Körper untereinander heizen sich an. Die gesamte geschaffene Welt ist eine einzige Brandstätte. Darum kann auch das Feuer alles leibliche Dasein bedrohen, Feuer als das Innere des Leibes, außerhalb davon gesetzt. Aber ist das Geschlecht um seiner selbst willen oder um der Wärme des Körpers willen? Das Geschlecht hat jenen Sinn *in* sich, durch den es der Sinn eines Andern ist. Schüren wir diesen Ofen, ohne seinen Sinn auf den Andern hin zuzulassen, gibt das Geschlecht so etwas wie eine Fehlermeldung. Es sagt: „ich bin als Güte der Wärme in dir, aber ich bin mehr als du, ich bin das Offene der Zukunft und bin deine einzige Möglichkeit zu siedeln. Ohne mich gäbe es kein Wohnen." Und Wohnen ist niemals allein. Es meint: in der Falte der Erde sich gegenüber der Unendlichkeit als Geschöpf erkennen. In der Geschlechtlichkeit geht kein Wir über ein Ich hinweg, sondern es ist Gabe an das Ich *in* seinem Wir. Aber außer Zukunft und der Möglichkeit zu siedeln ist das Geschlecht auch Möglichkeit, zu mir zurückzukehren, meine Endlichkeit, die gleichzeitig trostreich und schrecklich ist, zu erleben. „Und sie erkannten einander." In der geschlechtlichen Vereinigung erkennt einer den andern in seiner Geschöpflichkeit. Erkennen ist hier gleichbedeutend mit Erschaffenwerden. In der geschlechtlichen Vereinigung sehe ich den anderen Menschen als die beglückende Tatsache, daß dieser weder Ding noch Gott ist, sondern Geschöpf genau wie ich. Dies haben die beiden einander offenbart. Und weil diese Erkenntnis, so bescheiden sie scheinen mag, nirgends auf der Welt sonst zu finden ist und die Erfahrung der Blöße von nun an in die beiden eingeschrieben ist, was Verheißung von Zukunft bedeutet, gehören sie jetzt zusammen. Sie sind ein Haus. Und ihr Geschlecht ist die Brand- und Heizstätte. Alles ist bereitet für den sichtbaren Zeugen einer unauslotbaren Zukunft: das Kind. In der Geschlechtlichkeit kommt verschiedener Sinn verschiedener Evidenz zur Geltung: das Fest, die Feier der Schönheit des Leibes, die Hingabe an den andern, die Nacktheit als Angenommensein in der Geschöpflichkeit, schließlich das Kind als Wunder der Zukunft.

Niemand hat so wenig Raum in der Welt – wenn er auch viel Raum zu haben vorgibt und sich viel Raum nimmt – wie jener, der nicht den schmalen Weg der Gerechtigkeit geht.

Normalhin gibt es zwei Weisen, wie unser Gefallensein mit der Sehnsucht nach der Leibesherrlichkeit umgeht: entweder es nivelliert sie in der Alltäglichkeit der Geschlechtsgemeinschaft und macht einen Zweckbetrieb der Sorgen daraus, oder man fällt aus der Art: man versucht die Leibesherrlichkeit zu beschwören unter Auslassung bzw. Umgehung des Ethischen, man inszeniert *schuldhaft* diese Schönheit, die folglich nicht mehr schön ist. Verzweckung des Leibes und Ausschluß des Ethischen beim Umgang mit ihm, jenes Nicht-geistig-auf-der-Höhe-des-Leibes-Sein, die Nacktheit nicht mit der Decke ihrer Schönheit zu verhüllen, sie bedingen einander. Aber auch unabhängig voneinander sind sie da, sind sie die verfehlten oder unzureichenden Reaktionen auf die Sehnsucht nach der Leibesherrlichkeit. Diese Unfähigkeit unseres Entsprechens bezeugt die Wirklichkeit der Vertreibung.

Das Tiefste, was unser Geist natürlicherseits feststellen kann: daß wir verloren sind. Das Tiefste, was er in der Gnade des Heiligen Geistes feststellen kann: daß wir gerettet sind. Der Christ lebt in dieser Spannung, wobei er im Zweifelsfall Gott mehr glaubt als sich selbst.

Der Dramaturg der Kunst und des Lebens im Lichte Gottes ist vom Menschen her die Arbeit der Seele, des Herzens, – von Gott her das Kreuz Christi.

Drei Verhältnisse zum Geist:

der Verstandesmensch; er hat nur ein theoretisches Verhältnis zum Geist, für ihn gibt es Geist als Gegenüber nicht, sondern nur als Mittel, und er rechnet sich dies zur Stärke. Er ahnt nichts von der ihn bestimmenden Wirklichkeit des Geistes

der Künstler; er hat ein praktisches Verhältnis zum Geist,- durch den Filter der Kunst hindurch. Er will ihn leibhaftig erleben und ihn im Kunstwerk von sich zeugen lassen. Er lebt in der Leibhaftigkeit des Geistes unter dem Zeichen der immerwährenden, immerwerdenden Gestalt

der religiöse Mensch; er sucht den Geist als Gegenüber, will ihn auf sich wirken, sich von ihm umgestalten lassen. Er macht sich zum Werkstoff des Geistes. Er hat ein praktisches Verhältnis zum Geist und das theoretische steht in dessen Dienst.

Hyperion und Diotima, standen sie nicht an dem Abgrund, von wo aus man sich in den Glauben, in die Wiedergeburt stürzen muß, in das zweite Leben? Welchen Platz gibt es für den, der der Erde entrissen ist? Das ist der Kirche tiefster Sinn, daß sie für die so Verlorenen, für die von Gott aus der Erde Herausgebrannten da ist.

O armer Intellektueller, wenn du etwas essen sollst, was du nicht kennst. In seinem Baukastenspiel denkt er, dieses Spiel habe jener nicht ausgehalten und sei in den Glauben geflüchtet. Der Intellektuelle ist, aufs Letzte geschaut, Sophist. Es ist ihm Verrat und Widerspruch, daß jemand sein Baukastenspiel verläßt. Doch jenem ist Wirkliches wirklich geworden. Ein Wirkliches, das die Sophisterei durchbricht und entlarvt. Wo Gott sich ankündigt, wird das Denken erschüttert und befreit, und es entsteht eine Ebene, von der wir in unserer natürlichen Verfaßtheit nichts wissen können: die Ebene der Gnade, der Gottesbeziehung. Daß der intellektuelle, auf das Naturrecht abhebende und sich darin verschließende Mensch früher oder später auf den Selbstmordgedanken verfällt, liegt in der Konsequenz der Sache, denn so stehen wir im Widerspruch zum Liebesgebot Gottes und werden so Opfer jener durch den Sündenfall verursachten Selbsthaßdynamik. Auf diese Weise gewinnen wir kein Anrecht auf Leben im Hause Gottes. Wir sind Unbeschnittene, deren Zuviel sie umbringt.

Die Wahrheit drängt sich nicht auf. Sie *ist*. Unser Fragen ist die Voraussetzung, daß sie den Dialog mit uns aufnimmt. Aber wir *sind* nicht. Darum stehen wir unter dem Gericht, und diesem Gericht entkommen wir nur, wenn wir den Dialog aufnehmen, also unser Nichtsein bekennen. Dieses vollkommen bekennen, bedeutet Jesus Christus bekennen. Das ist die Erfahrung, daß ich in der Tiefe mein Heil nicht wirken kann, sondern Gott für mich einstehen muß. Die Wahrheit hat Zeit, sie kann warten, sie ist Ewigkeit. Wir haben diese Zeit nicht, denn „es kommt die Nacht, da niemand wirken kann."

Selbsterlösungsversuchung durch die Arbeit: Dabei ist Arbeit nichts anderes als das Tun unserer Pflicht, als das Sich-Aneignen der in der Gnade gegebenen Gabe Gottes, unser Wirklichwerden in dieser Gnade. Und wer nur seine Pflicht tut, ist ein unnützer Knecht. Er weiß nichts von den Maßstäben Gottes. Wahrhafte Arbeit steht im Überfluß. Und der sie tut, weiß bei allen Dornen und Disteln, bei aller gerechten Anstrengung, daß nur Gott sie fruchtbar machen kann.

Der Glaubende, der Poesie macht, muß den Glauben vergessen oder besser, er darf ihn nicht thematisieren wollen, denn das ist nicht möglich, ohne die Poesie ihres Wesens zu berauben. Gleichwohl ist im Glaubenden der Glaube das beständige Sujet. Weil dies so ist, muß er es nicht noch einmal setzen. Macht er Poesie, singt er das Lied des Menschen, aber mit den Ohren dessen, der Gottes Wort vernommen hat.

Von der Treue, die Gott in die Dinge gelegt hat, lebt die Kunst, von ihrer Schwerkraft die Wissenschaft.

„Wer verheiratet ist, muß sein, als wäre er es nicht." Die Beiden müssen einander wie voneinander Verlassene sein, die verlassen wurden um Gottes willen und darob zwar trauern, aber getröstet sind in ihrer Trauer. Und wenn sie sich dann doch umarmen, erfüllt sie Dankbarkeit, Ehrfurcht und das Wissen, daß Gott der Herr ihrer Gemeinschaft ist, ihr Bund keine gegenseitige Inbesitznahme und Verdeckung, sondern eine Gabe des Vergessens ist, um Gott aufrichtiger zu dienen. Oder wie es bei Rilke heißt: „Einer, ach, der Geliebtsein und Lieben für nichts rechnen darf in den wirklichen Abschlüssen seines Herzens." – Um auf Gott zuzugehn und von dort die Maßgabe für alles zu erhalten.

Wer nicht in seine eigene Frage aufsteigt und das ihm Gegebene verkommen läßt unter Verachtung derer, die sich stotternd und hinkend in diese Frage hineinmühen, der sich gleichzeitig überhebt über alles, was die Dürftigkeit der Welt und des Lebens, unseres Liebens ist, wie soll dieser, der so wenig in die eigenen Abgründe geschaut hat, die Knechtsgestalt Christi verstehen?

„Selig bist du, die du geglaubt hast." Ein Labyrinth von Wegen steht uns offen. Und daß wir zum Glauben kommen, ist nicht gewiß. Unter so vielen Worten die wahren zu finden, unter so vielen Wegen den rechten, dazu bedarf es Vertrauen, Leiden, Zugehn auf Nichts. „Selig bist du, die du geglaubt hast", denn dir konnte Gott sein Wahrwort sagen. Du warst in der Fähigkeit und in die Reife gekommen, es aufzunehmen. Die Welt wird weiter in Indifferenz dahinfließen – und das kann und soll sich bis zum Jüngsten Tag auch nicht ändern –, aber an dir konnte Gott wirklich werden. Dir konnte er zeigen, was in Wahrheit ist. Und darum bist du selig, denn du harrtest seiner, ohne ihn zu kennen. Und ohne daß du es wußtest, war das der Weg, auf dem er dir begegnen sollte. Und nun ist es geschehn. O Wunder! O Gnade!

Zwischen Gottes Wort und Gottes Schrift oder zwischen dem hörenden Mose und den beschriebenen Tafeln, oder tiefer noch, zwischen dem auf der Erde gewirkt habenden Jesus von Nazareth und dem Zeugnis des Geistes von ihm in der Heiligen Schrift schreibt sich alles ein, was Kultur heißt. Im Heiligen bilden Wort und Schrift eine unvermischte, doch nicht getrennte Wirklichkeit kraft der Personalität Christi. Jetzt waltet zwischen ihnen eine Verschiebung, die nicht auf gegenseitiges Nichterkennen beruht.

Um zu Jesus Christus zu kommen, muß man noch durch etwas Schlimmeres als durch die Leere im buddhistischen Sinn hindurchgehen, wiewohl diese Erfahrung der Leere eine Voraussetzung des Glaubens und des rechten Sprechens von Gott ist. Man muß im Innersten begreifen, daß man Gott nicht aus sich heraus versöhnen kann, aber um leben zu können, um in Gott leben zu können, man der Versöhnung bedarf. Der christliche Gott geht einen Schritt weiter als andere Religionen, wie unser Herz einen Schritt weitergeht. Die Beziehung, die durch Selbsttechnik, wie im Buddhismus, entsteht, ist viel, aber noch nicht das letztlich von Gott gemeinte. Gott will eine Liebesbeziehung. Und das menschliche Herz will das auch, wagt aber nicht, das zu denken, weil nur Gott das denken darf. Das Schlimmere, durch das wir hindurch müssen, ist die Erkenntnis, daß diese Beziehung der Liebe zu uns, Christi Tod notwendig gemacht hat. Wir müssen also nicht nur die Leere begreifen, sondern die Verfassung unseres inneren Menschen und die daraus folgende Wirklichkeit für die Liebe.

Große Kunst verdankt sich großer Arbeit und Kraft der Seele. Ein Mensch ohne Starkmut in der Seele kann unmöglich ein großer Künstler sein.

Auf unserem Weg zu Gott müssen wir erkennen und bekennen, daß wir Jesus Christus umgebracht hätten, wenn er sich uns als der Sohn Gottes mit diesem absoluten und alles zersprengenden Anspruch vorgestellt hätte. Er überführt uns, indem er uns zeigt, Gottes Reich ist hier und jetzt, und – der Gerechte Gottes ist anders als mein Bild von ihm. Entscheide ich mich für die Doktrin meines Bildes, oder bin ich durch Erfahrung zu belehren? Höre ich? Wir hören zumeist nicht, sondern wollen auch Gott noch besitzen. Gott hat sich darum in seiner Selbsterniedrigung in unsere Hand gegeben. So erfahren wir uns in unserem ungeläuterten Innern als Mörder Gottes. Was jedoch nicht bedeutet, daß unsere Natur von Grund auf schlecht wäre, sondern daß die tiefsten dunklen Kräfte in uns zur Macht, schließlich zum Mord drängen. Wenn wir uns in das Licht Gottes – vor das Angesicht Christi – stellen, werden diese dunklen Kräfte offenbar und wir müssen sie bekennen. Ihnen gegenüber stehen die unverdorbenen der Hingabe an Gott, der Sehnsucht, Kräfte, die aber ohne die Hilfe Gottes nicht über die dunklen obsiegen können. An diese unverdorbenen, hörbereiten Kräfte schließt die entgegenkommende Gnade an und führt uns zur Selbsterkenntnis, zur Reue. In der Annahme Christi wird dieser Mörder und Macht- und Gewaltanbeter in uns umgewandelt zu Kraft der Gnade. Bevor wir aber nicht mit Gott in Jesus Christus zusammenprallen, wird dieses tiefste Innere nicht aufgewühlt. Darum: „Selig, wer nicht Ärgernis nimmt an mir."

Im Glauben und in der Kunst: in ihnen *geschieht* die Wahrheit, während alle Logien nur der Versuch heißen können, sie zu beschreiben. Bei beiden ist die Praxis Spender des Gedankens, während alle Logien in Diskursivität gefangen sind.

Ensteht die Ödipusproblematik nicht erst, wenn die Zeit des Vaters mit der Zeit des Sohnes zusammenfällt? Ist die Zeit des Sohnes dagegen von Anfang an als außerhalb der zeitlichen Reichweite des Vaters verstanden, warum sollte der Vater versuchen, den Sohn zu unterdrücken, oder der Sohn sich gegen den Vater auflehnen? Warum sollten Vater und Sohn in der Mutter die Zeit aufheben wollen? Der Sohn trägt die Staffel der Zeit weiter, die das Kommen oder Wiederkommen des Erlösers bringen wird. Erst in der Synchronie der Zeit kommen sich Vater und Sohn ins Gehege, reicht die Gegenwart des Vaters in die Zukunft des Sohnes, die Zukunft des Sohnes in die Gegenwart des Vaters, muß die Zeit in der Mutter befreit werden. Ödipus ist die unbefreite Zeit. Zeit wird nicht als unvordenkliche Zukunft verstanden. Woher kommt die Synchronie-Logik? Aus dem Zusammenbruch der Sein-Zeit-

Spannung, der eine Folge der Sünde Adams ist, und aus der daraus folgenden Beharrung, aus Angst vor der Zeit, der Offenbarerin, der an Gott Auslieferin. Sein und Werden vollziehen sich gleichzeitig ins Geheimnis der Zeit hinein kraft des Geheimnisses *der* Zeit, das nur Gott der Vater kennt, nicht einmal der Sohn.

Philosophie will die Logik und Sprache eines Blicks auf die Welt und alle Dinge stiften. Glaube will die Erfahrung der Wahrheit Gottes bezeugen und weitergeben. Darum ist die Philosophie zwar hilfreich als Ordnungsmittel, aber zwangsläufig leer, denn ihr Interesse ist die Systematisierung unseres Vorstellungshaushaltes, so neue Wahrnehmungsverhältnisse und Erkenntnisse zu ermöglichen; sie lebt nicht aus der alle natürliche Wahrnehmung und Erkenntnis übersteigenden Gotteserfahrung, die erst Verbindlichkeit und damit Inhalt möglich macht, lebt daraus nicht, so sie nicht *zweite* Philosophie ist und aus der Mitte des Glaubens denkt und dazu dient, die Wirklichkeit Gottes als unvordenkliche Wahrheit auszuweisen.

Am Heiligen – und das ist ein der Gottesordnung angehöriger Mensch – wird der heidnisch Unschuldige schuldig. Und das ist sein Glück. Seine Logik der Selbstrechtfertigung und Selbstberuhigung funktioniert nicht mehr, erleidet Überführung, ohne bloßgestellt zu werden, durch die Präsenz des Anderen, das Gericht als Güte ist. Jetzt kann seine Seele bewegt werden.

Gibt es in der Schau Gottes noch Dichtung? Es gibt wieder Dichtung.

Wären wir klar – liebten wir also Gott von ganzem Herzen –, würden wir Jesus Christus erkennen. Aber wir sind unklar, taumeln und kommen nicht zur inneren Wahrheit der Gerechtigkeit; aber dem einen ist die Unklarheit Schuld, dem andern Weg.

Der Intellektuelle, jener, der glaubt, in seinem Vernunftinstrumentarium die Wahrheit zu beherrschen, steht auf der Seite des Spötters, denn er muß bei seiner Weisheit die Rede Christi für Torheit halten. Ihm fehlt die Fähigkeit, im Glauben anzunehmen, was im Glauben angenommen werden muß. Was hätte er von der Wahrheit Christi weitergetragen? Er hätte sogleich versucht, aus der intimsten Wahrheit ein „Wissen" zu machen. Also ging Jesus zu allen, die arm im Geist waren.

Die wahren Kunstwerke sind die, die zwischen Mensch und Gott geschehen, wo die Kunst nur Vorwand ist, ein Versteck und doch ganz sie selbst.

Jesus Christus ist die allseits gesuchte und schlechterdings nicht zu ersetzende oder zu umgehende Wirklichkeit. Darum muß die Kunst auch an ihm scheitern, muß alles an ihm scheitern. Wie sollte er anders der „Herr" bleiben, der Erlöser, der er ist. Aber die Kunst kann, bereichert durch seine Erkenntnis, tiefer den letzten Wirklichkeiten, die in uns geschrieben sind, entsprechen.

Dichtung: Geschenk, daß wir die Welt entwerfen können, die Gott verherrlicht, ihm die Ehre gibt.

Drittes Buch

I

Ohne Jesus Christus an der Wegkreuzung, gleich wie man sich bewegt, kann man sich nur falsch bewegen. Darum hat der Buddhismus geraten, sich gar nicht zu bewegen, was der natürlichen Erkenntnis der Wahrheit entspricht. Christlicherseits aber kommt hier die Bewegung des zweiten Lebens, des Lebens, das Jesus nachfolgt.

In den natürlichen Kategorien die Wahrheiten Gottes beschreiben: mit einem Sieb Wasser schöpfen. Lustig sieht aus, wer so tut. „Der Herr lacht sein." Nur im Heiligen Geist dürfen wir die Wahrheiten Gottes erforschen. Was aber ist der Heilige Geist? Es ist der Geist, dem das Anderssein Gottes Wirklichkeit geworden ist, der versteht: „*Seine* Gedanken sind nicht unsere Gedanken, und *seine* Wege sind nicht unsere Wege."

Das Christliche ist mehr als Mystik, mehr als Prophetie, mehr als alles, was man sagen kann und als alle Haltungen, die man einnehmen kann. Das Christliche ist Jesus Christus, jener unfaßliche GottMensch, der uns aus unseren Bildnissen herauslesen kann, dadurch, daß er Gott bezeugt, indem er Wort und Welt in seiner Person versöhnt. Mit ihm sollen wir gehen im Heilsstand des Nicht-Wissens.

Die Wahrheit ist nicht in der Rede und nicht in der Tat, sondern einzig in dem, was darin Opfer, Hingabe ist. Teilhabe am Opfer Christi, und diese Teilhabe ist sichtbar nur für Gott.

Die Einsamkeit wirklicher Arbeit aushalten. Solch Arbeit ist neu, ist einsamer Stern, ist Glühen vor Gott, in das keinerlei Geselligkeit reicht. Hier gibt es nichts auszutauschen, zu verändern, zu verbinden, nur Treue. Welcher Künstler, welcher Heilige wollte nicht klagen über mangelnde Gesellschaft, aber klagt nicht, weil Klage Selbstwiderspruch wäre; und doch gibt es die Sehnsucht: *Fackel zu sein* mit dem Freund.

Wer von Gott in seine Nähe gerufen, muß – nachdem er seinem Gewissen zugehört hat, mit dem gewohnheitsmäßigen

Unrechttun aufgehört und sich bei den Menschen, denen er Unrecht angetan, entschuldigt hat – sich zuerst von den Sünden im Fleisch reinigen, denn diese sind die unmittelbarsten und der Seele die kenntlichsten. Dies ist die niedrigste, aber anfängliche Stufe der Läuterung. Läuterung, die immer notwendig ist, denn der heidnische unerleuchtete Mensch steckt mit der Geschöpflichkeit in einer Art Symbiose und sündigt dadurch an der Würde seiner von Gott in Freiheit geliebten Seele sowie an der Würde seines Leibes, der ein Tempel ist. Darum muß er sich von einer falschen, die Seele versklavenden Communio freimachen und der Gottesordnung in diesen leiblichen Dingen zu ihrem Recht verhelfen. Recht heißt hier: alles soll vor Gott offenbar sein, soll aus Gottes Liebe zu mir und aus meiner Liebe zu ihm seinen Ort empfangen. Gott macht mich, nachdem er mein Gewissen geprüft hat und mir meine Vergehen am Nächsten gezeigt und mich zu Reue und Entschuldigung gedrängt hat, zuerst auf das aufmerksam, was meinem unmittelbaren Bereich zugehört: mein eigener Leib, denn darin will der Geist Wohnung nehmen.

Die Philosophie, die Theologie, die Dichtung, die Kunst, sie können das Christliche nicht einbergen, wiewohl sie davon durchdrungen und getragen sein können. Warum können sie es nicht einbergen? Weil sie dann unseren Weg ins Gottesverhältnis, die eigentliche und kulturübersteigende Gottesbegegnung und -beziehung verhindern bzw. ersetzen könnten.

Der Heilige ist – wie es der Name sagt –, jener, der im Heil steht und darum zum Heil lenken kann. Er steht in jenem Zwischen, das als Tür nur noch Gott hat.

Warum das Gedicht? weil, der Fadheit der Sprachen überdrüssig, irgendwann das Sprechen beginnen muß.

Die Kunst steht im Inkognito Gottes. Sie hat das Inkognito Christi präfiguriert und ahmt es nach unter der Bedingung der Gestalt. Sie hat teil an der Gnade des Weges, der Ungewißheit dessen, was das heißt: „Einer unter euch wird mich verraten", und sie antwortet, „Herr, bin ich's?" Die Kunst kann in ihrem Wesen nicht selbstgerecht sein, so wenig wie das wahre Leben vor Gott.

Den Streit zwischen Gottes- und Menschensohn kann unser Denken nicht entwirren, sondern einzig gelebter Glaube. Wäre es anders, würde Christus sich selbst aufheben, und der Glaube wäre Trug.

Wer hat die Ehe ins Klischee von Zusammenhocken gesteckt, darin praktische Notwendigkeiten über die des Geistes und der Wahrheit gestellt werden? Die Ehe ist ein Erkennen und Begleiten, sie ist das, was Rilke das Offenhalten der eigenen Einsamkeit genannt hat. Natürlich gibt es praktische Nöte, aber was haben diese mit den geistigen zu tun. „Eines aber ist not", das gilt für alle Verhältnisse. Jeder muß tun, was vor Gott seine Pflicht ist; damit befreit er sich, befreit Gott ihn aus rein geschöpflicher Bindungsgewalt. In diesem Tun wird er Gott und den anderen erkennen. Die Ehe ist eine Liebe, die reife Liebe werden will. Sie wird zerbrechen, wenn sie sich nicht mehr an ihrem Quell, an Gott, nährt, wenn die beiden sich „mit einander ihr Los verdecken", anstatt es entschiedener anzunehmen.

Alles, was unser Leib und Leben angeht, muß aus Gottes Hand genommen werden. Wir dürfen nichts Eigenes damit wollen. Wir haben alles seinen Augen dargeboten und aufgehört, Diebe zu sein. Nur so überwinden wir die Macht des unreinen Begehrens. Das unreine Begehren entsteht, wo wir die Dinge ohne Gott haben wollen. Der Dank aber ist keusch.

Herr, von Dir an Deinen Tisch gerufen und mit dem Brot des Lebens, das du selber bist, gestärkt. Verwandlung, Erquikkung, Labung, Süßigkeit, die ich umarmen darf, die mich umarmt, Verglühen aller Welten, Geborenwerden aller Welten, brüderliches Herz, das den Bruder sucht.

Wenn wir die „dunkle Nacht der Sinne" durchschritten haben, müssen wir aufpassen, daß uns der Stolz nicht abermals eine Falle stellt: statt daß wir das gottwidrige Begehren als Eigenwille erkennen, schleicht sich der Eigenwille in die Abtötung ein. Abtötung wird jetzt Eigenwille. In der Folge erklärt unser Stolz den Leib gnostizistisch für böse anstelle unseres stolzen Wollens. Anlaß findet der Eigenwille dazu im Gelüst. Derer gibt es zwei. Eines kommt aus dem Mißbrauch des Leibes. Und dieses gilt es, in „der dunklen Nacht der Sinne" abzutöten, indem man die Verbindung zwischen dem Leib und seinem Götzen durch Kasteiung unterbricht. Tiefer jedoch als das Gelüst, das aus dem zum Götzendienst mißbrauchten Leib kommt, liegt jenes, das aus der Nichtübereinstimmung mit dem göttlichen Willen kommt. Dieses Gelüst kann das erstere Gelüst ablösen, wiewohl natürlich auch ersteres Gelüst Zuwiderhandeln gegen den göttlichen Willen ist, aber es hat noch nicht den Willen selbst im Blick. Dieser ist noch unter dem Gegenstand des Gelüstes verborgen. Das Gelüst des Willens kann aber nicht mehr über die Abtötung bekämpft werden, sondern nur, indem sich der Eigenwille dem Willen Gottes ergibt. Und dieser Wille ist die Gnade. Nimmt der Eigenwille den Willen Gottes nicht an, müßte er sich eigentlich zu Tode fasten, kasteien, denn er kann dem Gelüst nicht entkommen, da er es selbst hervorbringt. Auf der Stufe, wo sich nur noch das natürliche Schöpfungsbegehren in uns zeigt, heißt Gottes Wille Leibesleben in der Gnade. Dies müssen wir jetzt unter dem Segen des Gebetes vollziehen. Und damit das Ja zum Schöpfergott in Jesus Christus. Denn Gott will, „daß der Wein erfreue des Menschen Herz und das Brot des Menschen Herz stärke." Jetzt gilt das Wort Christi: „Ihr könnt die Hochzeitsleute nicht fasten lassen."

Größe und Wahrheit des Christlichen: daß es auch in der höchsten Beschauung den Menschen nicht aus dem Auge verliert. Gerade in der vollkommensten Abgeschiedenheit offenbart Gott ihm mit *seinem* Herzen das Herz aller Menschen, zeigt ihm, daß Gott der Gesprächspartner jedes Menschen ist. Die Liebe zu Gott ist nicht von der Liebe zum Nächsten zu trennen. Was den Christen zum Christen macht, ist, daß er diesen Gesprächspartner in sich und in jedem Menschen als

Gott identifiziert: Gott in Jesus Christus. Und das macht ihm den Menschen zum *Nächsten*.

Gott verfolgt jedes falsche gesprochene oder geschriebene Wort. Er läßt uns nicht zur Ruhe kommen, bis wir jenes Wort korrigiert oder zurückgenommen haben. Jedes Wort ist eine Tat. Es schafft Wirklichkeit. Darum ist ein falsches Wort Sünde, es verdeckt die Wirklichkeit und damit die darin verborgen eingeschriebene Hoffnung.

Das Christentum versteht den Herzraum Gottes als sich überschneidend mit dem Herzraum des Menschen. Was aber macht es zu dieser Liebe? Die einander nicht ersetzende, sondern sich gegenseitig durchdringende Wirklichkeit von Menschensohn und Gottessohn. Jesus Christus, der geweint hat über den toten Freund, Jesus Christus, der gesagt hat: „Wer mich sieht, der sieht den Vater."

Zum *einen* Gott Jahwe ein unmittelbares und spontanes Verhältnis zu haben, zum Gott aller Götter und Herrn aller Herren, dieses Glück ist dem Juden vorbehalten. Jahwe ist ein gnädiger Gott, der nicht erst gnädig gemacht werden muß, aber er ist auch der zürnende Gott, doch so wie ein Vater zürnt, der in seinem Zorn nicht ohne Liebe ist, sondern dessen Zorn Ausdruck seiner Sorge ist. Seine Bildlosigkeit ermöglicht ihm, für Israel als der Gott *da* zu sein, als der er *da* ist. Jahwe ist die äußerste paradoxale Spannung, die unserem Geist möglich ist. Der Geist Jahwes ist der Geist der Freiheit, ist die Geistesfreiheit schlechthin. Durch die Abstraktion entzieht sich Gott jeder Begrenzung. Zu diesem Gott steht der Jude in einer zärtlichen ehrfürchtigen Beziehung. Der Heide kann zu diesem Gott nicht in gleicher Weise in Beziehung treten, denn er kennt ihn nicht, und würde er ihn kennenlernen, wüßte er, daß es ihm unmöglich ist, ihm zu nahen. Er bedarf zuvor einer Entsühnung ob seines Götzendienstes. Er steht unter dem Zorn. Der Zorn ist nicht Jahwes Zorn, sondern Zustand des Getrenntseins von Jahwe. Der Zorn ist das nicht geklärte Gottesverhältnis. Darum muß der Heide erst auf den Weg gebracht, muß *heimgesucht* werden zu Jahwe. Dies tut Gott durch Jesus Christus. In Jesus Christus übersetzt sich Jahwe gewissermaßen in die heidnische Sphäre. Aus der Bildlosigkeit wird die Person Christi, aus dem heidnischen Zorngott Gnade und Vergebung. Dem heidnischen Begehren, Gott zu verdinglichen, kommt Gott im Sakrament entgegen und tritt gleichzeitig dem ebenso heidnischen Begehren, in Ermangelung einer Geschichte mit Gott, reine Lichtwelten zu beschwören, mit der Fleischwerdung des Wortes entgegen. Es entsteht das Paradox Christi, das Heil für die Völker. Wenn sich nun die Völker überheben gegen das Stammvolk Israel, weil sie sich in der Welt mächtiger dünken aufgrund ihres kompatibleren Gotteszugangs, straft Gott sie, indem er sie von der tieferen, den Zugang zu Jahwe erst eröffnenden und bestätigenden Spur trennt. Die Völker können sich jetzt nur noch im Anthropozentrismus, im Bild und in einer auf das Dingliche überhaupt ausgeweiteten Sphäre des Sakraments bewegen. Sie werden zum geistigen Nichtreagierenkönnen und zur Vermenschlichung Gottes herabgedrückt. Die Spontanität und Unmittelbarkeit des Juden gegenüber Jahwe geht ihnen selbst als Ahnung verloren. Für das von Gott geschenkte Heil müssen die Völker durch Jesus Christus in das Reis Israel eingepfropft bleiben. Sie müssen die Paradoxie Christi demütig einfügen in die Paradoxie Jahwes, so wie Jesus es gewollt hat. Aber kann Israel sich denn nicht auch überheben? Es überhebt sich dadurch, daß es die Notwendigkeit und das Heil Christi für die Völker nicht anerkennt und Jesus von Nazareth, den großen Sohn Israels, nicht heimholt. Wenn Israel und Christentum, die Gott um des Heiles der Welt willen sich einander korrigierend verpfropft hat, im Zwist sind, so daß sie sich einander die Quellen verschließen, verlieren alle.

Wir müssen dem Anderen Gott als seinen Gott verstehbar machen, nicht als den unseren. Müssen ihm zeigen, daß es Gott ist, den er eigentlich immer schon liebt und sucht.

Wann werden wir davon ablassen, die Welt, ein Sichtbares, zu unserem Gott zu machen. Aber wir sind wie der junge Samuel, den Gott dreimal rufen muß, eh dieser begreift, daß

Gott nicht der Mensch, nicht die Welt, sondern jene bildlose Abwesenheit als Anwesenheit in allem und durch alles und in uns selbst ist. Diesem Gott müssen wir uns nahen. Und das können wir nur, indem wir hinter unser falsches Selbst zurücksteigen.

Der lebendige natürliche Geistesquell wird geboren aus unverdorbener Quelle. Er ist frei von den Verbiegungen der Geschichte und schaut die Welt mit neuen ersten Augen. Er hält wach. Würde Gott uns diesen natürlichen Geistesquell – der eine Weise ist, wie der Heilige Geist in der Welt ist, und darum nicht so sehr von Gott redet, als vielmehr den Menschen für Gott zurüstet – nicht immer neu schenken, was würde aus uns werden mit unseren Setzungen, die wir für Ewigkeit halten?

Das Buddha-Wesen, das Tao, das ist tiefe Erkenntnis und Weisheit Gottes. Und doch dürfen wir auf den Gott Abrahams, den Gott Isaaks und den Gott Jakobs nicht verzichten, wenn wir in die Fülle dessen kommen wollen, was Gott geschenkt hat; aber genausowenig sollten wir auf das verzichten, was an Weisheit in diesen Religionen enthalten ist. Das Buddha-Wesen, das Tao, im Lichte Christi gelesen, gibt den Blick auf einen Gott frei, dessen Liebe nichts mehr fehlt.

Wenn der Gläubige in die Kirche kommt, will Gott ihm sagen: „ich sehe, daß du dich bemühst zu glauben, aber versuche nicht, mich mit deinem Glauben zu dominieren." Es gibt einen Glauben, der Gott von sich abhängig machen, Gott durch sich wirklich machen will. Ich muß mein Ich, das glaubt, vom Glauben, der von Gott genährt wird, unterscheiden lernen. Vor Gott ist *mein* Glaube nichts.

Jesus Christus macht aus dem anonymen neutralen Sein den personalen Raum, darin unsere Menschlichkeit gelebt werden kann. In ihm hat Gott dem Sein das Antlitz zurückgegeben, das es ehemals gehabt hat: das Antlitz einer unvordenklichen Zukunft und einer unausschöpflichen Gegenwart.

Der Glaubende weiß, daß der Gottesglaube nicht an intellektuelle Fähigkeiten gebunden ist, weiß, daß es nur Gottesflucht und Gottessehnsucht gibt. Er vertraut nicht auf seine intellektuelle Kraft, und darum muß er keinen elitären, auch nur sprachlichen Schutzraum bauen. Er sieht Gott in jedem Menschenherzen, aber er weiß auch um jene Weisheit, die nicht jeder fassen kann. Seine Beziehung zum einfachen, ungläubigen Volk, das von vielen Gespensterngeistern geplagt wird, ist eine des Wissens darum, daß jene „Unwissenden" Schutzbefohlene sind und daß sich schuldig macht, wer sie in die Irre leitet oder ausnutzt.

Der Mensch muß seiner tragischen Unerlöstheit inne geworden sein, um Christ werden zu können. Jetzt kann Gott ihn heilen, denn jetzt hat er die Wahrheit mehr geliebt als sich selbst oder, wie der Apostel sagt: „Sie haben ihr Leben nicht geliebt bis an den Tod."

Sauerteig des Gnostizismus: den Leib anzuklagen anstatt den nicht auf Gott ausgerichteten Willen. Hier wird die Läuterung des Leibes vollzogen, aber nicht die des Willens, und also bleibt der Leib Gefährdung und muß verdächtigt werden. Und das gibt dem Leib eine neue Unlauterkeit, nämlich jene des Willens, vielleicht eine schlimmere als jene, die das auf den Leib unreflektierte Heidentum ihm antut. Der Leib aber ist unschuldig. Denn „was zum Munde eingeht, das geht in den Bauch und wird durch den natürlichen Gang wieder ausgeworfen. Was aber zum Munde herausgeht, das kommt aus dem Herzen, und das macht den Menschen unrein." Das Unreine kommt aus einer „Demut", die von Gott etwas haben will.

Die Christen trauen sich vielfach nicht in die Taumelhöhe ihres Glaubens. Weil sie einerseits Jesus Christus meinen, aber andererseits sich der durch ihn erschlossenen Höhe verweigern, entsteht jene Halbgestalt, die weder dieses noch jenes ist. Sie mißverstehn die Barmherzigkeit Gottes dahin, nicht ganz hoch sein zu dürfen, was den bösen Instinkten der Feigheit, die mit dem Niedrigen paktieren wollen, entgegenkommt.

Solch Christentum wundert sich, warum es bei seinen weltlichen atheistischen Zeitgenossen mehr Kühnheit, Starkmut, Herzstärke findet als bei sich selbst, wo man dies doch zuerst finden sollte.

Wenn Paulus sagt: „Der Sünde Gesetz, welches ist in meinen Gliedern (...), wer wird mich erlösen vom Leib dieses Todes?", dann sagt er, daß wir ohne das Erlösungsopfer Christi in der Verfangenheit mit unserem Leib sind auf diese oder jene Weise. Wir können nicht allein herausfinden, denn der nur-menschliche Geist ist zu schwach, sich in jene Distanz zu begeben, von wo aus er die Dinge des Leibes in Freiheit ordnen und also ihnen gebieten kann, ohne sie zu verdrehn. Diesen archimedischen Punkt kann er aus sich heraus nicht gewinnen. Er bleibt unter der Gewalt des Leibes, weil sein Geist durch den Fall geschwächt ist. Erst der Heilige Geist schenkt uns jene Leiblichkeit des Geistes, darin unser Geist zur Ruhe kommt und folglich seinen eigenen Leib nicht mehr zum Götzen, zur Fläche für Unzucht oder Gnosis machen muß und ihm also nicht mehr untertan ist, positiv wie negativ. Wir können fasten, alles essen und trinken, tanzen, uns kastein, denn die Erfüllung unseres Geistes mit dem Geist Gottes, mit der „Kraft, die in den Schwachen mächtig ist", stellt uns in Einheit und Frieden mit unserem Leib. „Wer wird mich erlösen vom Leib dieses Todes? Ich danke Gott durch Jesus Christus unseren Herrn, der mich erlöst hat!"

Weil die Wahrheit der Seele und des Herzens über der Wahrheit des Denkens, des Wissens, des Erkennens steht, gibt es den anonymen Christen, gibt es das Kunstwerk der Ikonostase, vom Künstler geschaffen, der vielleicht von Gott nichts weiß.

Die zwei Gnaden, die zusammengehören und doch verschieden sind: Die Gnade der Selbstvergessenheit des Schauens wie sie uns in der Erschöpfung, der Armut, im Freisein von unserem Verwobensein in die Selbstbeharrung zuteil wird, wo die Welt von sich aus erzählt und so das Sein in eine feine rhythmische Prosa bringt, auf deren Wellen wir die Welt verstehen. Die Erzählung der Welt gliedert jetzt unseren sonst nur punktuell agierenden Geist in Stufen und Verhältnisse, und wir verstehen, die Welt ist gut, alles ist gut. Bedarf es noch weiteres? Es bedarf noch des Zu-Spruchs, daß die Welt nicht nur gut *ist*, sondern auch gut *gemeint* ist. Das ist die zweite Gnade. Unsere Seele kann unter der Erzählung der Welt bleiben, oder sie kann darüber hinausgedrängt werden. Das Darüber-Hinausgedrängt-Werden bedarf der Bestätigung im Wort. Es fragt: Wer ist der Ver-Antworter und Urheber und Vollender der Erzählung der Welt? Jetzt ist es möglich, daß Gott antwortet und sagt: „Sieh mich, der *die* und *der* Welt erzählt hat, sieh meinen Sohn, der das Meine in der Welt garantiert, sieh den Geist, der die Erzählung weitererzählt, indem er von mir und meinem Sohn erzählt. Dann sieh die menschliche Seele, um derentwillen das alles so ist."

Wenn wir uns von den falschen natürlichen und übernatürlichen Geistern befreit haben, kommt Gott und erfüllt uns mit dem wahren Geist, so daß wir unseren Weg gehen können und die Freude unsere tiefste Erfahrung wird. Wo vorher Hurerei oder ihr anscheinendes Gegenbild: gnostische Eheunfähigkeit war, schenkt er die Ehe oder erfüllte Jungfräulichkeit; wo vorher Völlerei und Trunksucht oder ihr anscheinendes Gegenbild: Magersucht und krankhafte Enthaltsamkeit waren, schenkt er keusche Freude an den Gaben dieser Erde; und wo vorher das Übernatürliche durch Ideologien, Philosophien oder Mysterienphantasien vertreten war und uns gefesselt und irregeleitet hat, schenkt er die Schlichtheit des Glaubens, der alle Dinge erkennt.

Bei Christi Tod ging ein Beben durch Jerusalem, brach die Erde auseinander. Und jetzt kann sie niemand wieder zusammensetzen. In dem Bruch, in dem unüberbrückbaren Riß, fließt Christi Blut als Liebe, dem einzigen Baustoff für das Neue Jerusalem.

Philosophien, die den christlichen Glauben in ihre Philosophie einbeziehen, ihm für ihre Philosophie so etwas wie einen mystischen Grund entborgen, aber auf das Ziel Philosophie aus sind und nicht auf das Ziel Glauben, sie versuchen, das Glaubensgeheimnis (das sie nicht kennen) in Wissen aufzulösen, aus Glauben Denken zu machen. Ihnen wird der Glaube etwas Funktionales, also lächerlich. Solche Philosophien sind Apologien des Denkens. Wenn diese sich der Offenbarung annehmen und das Christliche instrumentieren wollen, müssen sie an verschiedenen Realitäten Anstoß nehmen und also versuchen, diese hinwegzuzaubern, als da sind: die Kirche, die historische Gestalt des Jesus von Nazareth, die jüdischen Wurzeln, den Gott Jahwe, den Gott-Mensch Jesus Christus, den Glauben als das uneinholbare, das menschliche Denken vors Gericht ziehende Paradox, die Unähnlichkeit von menschlichem und göttlichem Geist sowie das dialogische Wesen des Glaubens. Wenn die Philosophie diesen Spießrutenlauf gemacht hat, den mystischen Grund des Glaubens weiterhin wachhält und noch in der Qualität des fragenden Denkens ist, das Philosophie ausmacht, ist sie ein Denken des Glaubens geworden.

Wie soll ein Mensch den Weg zum Christlichen einschlagen – selbst wenn er die Lehre versteht und diese glauben will – ohne die Stimme eines Menschen, darin Jesus Christus gegenwärtig ist? Wir brauchen die Stimme des Zeugen, die eine Stimme der Kirche ist, um glauben, um den Schritt des Vertrauens tun zu können. Ohne diese Stimme bleibt die Lehre wahr, unser Herz aber leer. Wir werden des Glaubens nicht angesichtig. Darum: anders als über den Menschen, einen Menschen der Kirche, kommen wir nicht in die Kirche. Denn Gott will das Herz erreichen. Und wie kann er das ohne die Stimme des Menschen.

Was ist das erste Wort, das uns gesagt werden muß, wenn wir zur Erkenntnis Gottes kommen wollen? „Werdet erst einmal recht nüchtern!" Das bedeutet Beten und Fasten. Es gibt böse Geister, die nur so ausgetrieben werden. Durch Beten und Fasten durchbrechen wir die Zwangsschaltungen in unseren Gedanken, den Automatismus der Wahrnehmung und Wahrnehmungsbewältigung. Nüchtern sein bedeutet hier, zu merken, wir träumen.

Wenn es zwei Gottesvölker gibt, Synagoge und Kirche, muß es auch zwei Weisen des Heils geben, und zwar Thora und Jesus Christus. Das Heil der Thora ist an das jüdische Volk und seine Erwählung gebunden, Jesus Christus an die Erwählung der Kirche. Die Thora ist der Grund, Jesus Christus ist die Sendung. Wie soll man ohne Dekalog und Abraham Jesus Christus verstehen? Trotzdem macht der Christ zumeist die Erfahrung der Thora nicht. Der nackte Jahwe-Glaube, darin Gott als Wort und ewiges Gesetz spricht, wird im Christentum vermenschlicht. Das „Außen" Gottes, jener Zustand, wo Gott weder innen noch außen, sondern exteriorität ist, kann verlorengehen. Dann wird Gott nur noch wirklich in der schaffenden Seele. Das Heil der Thora, die Erfahrung der Exteriorität Gottes, und das Heil Jesu Christi, die Erfahrung des allen Menschen zugänglich gemachten Heils als eines, das „in unserem Munde und in unserem Herzen" ist, bilden zusammen die Wahrheit des streitenden und gesendeten *einen* Volkes Gottes. Das Heil der Thora ist der *eine* Gott, jener, „der da sein wird, als der er da sein wird". Das Heil Jesu Christi ist „Ich und der Vater sind eins" und „mir ist gegeben alle Gewalt". Aber „das Heil kommt von den Juden". Es kommt von Abraham, von der Thora, von Jesus von Nazareth. Und wenn wir es in Jesus Christus ergriffen haben, müssen wir es in Abraham – im Auszug aus dem Vaterhaus und im Ausschauen nach der Verheißung – und in der Thora – im Gesetz Gottes, das nicht aufgehoben, sondern aufgerichtet und erfüllt wird, – bewahren, erneuern und gründen.

Die Seele ist ein empfindliches Pergament, darauf schnell geschrieben, aber schwer zu radieren ist. Entscheidend bleiben die Augen dessen, der liest.

Seit dem Sündenfall hält Gott den Menschen unter Dornen und Disteln. Unter den Dornen der Sorge des Leibes, den Dornen der Vergänglichkeit und des Überlebenskampfes, und unter den Disteln der Schmerzen der Seele: ein Deckel ihm aufs Haupt geschraubt, auf daß er da hindurch zur Wahrheit stoße, oder besser, sich dort hindurch zur Wahrheit abstoße, um sehend zu werden für Gott in Jesus Christus. Diese Dornen und Disteln werden nicht von uns weichen – es sei denn um den Preis der Verworfenheit –, aber sie können eine andere Farbe, einen anderen Klang annehmen. Sie können und wollen uns Tür zu Gottes Verherrlichung sein. Und Gottes Verherrlichung ist auch die unsere.

Wir dürfen das Herz nicht auf der Zunge tragen, denn so ist unser Geist nicht sehend und wir nehmen die Differenz, die wir zur Welt, zum Anderen haben, nicht wahr. Unsere Aufrichtigkeit muß mehr oder weniger vermittelte Aufrichtigkeit sein, wir müssen Übersetzungsarbeit leisten, denn ohne dies geben wir Menschen das, was Gottes ist. Die Spannkraft unseres Geistes wird eben diese Übersetzungstätigkeit sein. Desto tiefer das Einverständnis und das Vertrauen, also das Gegenteil von Gewohnheit, zwischen Menschen geworden ist, um so einfacher ist diese Übersetzungstätigkeit, um so näher am unmittelbaren Wollen des Herzens, und um so stärker ist die Kraft der Wachheit und der Unterscheidung.

Gibt es das Böse, die gottfeindlichen Kräfte, den Teufel? Zunächst gibt es nur unserer Seele Feigheit. Wenn unsere Seele aber tapfer geworden ist, wird sie der fremden, gottfeindlichen Kräfte inne, und sie versteht das Wort Christi: „Seid getrost, denn ich habe die Welt überwunden."

Da die Welt das ihr Gegebene gebraucht haben muß, um in die Fragehöhe des Christlichen zu gelangen, entbietet sie selbst den Anlaß, wo die Rede ganz natürlich und erlösend und vollendend und damit wahrheitsstiftend auf Jesus Christus kommt. Und das heißt: der Christ, der es wirklich ist, hat ein Gehör dafür, wo der Andere, in welcher Qualität der Frage er ist. Aber wir sollen Christus bekennen zur Zeit und zur Unzeit. Darum ist Jesus Christus auch das Zeichen des Widerspruchs. Aber wir dürfen von Gott nur als Liebende reden. Lieben wir, lieben wir immer auch jenen, mit dem wir sprechen. Nicht an uns, sondern nur an der Wort gewordenen Faktizität Christi darf sich der Widerspruch entzünden.

Wer sich in seinem Leben auf eine Ideologie, sei sie linker oder rechter oder anderer sektiererischer Farbe, eingelassen oder ihr nur sein Ohr, seine Sympathie geliehen hat, hat Grund, sich selbst zu fürchten; doch auch wer sich nicht solcherart eingelassen hat, in wem der Tod nicht instrumentelle Vernunft geworden ist. Unser ungeläutertes natürliches Sein ist gottesmörderisch, aber zugleich gottessehnsüchtig. Wir schlagen uns zunächst auf die Seite des Gegebenen, bis wir bemerken, irgend etwas stimmt nicht. Unser natürliches Empfinden ist dem Gottesverhältnis entfremdet durch Adams Fall. In unserer Geschichte haben wir das Ferne, Uns-Entlegene zum Vertrauten gemacht. Der Alltag der Depression ist uns Gewohnheit geworden. Und jetzt ist Gott als der ehemals Vertraute und Beglückende uns der Fremde, der Andere, der mögliche Feind geworden. Gott muß diese „natürliche" Feindschaft in uns überwinden. In unserer Sehnsucht spricht Gott wahr. Doch kann die Sehnsucht nicht siegen ohne die Hilfe Gottes.

Sich freuen auf das Abenteuer, das das Leben ist. Das kann im Vollsinn nur, wer sich als Kind an der Hand Gottes weiß und also hinausgehen kann in die Welt, die Gott vor uns als Garten der Erfahrung, der Begegnung, der Selbstwerdung ausgebreitet hat. Die Freude, an Gottes Hand zu gehen, gibt uns eine Hoffnung, die durch all das hindurchreicht, was uns von der Welt als Tragödie widerfahren kann.

Das einzige, was es unsererseits gibt, ist die verhohlene Liebe. Davon können uns nur unsere Tränen erlösen.

II

Das Christliche ist keine Wahrheit, die der Mensch erst lernen müßte, sondern jene, die er sich selbst und dem andern schuldig ist, Wahrheit, die er negativ erkennen kann auf dem Grund seines Gewissens, indem er erkennt, daß es den Gerechten geben muß, jenen, der sich für uns verantwortet und in der Seele so unverdorben, so rein empfindend ist, daß er vor Gott für uns Rechtfertigung erlangen kann, so daß wir uns nicht mehr verstecken müssen. Doch wir müssen einsehen, wir können aus uns diesen Gerechten nicht finden und schikken, aber um der Gerechtigkeit willen müßten wir es. Darum ist es Gnade, wo wir erkennen dürfen, Gott hat diesen Gerechten in Jesus von Nazareth geschenkt. Vorher war „nicht einer unter uns, der Gutes tut", jetzt ist der *Eine* unter uns, der *das Gute* getan. Gnade, von Gott erkannt zu sein. Die Selbsterkenntnis meines untilgbaren Mangels trifft sich mit der Art und Weise, wie Gott mich erkennt, mit dem Heilmittel, das er vorsieht. Jetzt weiß ich: weil Gott so geantwortet hat, ist er wahrhaft Gott.

Wenn die Seele sich nicht mehr auf den Weg macht ins ihr Fremde, ist das Leben mehr geworden als die Liebe, wo es doch darum geht, die Liebe zu lieben und von ihr her das Leben zu erschließen. Die Liebe erfaßt man nicht mit Leben und Tod. Aber wo Liebe ist, wird auch das Leben sein, Leben, das größer ist als der Tod.

Warum erleben wir irgendwann die tiefe Vergeblichkeit unserer Bemühungen, zeigt sich alles als fadenscheinig, eitel, anmaßend, auch die Werke des Glaubens? Weil Gott uns aufgrund unserer metaphorischen Geistesverfassung an der Nase des Modells entlangführen muß. Irgendwann bemerkt unsere Seele diese Kluft zwischen Modell und Wirklichkeit, bemerkt, daß sie Gott in einem tieferen Sinn nicht näher gekommen ist, sie aber unterwegs gewesen ist, an der Nase des Modells entlang. Das kann uns in Vergeblichkeit stürzen. Jetzt müssen wir die Wette Pascals annehmen, indem wir Gottes „als ob" akzeptieren, müssen darin seine Güte und Weisheit sehen. Die Vergeblichkeit gehört zum geprüften Glauben. Der Glaube sagt Gott nicht ab, sondern sagt: „Mein Gott" und wendet sich Gott im Nichts zu und fragt: „Warum hast du mich verlassen?" und appelliert damit an Gottes Weisheit und nicht an die eigene. Solch Erfahrung der Vergeblichkeit ist nicht an die Geeignetheit unseres Modells gebunden, sondern zeigt, wir befinden uns *wesensmäßig* im Modell. Jetzt ist der Glaube gefragt, nur noch Liebe, Hingabe zu sein.

Einsamkeit des Gläubigen, die zugleich seine Seligkeit und seine Erwähltheit, seine Zugehörigkeit zum Volk Gottes ist: „Was kein Ohr gehört und kein Auge gesehn hat und was in keines Menschen Herz gekommen ist, das hat Gott denen bereitet, die ihn lieben."

Wenn der Künstler sich bei seinem Kunstschaffen nicht zu Gott verhält, bekommt seine Arbeit leicht eine falsche Wichtigkeit oder Unwichtigkeit, nimmt sie nicht den Platz ein, der ihr in Gottes Ökonomie zukommt. Und so der Künstler selbst: Wie soll er die Kunst nicht narzißtisch mißbrauchen, sie nicht als Gewerbe betreiben, wie sie nicht für einen Gott halten? Die beste Voraussetzung zum Künstler hat jener, der Meister seines Fachs bleibt und doch von Gotteshingabe durchdrungen ist, jener, der die ästhetische Kategorie nicht mit der religiösen verwechselt. Und das bedeutet: die Kunst ruft – um ihr eigenes Wesen zu schützen und ausfalten zu können – den Künstler in ein Gottesverhältnis, aber sie ruft ihn auch aus einem mißbräuchlichen Gottesverhältnis heraus.

Glaube kann nicht gelten wie eine Währung oder eine Verfassung. Sein Wesen ist asymmetrisch und darum nicht objektivierbar. Wohl kann er und muß er – als Wahrheit des Menschen – ins Gelten als Korrektiv einbezogen werden, ohne jedoch selbst Geltung zu beanspruchen, denn *gelten* kann nur, was die Macht hat, sei die Macht eine wahre oder unwahre. Das Gelten ist objektivistisch. Der Glaube ist menschlich, ist „anarchisch".

Was wünschen wir uns für einen anderen noch unerlösten Menschen mehr, als daß er sich in seiner Hochfahrenheit und seinem vermeintlichen Wissen, in seiner Gottunähnlichkeit zu sehen bekommt und sich in Richtung Gottebenbildlichkeit korrigieren kann. Von uns wird er solche Korrektur nie annehmen können, denn wie sollen wir ihn sich selbst sichtbar machen. Das kann nur Gott. Macht Gott ihn sich selbst sichtbar, dann bleibt nichts als Buße. Dann sagt er zu Gott: „Ich war wie ein Tier vor dir."

Die „ursprüngliche Zweideutigkeit des Seins" nicht mit der Paradoxalität des Glaubens beantworten, sondern mit der Eindeutigkeit und Sicherheit eines Theorems. Jetzt kann die Maschine laufen, kann die Vernunft sich in die Rationalität hineinverstecken. Das Theorem funktioniert vor der „ursprünglichen Zweideutigkeit des Seins" jedoch nur als Ableitung; es braucht die Bedingung einer Vorbefriedung der Gegensätze. Das Theorem sitzt gleich einem Vampir auf dem Rücken der Religion – denn diese leistet die ursächliche Befriedung – und versucht, diese unter sich und über sich die Welt auszusaugen. Wie lernt nun das Theorem, an sich selbst zu glauben? Indem es die Maschine konstruiert. Strenggenommen besteht seine einzige geistige Tätigkeit darin, die Maschine zu konstruieren. Sein Wesen ist instrumentalisierte Weltaneignung. Es versucht in alle Bereiche als instrumentalisierte Vernunft vorzudringen. Am liebsten natürlich in den Bereich seines Wirtes: der Religion. Es ist die „schlechte Unendlichkeit", jener Grundtrug.

Was der Dichter hervorholt, kann niemand sonst hervorholen.

Wenn wir in eine Kirche kommen, in *die* Kirche kommen, kann unsere Seele ihr Schneckenhaus, darin sie eingekrümmt und niedergedrückten Hauptes gelebt hat, verlassen und befindet sich jetzt in einem Schloß, an einem Ort, der ihr gemäß ist, der in ihr räumt, den Dingen ihre ursprüngliche Ordnung zurückgibt. Statt Linearität hat die Seele jetzt Raum, der Herrlichkeit ist.

Herr, du hast zum Abendmahl geladen, und viele der Geladenen sind nicht gekommen, sie waren reich in dieser Welt und hatten also Wichtigeres zu tun. Da sagtest du zu jenem, der gekommen war: „Geh schnell hinaus auf die Straßen und Gassen der Stadt und führe die Armen und Krüppel und Blinden und Lahmen herein." Gott, du offenbarst deine Hoheit und Macht und Wirklichkeit den Armen, Blinden, Kranken und Lahmen und willst auf das, was in der Welt hoch ist, verzichten. Aber willst du denn verzichten? Sie sind nicht gekommen, deiner Einladung nicht gefolgt. Aber ist es denn nichts wert, was der Welt Hoheit ausmacht? Es ist etwas wert, weil es von dir ist, aber es ist nichts wert, weil jene, die reich sind in dieser Welt, es dir nicht erstatten. Du hattest auch sie eingeladen. Doch sie wollen ihre weltlich-natürliche Gabe für sich behalten und verschmähen darob deine Einladung, laden sich selber aus. Und was sehen wir: Jesus beim Abendmahl, umgeben von Menschen, die in dieser Welt arm sind. Gott beweist seine Kraft darin, daß er diese reicher als die Reichen dieser Welt macht. Ist das gegen die Gaben der Welt? Nein, Gott zeigt, was der Geist ist: es gibt vor ihm kein Ansehen der Person.

Wenn ich den Menschen liebe und gleichzeitig Gott liebe, kann ich nichts anderes als das Kreuz Christi entdecken und jene, die es tragen: die Kirche *für* den aus den Völkern gerufenen Einzelnen, die Propheten als jene, die „Gehör schaffen" und „herausrufen", und das jüdische Volk als Volk der Erwählung *für* die Völker.

Vertrauen zu schenken: Größe und Laster. Der Andere will kein Vertrauen, sondern Krieg, er möchte in sein Erwachen geschlagen werden, hat aber zuvor ins Vertrauen eingewilligt, um das gegenseitige Tausch- und Schutzverhältnis nicht zu gefährden. Aber in ihm ist Krieg. Darum sündigt er gegen das Vertrauen. Er sehnt sich nach jener Peitsche, die Kontur bedeutet. Die Echtheit unseres Vertrauens – und daß dieses Vertrauen also Größe und kein Laster war – wird sich darin erweisen, daß wir durchaus über die Peitsche verfügen, um die gewünschte

Kontur zu ziehen. Aber wir tun das unfreiwillig und schmerzerfüllt und fragen: Warum mußtest du gegen dein Wort sündigen und damit einen Bund verletzen, dem du zugestimmt hast?

Außerhalb der Hand des Mose wird das Gesetz zur Schlange. Außerhalb der Hand des Mose: das ist die Welt. Der Welt ist das Gesetz die Schlange, und sie versucht, ihrer ledig zu werden. Innerhalb der Hand des Mose wird die Schlange wieder zum Gesetz. Die Hand des Mose: das ist das erwählte jüdische Volk, ist aber auch: die Kirche. In ihm, in ihr wird die Schlange zum Gesetz, und das Gesetz ist Gnadengabe Gottes, von dem nicht „der kleinste Buchstabe noch ein Tüpfelchen" vergeht.

Der Mensch steht vor dem Abgrund Gottes. Doch er bringt es fertig, sich diesen Abgrund zu einer Erhebung ähnlich einem Maulwurfshügel umzudeuten. So der Rationalist: für ihn ist Sünde nur ein dialektisches Moment. Er ahnt nichts von der Gewalt Gottes.

Dichtung ist gottesdienstliche Tätigkeit in den verschiedenen Graden der Gotteserkenntnis, als Ringen um das Sprach-Wort, um das Gestalt-Wort vor Gott. Das Wort, das die Dichtung sucht, ist das dem Erscheinen des WORTES fähigste Wort, fähig, indem es unter dem Wort zerbricht und in diesem Zerbrechen von dem wahren Gott kündet. Aber Dichtung ist ein „doppelgesichtiges Künden": ein Künden von unten – ein Künden des Menschenwortes –, und ein heiliger Sang, das gesungene Gotteswort. Wird der von Gott Gerufene bei der Dichtung verharren können? Nein, er wird sie als Spott wegwerfen mussen, denn sie verglüht wie alles vor dem Feuer Gottes. Aber er wird früher oder später zu ihr zurückkehren, falls er sich zum Sagen im Erscheinen entschließt, zu ihr zurückkehren auf neuer Stufe, wissend um das Jenseits der Sprache Gottes, aber auch um das Hineintreten Gottes als Abwesenheit in ein Bild als Spur, der wir bedürfen.

Wie schwer der Weg zum Wahrwort des Propheten. Und wenn dieses Wahrwort erreicht, die Freiheit der Gnade, wie schwer der Weg dann mit der Harthörigkeit und Weigerung des Menschen. Weg, darin der Heilige Gottes geopfert werden wird. Einsamkeit der Wahrheit in der Verlorenheit des Menschen hinter seinen Abbildern. Kleinheit und Größe des Menschen: sich zum ewigen Tod zu verwunden, sich dem ewigen Leben zu empfehlen.

Die drei Kirchen, die die eine Kirche sind: die universale, die in jeder Ortskirche erlebbar wird; dann die Kirche der zwei oder drei, die in Christi Namen zusammen sind, – das gemeinsame Gebet, das Glaubensgespräch; und dann die Kirche des Einzelnen, sein Gebet, womit er in der Universalkirche und lebendiger Baustein ihrer ist. Diese drei „Kirchen", die die eine Kirche sind, erhalten das Leben des Gläubigen.

Wer ist der mögliche Hörer des WORTES? Wer nicht zweifelsüchtig und nicht übelwollend im Hören ist.

Das vielleicht einzig wirkliche Leiden: wir können in die Erfahrung Gottes den Bruder nicht mitziehen. Die Herrlichkeit Gottes wird unserem Herzen offenbar, und wir müssen zusehen, wie unsere Brüder im Schatten der Gottesferne leben, wie sie ihre persönliche Lebensgeschichte, ein Stück Weltwirklichkeit schreiben. Unsere Mittel, einem Menschen den Glaubensweg zu eröffnen, sind sehr bescheiden und schnell erschöpft; also können wir nur Gott bitten, daß er sich erbarme, denn nur Gott kennt das Geheimnis einer jeden Seele, weiß, wann ihre Zeit erfüllt, sie reif ist, Gott zu *sehen*.

Die Frage an Dichtung und Kunst bezüglich des religiösen Lebens ist, ob sie das geringste kreatürliche Bild je in uns einbilden, und so Gottes Stelle *ver-treten*. Muß also Gott weichen, um der Dichtung oder der Kunst Platz zu machen? Das ist die legitime Anfrage des religiösen Lebens an Kunst und Dichtung. Und diese Anfrage ist berechtigt, denn die Kunst ist durch ihren Werkcharakter durchaus in der Lage, das Sich-In-Uns-Einbilden Gottes zu verkürzen. Andererseits ist sie aber gerade durch den Werkcharakter eine Kraft, uns in die Zeitlichkeit des

Hier und Jetzt zurückzubinden, in das Geschehen von Wahrheit, und uns damit leibgeistige Wirklichkeit zu geben und den Namen Gottes in unseren zerbrechlichen Gefäßen zu verherrlichen. Die Frage, ob wir Gottes Ein-Bildung in uns durch die Kunst verkürzen, beantwortet sich aus der Reihenfolge der Akte. Leben wir aus der Erfahrung Gottes, ist diese konstitutiv. Darum, haben wir der Ein-Bildung Gottes in uns – so wie es das erste Gebot verlangt – den ersten Platz eingeräumt, wird unser Kunstwille von der Gotteserfahrung durchdrungen sein und dem Werk der Ein-Bildung Gottes dienen und uns damit zum Heil wirken. Werfen wir uns aber auf die Kunst als Erlösungsgestalt, verstellt sie zuletzt die Ein-Bildung Gottes und versklavt uns, bringt uns vielleicht um. Der Kunst-Gott ist ein Prophet, der uns herausruft aus der ersten Gefangenschaft.

Wie die Geschichte auch verläuft, sie verläuft falsch, weil sie gar nicht richtig verlaufen kann. Und sie kann nicht richtig verlaufen, weil die Adresse unserer Sehnsucht nur Gott sein kann. Solange wir noch auf die Geschichte, auf Reiche, Veränderungen, Revolutionen und damit auf die Welt bezüglich unseres Heils hoffen, irren wir und finden keinen Frieden. Etwas anderes ist es, Gottes verborgene und tätige Macht in der Geschichte zu erfahren. Jetzt ist er es, der die Geschichte zu ihrem Ziel führt. Und wir dienen diesem Ziel, indem wir Gott dienen, indem wir *wandeln vor dem Herrn*.

Das Leiden des Dichters der Ikonostase: er hat das jede Gestalt verlöschende Antlitz Christi geschaut und in diesem gestaltverlöschenden Antlitz: das Antlitz. Er muß also mit der symbolischen Ebene der Dichtung die nicht symbolische des Antlitzes erreichen. Das ist nicht möglich, denn anders wäre Christus nicht Christus. Also bleibt ihm nur der negative Weg: Vernichtungsspuren zu zeigen und aus den Resten (die alles sind) die gebeichtigte und verdemütigte Gestalt erschaffen: Gestalt, die so ist, wie sie ist, weil ihr Dichter Gott geschaut hat: die verklärte, die liturgische Form. Noch nicht Wein (das kann Dichtung nie werden), aber Wasser, darin sich der Wein schon spiegelt.

Gott muß den Menschen ausleiden, bis dieser bereut. Gäbe Gott ihm vorher eine Gabe des Himmels, risse dieser sich sowie die Gabe selbst mit der Gabe in Stücke. Die Welt, darin wir leben, ist der Garten oder der Sandkasten, darin unsere Reifung geschieht oder nicht geschieht. In dieses Werden schaut nur Gott.

Wir werden die Gottesfrage nicht ergründen oder zureichend beantworten außerhalb oder gegen die Kirche. Zuletzt wird der stolze philosophische Geist sich in die Kirche beugen müssen, wird er das Entsetzliche, das Abscheuliche, was ihm die Kirche ist, als jene auf die von ihm selbst vorgebrachte und ihn spiegelnde und anhaftende Wahrheit Antwortende erkennen und annehmen müssen: Die Tür zu Gott ist Schmach und nicht Ehre. Schmach, welche ist der Tod Christi um meiner verhohlenen Liebe willen.

Das schlechte Gewissen hat nur Augen für sich selbst, denn es muß sich verbergen. Es ist nicht in der Bereitschaft zur Hütung des Andern.

Der nur-analytische, nur-kritische, nur-diskursive Geist muß sich von den Fehlern anderer nähren. Er liegt auf der Lauer und wartet auf Futter, unfähig zur eigenen Setzung. Wie anders der Geist, der sich gegenüber Gott verhält. Dieser weiß, daß er sich in die Leere riskieren muß und sich nirgendwo festsaugen kann. Ihm folgt die Tat, die den Bogen vom Nichts zum Etwas durchleidet.

Christsein bedeutet große Einsamkeit, ein Mehr an Liebe, bedeutet reich zu sein. Es ist ein Auserwähltsein, denn die Liebe, die man erfährt, ist nicht einfach mit anderen zu teilen, sondern ist ein Verhältnis des Zwiegesprächs mit Gott, das die Exklusivität eines Eheverhältnisses hat. Gott hat Freude an diesem Verhältnis, und die Seele freut sich Gottes. Jedoch solch einen Geliebten zu haben fordert der Seele das Äußerste ab. Der Mensch, in dem diese Seele wohnt, weiß nicht, wie ihm geschieht. Er hat Furcht vor diesem Verhältnis, das ihn so fremd, so außergewöhnlich, so kostbar macht. Er fühlt sich wie ein Kind, das vom Vater den Geschwistern gegenüber vorgezogen wird, aber die Geschwister erkennen es nicht und hegen darum auch keinerlei Neid, denn sie verstehen die Handlungen des Vaters, die ihnen eher Strenge und Bestrafung scheinen, nicht. Das Gottesverhältnis ist der Seele größte Leidenschaft und Anstrengung. Die Seele, die sich so anstrengen, so leidenschaftlich lieben will, erwählt sich Gott, ohne es zu wissen und ohne zu wissen, bereits von Gott erwählt zu sein. Aber sie lebt in einem Menschen, der sein will wie alle.

Glaube ist die oberste, alles durchdringende und alles gründende Seelentüchtigkeit.

Je größer der Mensch, um so mehr Wirklichkeit erträgt er. Er berauscht sich nicht an den kleinen Exzessen des Geistes. Er erträgt die Nähe Gottes und wird dadurch still, heiter und ernst. Er macht aus Gott kein Gewerbe.

Die Tragödie ist die Grundform aller Beziehung, auch des Gottesverhältnisses, Grundform aller Liturgie und Kunst. Darum gab Gott auch, um alles im Menschen zu erfüllen, die göttliche Tragödie, das Kreuz Christi. In der Begegnung mit dieser Tragödie, in der Teilnahme an diesem Mysterium kann der Mensch das Unterste und Oberste ausschöpfen, in seine tiefste Selbstbegegnung gelangen.

„Und die Technik bleibt – aufs Letzte gesehen – Goldenes Kalb..." Nur ein Goldenes Kalb, das sich immer wieder selbst hervorbringt und zur Voraussetzung hat, daß man ein rationales Prinzip in das ursprüngliche Geheimnis des Seins einführt und diesem Prinzip Priorität gibt. Die natürliche Religion, die vom Leben nur Prosperität und Selbsterhaltung will, befriedigt sich zum Großteil über die autopoietischen Systeme der Technik. Ihr reicht die so gestiftete Magie. Überhaupt läßt sie sich gern verzaubern von Nutzenmaximierung und Effizienz. Sie opfert alle tieferen Werte oder will sie gar nicht erst kennen. Nicht die Maschine ist an irgend etwas schuld. Fällt die metaphysische Aufladung, fällt auch das

Feindliche der Technik. Doch wo soll die natürliche Religion sich hinwenden? Zur *Gabe der Welt*, zur Tatsache, daß Welt ist, daß etwas „der Fall ist". So kann sie von Gewinnoptimierung und Selbsterhaltung zu *Furcht und Zittern* gelangen. Und dies kann Zugang sein zum Gott Abrahams, zum Gott Isaaks und zum Gott Jakobs. Die Welt gleichzeitig als Gabe und als in Gottes Hand befindlich *von* Gottes Hand zu wissen verhindert, daß Technik die metaphysische Funktion des Goldenen Kalbs einnimmt. Jetzt können wir unser Wort sprechen und die Technik in eine beschränkte Nützlichkeit überführen. Anders bleibt die Sprache leer, weil wir totaler Funktionalität glauben.

Es gäbe den Haß nicht, wäre Liebe nicht unser Gerufensein. Im Haß geben wir Zeugnis gegen uns selbst.

Aber ist die Technik nicht auch Diener der menschlichen Freiheitsgeschichte? Hat sie nicht äußere Möglichkeiten gestiftet – und ist sie nicht um dieser Möglichkeiten willen so extrem entwickelt worden –, den Grenzen und Zwängen des Clans, des Stammes, die oft reine Machtausübung bedeuten, zu entkommen, indem man sich in die Fremde begibt, den Kontakt mit dem Freund mehr pflegt als jenen zum Clan, indem man Kommunikation herstellt über größere Entfernungen, dorthin, wo der Freund lebt, wo das andere Land ist, andere Sitten gepflegt werden? Und ist nicht außerdem durch die Technik die allzumenschliche Neigung zur Ortsvergötterung in Frage gestellt? Konfrontiert uns die Technik nicht mit der Tatsache, daß das Menschenherz universal ist und darum universale Verantwortung trägt?

Die meisten Probleme – die keine sind – rühren daher, daß wir geistig nicht da sind, wo wir sein sollen: vor den Augen Gottes. Daraus folgt viel unsäglicher Streit und große Mühe, – und das alles, um Gott nicht zu kennen.

Es ist wahr, das Christentum hat sich selbst hauptsächlich über den Platonismus oder besser über den Neuplatonismus ausgelegt und thematisiert. Verliert nun das Christentum seine Grundlage und damit sich selbst, wenn man Platonismus und Neuplatonismus in seiner Metaphysik destruiert? Dann müßte Christentum ja mit seiner philosophischen epochebedingten Auslegung identisch sein. Die christlichen Inhalte müssen aber von jeder Epoche in den jeweiligen Errungenschaften der Epoche neu gedacht werden. Jedes Denken muß thematisieren und so auf Mittel der Präsens zurückgreifen, denn Ein-Thema-Haben ist schon Präsenz, auch wenn das Denken, wie beispielsweise der Strukturalismus, das Nichtthematisierbare thematisiert. Die innigste Thematisierung des Nichtthematisierbaren aber ist Jesus Christus selbst. Er ist auch – und unendlich viel mehr – die „differance", jener Aufschub und jene Differenz. Die Mittel des Denkens, womit der Glaube greift und sich selber auslegt, zu reinigen, kann die Philosophie hilfreich sein. Sie kann einen eingeschlichenen Zirkelschluß entlarven, kann sein Einschleichen verhindern.

Die Kirche bewahrt der Welt das Bild Gottes und damit bewahrt sie das Bild der Welt. Das Judentum aber bewahrt der Kirche die Bedingung der Möglichkeit für das Bild Gottes. Es hat in Jahwe den Vater, die Kirche hat in Jesus Christus den Sohn. Die Kunst ist uns ein Erinnerungsgehilfe, daß unser Sein *im* Bild Gottes steht.

Wie soll ein Mensch, der nicht versteht, daß es Wahrheit nur unter der Voraussetzung der Gerechtigkeit, also der unendlichen ethischen Forderung, geben kann, wie soll dieser die Fleischwerdung des Wortes Gottes verstehen? Das Christentum hat den edlen, nicht den natürlichen, sich selbst genügenden Menschen zur Voraussetzung. Auf dessen unsinniges und unmenschliches Fragen, auf sein Sehnsüchtig,- Krank- und Verlorensein gibt Gott die Antwort: Jesus Christus.

Christentum und Judentum treffen sich im Messianischen, im Kommen und Wiederkommen des Messias. Die Kraft des Messianischen liegt darin, daß es uns in Erwartung, in Hoffnung stellt statt in den Besitz, aber auch keine Teleologie herstellt. Es ist eine Weise des Entzugs. Die Bedeutung für das Gottesverhältnis liegt in dieser Offenheit, und jetzt ist es zweitrangig, ob die messianische Verheißung sich erfüllt. Sind wir in der Erwartung, sind wir aufmerksam, – und Gott ist mit uns in der Zeit.

Im Kunstwerk der Ikonostase strahlt aus seiner verborgenen Mitte ein zweites Leben, eine geprüfte Hoffnungswirklichkeit. Diese Mitte, darin die geheimnisvolle Verwandlung von tragischer oder komischer zu erlöster Gestalt geschieht, kann vor, hinter oder inmitten des Kunstwerks liegen. Im heidnischen Kunstwerk hingegen ist die ikonstatische Umwandlung als Ahnung da, aber sie ist nicht ergriffen, durchstritten, erlitten.

Der Liebende hat die Tapferkeit und das Vertrauen, zu enttäuschen. Er willfährt den Wünschen der Menschen nicht.

Christentum ist von seinem Seinsstand her – ohne diese Kritik zu suchen – Kritik am Hohepriester und am Kaiser, weil es das Wort Gottes an den Einzelnen und an die wahre Sozialität ist: der im Heiligen Geist erbauten Gemeinschaft; es verteidigt die Wahrheit des Einzelnen und der lebendigen, auf Freiheit basierenden Gemeinschaft vor Theokratie und Staatstotalitarismus.

Die Ehe, das einander im Wort unter Zeugen zugesprochene und bejahte Verhältnis, ist Gabe Gottes. Das erotische Leben bekommt dadurch eine heilsame, das Leben erbauende Ordnung, die Geschlechtsbeziehung wird auf befreiende Weise versachlicht. So wird bei größter Nähe zwischen Mann und Frau weitester Raum geschaffen. Raum, darin Leben werden kann. Mann und Frau schenken sich gegenseitig unsichtbaren, unwissenden Schutz bei der Aufgabe, dem Bilde Gottes in sich gerecht zu werden. Sie wollen einander nicht für sich selbst, sondern wollen einander Gabe sein auf dem Weg. Ihr innerstes Zueinander ist eine Mitte, die in das Werk Gottes wirft. Die Ehe, damit sie diese Kraft hat, kommt nicht aus dem einfachen erotischen Zueinander, sondern erst aus dem im Wort der Beiden gestifteten Verhältnis und dessen Entgegennahme aus der Hand Gottes. Erst jetzt ist Freiheit eingekehrt.

Der Überbringer der Frohen Botschaft muß frei sein von Streitlust und verstecktem Haß. Es muß klar sein, daß seine Botschaft tiefer geht und tiefer liegt als das, worüber die Welt sich streitet. Er darf den Glauben nicht mit Überzeugung verwechseln. Es muß zum Ausdruck kommen, daß seine Sorge und Liebe der Seele gilt, dem, was im Menschen Gott gehört und zu Gott will.

Im Dichter möchte die Sprache zu sich selbst kommen, das Kind sein, das sie ist, möchte, aus ihrer Dienstfunktion befreit, feiern können. Die Sprache wählt sich den Dichter zur Stimme. Alle Geschöpfe loben Gott auf diese oder jene Weise, die Sprache tut dies durch den Dichter. Durch ihn rettet sie sich in die Verherrlichung Gottes.

Die Kirche darf die Welt nirgends – aus Sorge, sie vor den Konsequenzen ihres Tuns schützen zu müssen – einsperren. Die Welt braucht ihre Irrfahrt, wie das Leben selbst die Irrfahrt braucht. Wie soll es sonst zur Welt überwindenden seligen Erfahrung der *felix culpa* kommen? O glückliche Schuld, O Ostermorgen! Die Kirche muß aber anwesend sein durch Zeugen und darf nichts preisgeben von dem, was Gott ihr anvertraut hat. Die Kirche bleibt ein Bollwerk des Heiligen Geistes, nicht kraft ihrer selbst, sondern kraft des wunderbaren Tuns Gottes in ihr. Etwas, das über sie selbst hinausgeht. Seit Pfingsten ist der Heilige Geist in der Welt, aber daran partizipiert die Welt nur durch den Glauben, im Angekommensein in der seligen *felix culpa*. Und da kann nur der Einzelne ankommen, der Irrfahrende, der Gott liebt.

„Und Gott schuf den Menschen als Mann und Frau, als Mann und Frau schuf er ihn." In der ehelichen Vereinigung holen sich Mann und Frau zurück und voraus in ihr Menschsein. Ihr Menschsein wird ganz, die Frau wird Frau, der Mann wird Mann. Wir erleben, was wir vorher nur zu wissen glaubten:

daß wir Menschen sind. Wie nun? Müssen wir also heiraten, um Mensch werden zu können? Gott, der wirken kann, was er will, kann seinem Kind die Schöpfungsgnade auch ohne die geschlechtliche Vereinigung schenken, denn in seiner Gnade ist alles, was zum Himmel gehört, gegenwärtig. Aber Gott schenkt seine Gnade nicht gegen, sondern für die Ehe, für alles, was zum Himmel gehört. Jeder muß den Weg wählen, den Gott ihm zeigt. Dann geht er den höchsten Weg und wird Erfüllung finden.

Für das geistliche Leben gilt das gleiche wie für das Leben in der Poesie: man muß eine Art aktive Passivität entwickeln, sich so halten, daß man Gott nicht abwehrend entgegenkommt, Gott uns vielmehr bei der Arbeit findet und uns schenken kann, was er will.

Tief im Glauben angekommen – und das ist man, wenn man sich der Abgeschiedenheit ergeben hat und sich Gott naht in Gebet und Betrachtung –, sieht man, wie die Welt gemacht ist. „Und Gott sah an alles, was er gemacht hatte, und siehe, es war sehr gut." Und dies hat sich auch nach dem Sündenfall nicht geändert. Für ein Nu darf man mit Gott die Welt sehen, und man sieht, wie Gott sie in seinem Erbarmen anschaut und wie sie in Wahrheit nur von diesem Erbarmen lebt.

Die Evangelien sind das geschriebene Wort Jesu Christi. Aber Jesus Christus, *das Evangelium*, ist nicht das geschriebene Wort. Was ist der Unterschied zwischen dem Evangelium als geschriebenes Wort und dem Evangelium, das Jesus Christus ist? Jesus Christus ist das Ur-Evangelium, dessen jüdisches Evangelium als Schrift noch fehlt. Jedes Werk, das im Buch Gottes geschrieben sein möchte, muß in struktureller Verwandtschaft zu diesem Ur-Evangelium stehen, muß von dort aus lesbar gemacht werden können, in Offenheit auf das Ereignis Christi zu oder schon ergriffen davon. Die geschriebenen Evangelien sind Inkarnation der Inkarnation, vom Heiligen Geist gewirktes Werk in der Schrift. Ein weiteres Werk der Inkarnation der Inkarnation ist die Liturgie. So wie die Evangelien die Inkarnation in der Kultur als Schrift sind, so ist die Liturgie Inkarnation in der Kultur als zur Erlösung hin durchgetragene Tragödie, und die Kirche ist solch Inkarnation als Sozialität.

„Maria aber behielt alle diese Worte und bewegte sie in ihrem Herzen." So müssen auch wir tun, wenn wir das Wort vernommen. Wir müssen es in unserem Herzen bewegen. In diesem Bewegen des Wortes ersteht die Welt, und wir bewegen uns unter Menschen und Dingen in lauterer Erfüllung. Nicht der ist Vernehmer des Wortes, der daran hängen bleibt, sondern der, der sich scheinbar davon fortbewegt.

Ein Prophet ist jener, dessen Werk ausdrücklich auf Gott Bezug nimmt, er ist von Gott gesendet. Es geht ihm zuerst um unser Gottesverhältnis. Er will unser Hören wieder auftun für die Stimme Gottes. Etwas anderes ist der mögliche Prophetendienst des Künstlers, Dichters, Philosophen. Zu solchem Prophetendienst bedarf es eines starken Leidenskostüms, wenn auch eines nicht so starken wie es der Prophet, der dies im Vollsinn des Wortes ist, braucht. Das Befinden eines Menschen im Prophetendienst ist angesichts der Welt Verzweiflung, denn er hat Augen dafür, daß sie sich ihre eigene Hölle erschafft. Er versucht ihr eine neue Bahnung auszuleiden, ihr einen neuen Muskel, eine neue Ader zu schenken, mit der sie sich selbst sehen, wirklich werden kann, versucht, ihr die Bedingung der Möglichkeit für das *Hören* zu schenken. Dafür nimmt er die Leiden auf sich, die an den „Leiden Christi noch fehlen". Jesus Christus aber ist die erste, vom Menschen unausleidbare Bahnung.

Die Begegnung Christi mit Apollon. Apollon wird in die Knie sinken und anbeten. Er wird seinen Herrn und Meister erkennen, denn „hier ist mehr als Salomo." Der „Todesblick Christi", der in die Aufstehung ruft. Apollon wird sich fragen, ob er der Auferstehung würdig ist. Und Christus wird ihn würdig machen. Apollon, der einst Orpheus den Platz zuwies, ihm wird selbst ein Platz zugewiesen, und zwar jener, wo er mehr und stärker wird, als er es von sich aus je hätte sein können.

Der Gott-Liebende hat Souveränität gegenüber seinem Werk und ist doch nichtsdestoweniger in seinem Werk. Weil er Gott liebt und sich mit seinem Werk in der Schenkung Gottes erfährt und also weiß, daß sein Werk Gott gehört und nicht ihm, bleibt er in Sanftmut und Armut des Geistes, verfällt keiner Anmaßung gegenüber dem Nächsten und Gott. Diese Souveränität gegenüber jedem menschlichen Werk fordert Gott im Feiertagsgebot ein. Sein Herr-Sein soll uns freihalten oder befreien von der Magie, die sich zwischen Werk und Werkwirken entspinnt. Feiertagsgebot heißt: Leben aus Gottes frei schenkender Gnade als Quelle aller weiteren Gaben.

Und zu Dionysos spricht Christus: Komm, der du mit Apollon in meinem Herzen wohnst, und bring mir deine Ekstasen, Ausbrüche, Tragödien, Wonnen und Räusche. Ich will dir mitten da hinein eine lebendige Seele geben. Und siehe, du wirst nichts verlieren von dem, was dein ist, sondern es entscheidender gewinnen. Bist du es nicht, der die Erde an den Altar meines Vaters trägt? Wie sollte ich dich missen können. Ihr beide, Apollon und Dionysos, kommt aus der Erde. Doch niemand außer mir kann euch zur Erfüllung leiten. Ihr seid vor mir. Aber ich bin vor euch.

Inwieweit kann der Glaube Kunst machen? Der Glaube führt alles – wie wir von Johannes vom Kreuz gelernt haben – in die Nacht: den Verstand, das Gedächtnis, den Willen. Und in der Kunst ist es die Mimesis, die der Glaube in die Nacht führt. Wenn der gläubige Künstler an die Arbeit seiner Kunst geht, wird er die Mimesis an die Negation ausliefern, und wenn er sie doch benutzt, dann auf neuer seinsmäßiger Stufe. Der gläubige Künstler ist ein „Ins-Werk-Setzer" des Gottesdramas. Das ist seine Mimesis. Er begibt sich durch den Akt des Kunstmachens auf ein spezielles Niveau der *Trennung*.

Wenn unser Geist die Höhe der Gerichtsbarkeit erreicht, hat er keinen Gefallen mehr am Gericht, sondern will Zuwendung und Gnade üben. Darum ist der Gerechte sanftmütig und mit innerer Zuwendung begabt.

Die Gabe der Ehe ist hohe Freude, tiefer Schutz, hoher Genuß, trostreicher Segen. „Es ist nicht gut, daß der Mensch allein sei." Gott hat dem Menschen in einer Erdfalte ein Zelt aufgeschlagen inmitten von Kälte, Beben, Sonne, Sturm, Wald und wilden Wassern. Darum ist es eine schmerzliche Krankheit, unfähig zur Ehe zu sein. Aber kann ein solch Unfähiger nicht gesund werden durch Jesus Christus? Es fehlt, möchte man meinen, in den Evangelien eine Begebenheit, da ein solch Kranker, zur Ehe unfähig Gemachter, geheilt wird. Jedoch, auf diese Begebenheit können wir selber schließen. Und nicht nur das. Jesus Christus macht nicht nur fähig zur Ehe, sondern er gibt auch den Wein dazu.

Die übernatürlichen Gaben über die Liebe zu stellen ist eine Versuchung und eignet dem Anfänger im Glauben. Er denkt, das Werk Gottes – die Rede von Gott, Weissagungen, Heilungen etc. – wären wichtiger als ein vom Werk befreites Herz. Er will immer noch weltlich die Welt retten, statt die Gemeinschaft mit Gott zu suchen. Aber es ist eben ein Zeichen des Anfängers – und wer dabei verharrt, gerät ins Dämonische. Dieser kann, wenn er das Werk des Glaubens ergreift, noch nicht hinreichend unterscheiden zwischen sich und dem Werk. Das Werk zieht ihn noch mit. Nicht so der in der Liebe Gereifte. Er wird das Werk gar nicht wirken, wird darauf verzichten, wenn er merkt, daß nicht Liebe ihn zieht, er das Werk nicht in Liebe beginnen und durchstehen kann.

Darum, weil Gott das Leben und die Wahrheit unserer Begriffsgewalt, unserer Namensgebung entzogen hat, wir mit der Sprache nicht so tief dringen können – wiewohl unser Geist es vermag, sofern er am Geist Gottes teilhat –, sondern Gott uns hier nur Deutung und Annäherung läßt, ist unser Leben bestimmt als Anbetung und Weg, und Jesus Christus ist unser Weggefährte. Auf diese Weise sind wir in der Hand Gottes, denn Gott läßt nicht zu, daß wir – was wir vielleicht gerne möchten und auch immer wieder unternehmen – uns über die Namensgebung aus dem Weg, aus dem Bild Gottes herausnehmen. Wir können nur anbeten und den Weg einschlagen, den Gott uns zeigt. Gott sieht auf den Weg.

Hat Maria sich gnostisch-mysterienreligiös der Ehe enthalten und ein jungfräuliches Leben gesucht? Sie hat die Ehe mit Josef gesucht. Hat Gott Maria oder dem Josef etwas genommen, als er ihre Ehe verunmöglichte? Gott hatte beiden seinen Engel gesandt. Wer den Engel vernommen, der steht jenseits von Zweifel, Trotz und Widerspruch, denn was kann die Seele gegen das Leben ausrichten, gegen das Leben selbst, und was sollte ihr fehlen, wenn dieses gesprochen hat?

Sackgasse und Irrtum der Dionysiker: weil daraus keine Ethik zu gewinnen ist. Und der Mensch ohne Ethik wird ein Mensch ohne Würde. Dionysos ist der Gott der Gefangenen und Ent-Erdeten. Wie Apollon ist Dionysos ein Vorkämpfer Christi, aber er ist es nur solange, wie er zur Machtübergabe an den Eigner, Jesus Christus, bereit ist. Macht Dionysos sich zum Herrn und Meister, heißt dies, sich in Barbarei und Zerstörung zu vergessen, nicht zur Seele durchzustoßen. Dionysos ist darum nur ein Korrektiv im christlichen Kosmos, darin die apollinische Ausrichtung Oberhand gewonnen hat. Und insofern ist doch eine Ethik aus Dionysos zu gewinnen. Sie heißt: Gewinne den Horizont der Freiheit für dein Handeln, den Ort, wo dir Erfahrung zuströmt.

Das Gedicht schreibt sich selbst. Niemand weiß, was das Gedicht ist. Auch der Dichter nicht. Es lebt als Freude, Wut und Gestaltungsmacht in ihm. Er geht schwanger damit. Und niemand kann darüber etwas sagen oder vorauswissen. Es ist Geburt. Ganz wie das neugeborene Kind ist es fremd und vertraut zugleich. Als dieses „Geboren" schenkt es Freude.

„Denn das Wort Gottes ist lebendig und kräftig und schärfer denn ein zweischneidig Schwert und dringt durch, bis daß es schneidet Seele und Geist, auch Mark und Bein, und ist ein Richter der Gedanken und Sinne des Herzens." „Bis daß es schneidet Seele und Geist ..." Nur die Seele wird übrigbleiben, nicht der Geist mit seinem Forschen, Erkennen, Gestalten. Der Geist ist das Unterpfand auf unserer Reise, damit wir den Weg sehen. Aber nur die Kraft, welche die Hingabe der Seele, die Hingabe des Herzens ist, wird von Gott angeschaut werden, und das ist – aufs Letzte gesehen – unsere tatsächliche Liebesgemeinschaft mit Gott.

Die ganze Welt wird um- und umgewühlt, um dem Laster zu frönen oder es aus der Welt zu schaffen oder es zu umschiffen. Doch all dies ist gleichermaßen zwecklos. Welch Wunder dann, wenn ein Mensch gottesfürchtig wird und sich von seinem Verfallensein an die Gewohnheit der Sünden aller lossagt. Er hat sich entschieden, Gott zu lieben, und tut es. So rettet Gott die Welt.

Sich selbst konkret oder sich selbst abstrakt wählen? Ich muß mich konkret wählen, um gerettet zu werden, doch das bedeutet, mich in *die* Kirche zu wählen, und mich in *die* Kirche zu wählen heißt, mich ethisch zu wählen, die Wahrheit der Sozialität anzuerkennen, heißt, subjektiv zu werden, in ein Verhältnis zu mir selbst zu treten, statt mich hinwegzuobjektivieren. So ist es, wenn ich zur Kirche durch die Tür eingehe, die Jesus Christus ist, und nicht durchs Fenster; es bedeutet, die Kirche anzunehmen als Konkretion der Heilsgnade. Durchs Fenster zu ihr eingehen bedeutet, mit ihr Objektivierung betreiben, indem ich sie als Instrument der Politik oder der Erziehung mißbrauche.

Es gibt die Wahrheit; es gibt jedoch nicht die Sprache der Wahrheit. Das ist unser Dilemma und unser Glück. Aber es gibt den Geist der Wahrheit, der sich in allem, auch der Sprache, ausdrücken kann.

Der schmale Weg der Kirche und eines jeden wirklichen Christen, dieses: „Ungeteilt, aber unvermischt". Wie soll die Welt daran nicht irre werden, wie soll sie die Kirche nicht das eine Mal auf der Seite des „ungeteilt" und dann wieder auf der Seite des „unvermischt" erblicken wollen, und es auch tun. Sie muß daran irre werden, denn die Kirche und jeder Christ sagt nichts anderes zur Welt und jedem Menschen als: „Wir sind nichts Positiv-Identisches, sondern weisen dich auf dich selbst zurück und fragen: Wo bist du?" Aber die „Welt" – jenes identische oder indifferente Verhältnis zur Wahrheit – will sich vor der Kirche, vor sich selbst retten, indem sie diese positiv macht. Aber: „Wer euch hört, der hört mich."

Der wirkliche Künstler bezeugt den Geist, der als „Wind weht, wo er will". Der Kern in ihm kommuniziert mit dem Sich-Aussprechen und dem Singen der Welt, das eine Weise der Stimme Gottes ist. Von dort empfängt er Leben, und seine Arbeit versucht, dieses Sich-Aussprechen und Singen zu verherrlichen, indem sie ihm Leibhaftigkeit verleiht. Gott läßt ihn Anteil haben an *seiner* souveränen Schöpferfreude, zeichnet ihn ein ins Geheimnis der Welt-Zeit.

Kann ich wählen zwischen Dionysos und Christus? Dionysos kann ich wählen, denn das ist eine Weise, mich selbst zu wählen, Dionysos ist abhängig von meiner Wahl. Aber Christus kann ich nicht wählen, ich kann nur die Wahrheit suchen und die Wahrheit tun. Dann kann sich Gott meiner erbarmen und der Sohn sich mir offenbaren, kann der Sohn mich wählen.

Im Gedicht, im Kunstwerk, im Menschen, der am Leben Anteil gewinnt und also lebendig wird, fällt etwas in die Erde, gibt etwas seine Form auf, zerbricht etwas. Anders geschieht keine Geburt.

Seitdem Offenbarung – welche in Wahrheit eine tiefere Verhüllung ist – stattgefunden und in Jesus Christus ihr Gipfel-Zeugnis gefunden hat und durch ihn in alle Winkel der Welt vordringen kann, ist die Flucht vor dieser Offenbarung angetreten, und in diesem Sinne muß der Frevel überhandnehmen. Die zwei Furchtbarkeiten: die Sinai-Offenbarung und Jesus Christus am Kreuz.

III

Die christlichen Wahrheiten auf der Basis von Naturphilosophie oder natürlicher Theologie lesen: Anfang aller Verkehrung, Mißverständnisse und Ungereimtheiten. Und die Philosophie macht sich genau da stark, wo sie untergehen müßte. Auf diese Weise will man den Glauben umgehen, aber das Christentum nutzbar machen: Anstelle der Fleischwerdung des Wortes Spekulation und Kosmologie. Das Heil des Christentums steht und fällt aber mit der Personalität Jesu Christi. Er ist der Stein, daran alle Spekulation zerbricht, alle Kosmologie zurückgenommen, Denken nichtdenkendes Denken des Glaubens wird. Aber wer mißdeutet das Christentum als Naturphilosophie oder natürliche Theologie? Doch nur jener, dem die an uns ergangene Selbstmitteilung Gottes unzugänglich ist, und der in die Rede des Christentums durchs Fenster einsteigt statt durch die Tür. So wird er ein Dieb der christlichen Rede, denn er verweigert das Glaubenmüssen.

Je mehr wir in der Liebe reifen, um so öfter müssen wir vergeben. Wir prallen auf eine zur Liebesfähigkeit sich reziprok verhaltende Unreife und Liebesunfähigkeit. Aber es wächst auch unser Mandat sowie das Bewußtsein unserer eigenen tiefen Vergebungsbedürftigkeit.

Gott ist auch der Gewalttätige. Er blendet, den er liebt, verbaut ihm jeden Weg, vergällt ihm Essen und Trinken, läßt ihn sich ekeln vor sich selbst, alles, um ihn aufzutun für Seine Wahrheit.

Einem spekulativen Freigeist, also jenem, der alle Momente des Geistes, alle Inhalte nicht um ihrer selbst willen anschaut, sondern um seiner Spekulation willen, ist es nicht gut, weitere Inhalte anzubieten. Ihm darf man keine Glaubensgeheimnisse anvertrauen, denn er hat kein Organ, womit er diese empfangen könnte, noch den Willen, ein solches Organ in sich zu entdecken. Heidnischerweise könnte man ihn nach Art der sokratischen Elenxis in die Aporie führen. Aber das ist kompliziert und ermangelt oft der Liebe. Der christliche Weg wäre, jene Realitäten des Lebens anzusprechen, wo nur der

Glaube Weg hat. Jetzt gibt es nur zwei Möglichkeiten: Glauben oder Ärgernisnehmen.

Jedes Leben ist die Chance zu lieben, um so zu verzweifeln und um dann an Gott zu glauben, und um schließlich nur noch zu lieben. Eine Liebe, die die tiefe Trauer des Kreuzes ist und die ebenso tiefe Freude der Auferstehung. Gott ist Liebe. Ihr Zeuge ist Jesus Christus. Sein Evangelium kann uns an seiner Liebe nicht zweifeln lassen.

Die Tiefe des Vernichtetseins in der Kunst wie das religiöse Vernichtetsein überhaupt ist die Tiefe der Freiheit, und dieses Vernichtetsein heißt, den Engel geschaut haben. Ein solch Vernichteter braucht von niemandem noch etwas, am wenigsten von der Kunst. Kunst ist ihm Handschrift des Engels. Was hat der Mensch damit zu tun, jener, der noch von allem etwas haben will. Er soll sich bloß nicht einmischen mit seinen niederen Bedürfnissen, durch die er alles zum Gewerbe macht. Er kann sich nur einmischen, indem er sich heraushält und so die Engelsschrift unterstreicht.

Welcher Richter läßt den Angeklagten sich nicht verteidigen, hört nicht dessen Aussagen? Wir, wo wir in vorurteilsvoller Allwissenheit unsere mühsame Weltanschauung zusammenzimmern. Warum wollen wir den Angeklagten nicht anhören? Das wäre schmerzlich, denn wir müßten vernehmen, daß es diesen gar nicht gibt, die Klage auf uns zurückfällt, oder aber, wenn es ihn doch gibt, unser Richteramt eine unauslotbare Last wird. Um diese Last versuchen wir uns herumzumogeln. Im Kreuz, das jetzt entstünde, wäre die Allwissenheit gebrochen zur Teilnahme, Verantwortung, Aufgabe und Zuwendung. Ein solch im Kreuz der Paradoxie Christi Richtender wünscht sich, daß dem Angeklagten Recht widerfahre und für das Opfer das Recht wieder aufgerichtet werde.

Muß ich, um mich taufen zu lassen, um Zugang zu den Sakramenten zu bekommen, mit Glauben erfüllen können, was die Kirche je beschlossen und gelehrt hat oder beschließt und lehrt? Nein, ich muß glauben, daß Gott in ihr spricht, auch wenn mein Glaube den Glaubenssatz nicht vollziehen kann. Aber ich muß für möglich halten, daß der Glaubenssatz aus dem gleichen Glaubensgrund wie jene für mich vollziehbaren Glaubenssätze hervorgegangen ist. Die Kirche steht in der Fülle des Glaubens. Sie hilft meinem Glauben bei seiner Ausfaltung. Als diese Fülle ist sie meinem Glauben voraus, ruft mich als Einzelnen in mein je eigenes Wirklichsein vor Gott.

Wir können das Größte und Höchste tun, und es kann doch das Falsche sein. Wo wir den Willen Gottes nicht tun, wirken wir uns zum Schaden. Dem Willen Gottes aber haftet oft nichts Großes an, sondern ist unscheinbare Tat, womit kein Ruhm zu gewinnen ist. Nur die Befolgung dieses Willens führt in die Freiheit. Allzugern verbergen wir uns diesen Willen, graben ihn irgendwo ein, trommeln darüberhin.

Kirche bedeutet, im Religiösen das Allgemeine verwirklichen. Und das Allgemeine – wie wir es immer auch fassen – ist die Bedingung für Fruchtbarkeit.

Der Glaubenszeuge macht gegenüber dem natürlichen, dem heidnischen Menschen eine Welt wirklich, von der dieser noch nie etwas gehört hat. Wohl hat jener viel *über* den Glauben gehört, aber er hat noch nie *von* ihm etwas gehört. Dieser neuen beglückenden Welt gegenüber kann das Herz nicht gleichgültig bleiben. Und wen Gott ruft, wird versuchen, diese Stimme deutlicher zu hören. Anders wird er Ärgernis nehmen, denn er sieht seinen natürlichen Bestand gefährdet, oder er wird sich belustigen, weil ihm die Rede wie ein aufgehängter Teppich mit absurden Bildern erscheint.

Die Frau schenkt dem Mann die Erde, hilft ihm, daß er nicht verzagen muß an seiner „ewigen Unendlichkeit", sondern sich freuen darf und weiß, wofür ihm das Leben geschenkt ist. Der Mann schenkt der Frau eine Form, darin ihr Leben Gestalt gewinnt, er läßt sie wohnen. Wie auch immer das Geschlechterverhältnis sich darstellt, die Frau ist die Gestaltnehmende und der Mann der Erdenehmende. Sollte die Frau die Dominierende, die Gestaltgebende sein, so nimmt sie gerade diese Dominanz aus der Passivität des Mannes. Sie kann sich diese nicht selber geben. Und der Mann läßt sich die Erde als Gestalt geben. Verliert er diese aktive Passivität zur reinen Passivität hin oder verliert sie die Passivität in der Aktivität zur reinen Aktivität hin, gerät das Geschlechterverhältnis zu so etwas wie vertraglicher Nichterfüllung. Erde, Form und Ort sind Sinnbilder für das, wie Gott die Geschlechter einander zugeordnet hat. Und den natürlichen Formen entsprechen die geistlichen, und umgekehrt.

Dem Gläubigen geziemt es nicht, anzugreifen. Denn der Mensch, der Gott nicht kennt, sündigt zwar, aber er sündigt, weil er Gott nicht kennt. Im Evangelium wird nicht zuerst Gerechtigkeit verhandelt, sondern die Gnade und das Erbarmen Gottes. Der Angriff des Gläubigen heißt darum Vorbild und Zeugnis, heißt: „Das, was ihr wollt, das andere euch tun sollen, das tut ihnen selbst." Der Gläubige verteidigt und schließt auf, denn er will niemanden überzeugen, zu etwas gewinnen, was dieser nicht selber wäre. Er will nur die Wahrheit Gottes kundtun, das, was jenseits dessen liegt, was unser Verstand sich ausdenkt, will, daß sich dem Menschen eine Gottesbeziehung eröffnet. Das ist sein Angriff. Er ist nicht gegen die menschlichen Weisheiten, sondern für die Weisheit Gottes. Der Gläubige kann den natürlichen Menschen nur fragen, warum er das, was er so sorgsam hütet, verlieren will. Dennoch leidet der Gläubige an dem Darleben der Ungerechtigkeit, an diesem: Gott nicht kennen wollen. Wenn er diese Befestigungen zerschlagen kann, ohne den Menschen dahinter zu verletzen, ist er ein Diener Gottes geworden.

Weil Gott Geist ist, und es alles nur durch ihn und in ihm gibt, weil in ihm die Toten und Lebendigen leben, darum ist Fürbitte möglich.

Der Unglaube bedarf des Zeugnisses, um glauben zu können. Alle theologischen Abhandlungen und Bücher werden den

Suchenden nie zum Glaubenden machen, denn dies nützt ihm
– aufs Letzte gesehen – nichts. Wohingegen die bescheidenste
ungebildete Stimme, die im Glauben Zeugnis gibt, uns das
Glaubenstor öffnen kann. Nur so verstehen wir unmißverständlich, daß Gott *lebendig* ist.

Wenn der Gläubige nicht auf der „Höhe der Zeit" ist, nicht
die Bedrängnis, die aus der Zukunft kommt, versteht, kann er
dem Menschen Gottes Wort nicht befreiend weitersagen.
Jener, der das Gotteswort braucht, wird gerade von den Geistern der Zeit gequält. Das Gotteswort muß darum seine
Frage und seinen Schmerz, die aus der Gegenwart oder aus
der Zukunft auf ihn einstürzen, mit verstanden haben, aber
ebenso abergläubische Besetzungen in irgendwelche Zukunftsprojekte aufdecken. Der das Gotteswort Suchende muß
die Erfahrung machen können, daß das dieses Wort weiterreicht als jene bedrohliche Zukunft oder Gegenwart, daß es
reine Zukunft ist und damit reine Gegenwart. Weil der
Gläubige den Menschen suchen muß, darf er nicht in Unkenntnis sein über das, womit, wodurch und worunter dieser
lebt; er darf sich die Sphäre, die aus Unglauben und Sünde
entsteht, nicht tabuisieren, er muß sie diagnostizieren. Ihm
darf nichts Menschliches fremd sein. In diesem Sinn muß er
die Zeichen der Zeit lesen können.

Nur der Erschütterte kann Kunst machen. An der Erschütterung ist wahre Kunst zu erkennen. Die Erschütterung sucht
sich das Wie ihres Zur-Sprache-Kommens. Und das kann alles
sein. Aber als Erschütterung steht sie im Geist der Vermittlung, ist sie Realitätsangebot. In dieser Gleichzeitigkeit
von Realität und Angebot wird das Erschütternde als Erschütterndes Kunst.

In einer Zeit, die nicht korrespondiert mit Gottes Ewigkeit
und darum eine Fülle Irrtümer und irrsinnige Strebungen hervorbringt, offenbart sich nichtsdestotrotz der Wille Gottes,
denn alle Zeit ist Gottes Zeit. Der Gläubige muß die Zeit
wieder mit Gottes Ewigkeit verbinden und auf das Handeln

Gottes hin befragen. Gott führt ihn aus der Zeit des Unglaubens (der Unglaube hat seine eigene Zeiterfahrung) in *seine* Zeit als Zukunft, Zukunft, die nicht den mythischen Gott der Zeit anbetet (wie alles Modische, betont Zeitgenössische oder „Fortschrittliche"), sondern Gott, der in der Zeit unbegreiflich handelt. Daraus folgt *Zeit-Genossenschaft*. Sollte Jesus in bezug auf die Zeit gemeint haben: „Wo ich bin, da soll mein Diener auch sein"?

Christ ist, wer Jesus liebt, jenen Mann aus Nazareth. Wer erkennt, daß nur er die Spannung zwischen Gott und Mensch *in Wahrheit* und im nicht größer zu denkenden Sinn ausgehalten hat. Des Christen inneres Auge sieht ihn, wie er heilend durch Israel geht. Er konnte nur durch Israel gehen. Ein anderes Volk hätte ihn nicht erkannt und all seine Ansprüche entweder zynisch oder verspielt zurückgewiesen. Israel hatte die religiöse Höhe, darauf der Streit Jesu Christi ausgetragen werden konnte. Der Christ sieht, wie Jesus, mit Vollmacht ausgestattet, das Böse in Gerechtigkeit überwindet, sein Auge liebevoll auf dem Menschen, auf allen Dingen ruht, und wie die Menschen seine Liebe zu erwidern suchen, Petrus, Maria Magdalena, Reiche und Arme, viele aus dem Volk. Sieht, wie er sich nicht verbergen muß vor den Häschern der Gewalt, sondern – trotz ihrer – *Weg* hat.

„Wer nicht mit mir ist, der ist wider mich." Wer nicht für Jesus Christus ist, der ist – mit Ausnahme des Gläubigen aus dem Judentum – gegen ihn, weil es ihm an Vollkommenheit mangelt, an Fülle, an Gottesgemeinschaft. Denn wer nicht für Jesus Christus ist, der hat das Werk Christi, die Botschaft Christi für seine, an seine Seele noch nicht erkannt, und das bedeutet einen Mangel an Selbst- bzw. Gotteserkenntnis, die da heißt, „ich kann Gott von mir aus nicht versöhnen" oder „Gott ist um meinetwillen zu mir herabgestiegen". Ohne diese Erkenntnis habe ich die Frage nicht konsequent gestellt. Darum bin ich gegen Jesus Christus, weil ich sein Werk für nichts achte und folglich die Welt, die mich umgibt und darin Christus ein Feuer angezündet hat, nicht richtig auslege.

Solange ich nicht Christ bin, bin ich entweder Heide oder gehöre einer anderen Religion an oder bin auf dem Weg zum Christsein. Oder daß ich die Entscheidung bewußt offenlassen möchte, eben weil ich mir auch zugebe, die Lehre Christi nicht wirklich zu kennen und infolgedessen nicht gegen sie sein kann und also solcherart für sie bin, denn: „Wer nicht wider uns ist, der ist für uns." Oder aber, daß ich Christ bin und folglich heidnische Welt- und Lebenskonzepte nicht mehr für wahr ansehen kann und für die christliche Korrektur zu wirken suche, aber immer in dem Wissen, daß das Heidentum Heidentum sein muß, um vor sich selbst wahr zu sein und sich die Frage Jesu an seine Jünger stellen zu können: „Was saget ihr aber, daß ich sei?"

Wir können unsere Seele nicht so verstecken – wiewohl wir es vielleicht gerne möchten –, daß wir für Gott nicht mehr sichtbar sind. In diese beständige Sichtbarkeit für Gott geht die Kunst hinein und öffnet uns, indem sie uns in unserer Wahrheit vor Gott darstellt, zeigt, was wir uns zu verbergen trachten.

Den Kampf Israels um das Gesetz – so zu einem erlösungsfähigen und gottesebenbildlichen Volk zu werden, müssen auch Kirche und Christ kämpfen, denn die sie umgebende Welt möchte das Gesetz loswerden und den Glauben zum Beliebigen, zum „Alles ist möglich" verkehren und ihn also kraftlos machen. Den Kampf um das Gesetz kämpft Israel mit Blick auf den kommenden Erlöser und im Gewürdigtsein des göttlichen Gesetzes. Die Kirche kämpft ihn in der *Gnade* des gekommenen Erlösers, aber auch in der Beschränkung, die die heidnische Bedingung bedeutet: „von dem Ölbaum, der von Natur aus wild war, abgehauen und wider die Natur in den guten Ölbaum eingepfropft zu sein."

Der ikonostatische Künstler steht in der Erfahrung der Gegenwart des Ewigen. Und das bedeutet eine gewisse Ein-Faltigkeit, vielleicht sogar Eindimensionalität, denn die starken Gefühle und Erfahrungen des Glaubens, welche höchste Erkenntnis sind, suchen die schlichteste und deutlichste und umfassendste Sprache. Und insofern die Gegenwart des Ewigen „den Wagen seiner Lieder lenkt", kann er nicht im l' art pour l' art aufgehen. Alle Kunst wird ihm Ikonostase sein müssen. Die Frage ist, wie die Ikonostase arbeitet: als Entzug, als tragische Adam-Werdung, als Inkognito Gottes oder als gebethafte Übergabe in den Erlösungsvollzug, als kyriehafte Eingliederung in Gottes Werk der Herrlichkeit als das gepriesene Ankommen des Neuen Jerusalems.

Seit dem Sündenfall gibt es Geschichte und diese hat einzig den Zweck, uns aus unserem adamitischen Versteck zu reißen, uns zur Gotteserkenntnis zu bringen. Diese Enteignung wird den Feind Gottes in die Mobilmachung wider Gott treiben, dem Freund Gottes aber Augen und Ohren öffnen. Gott benutzt die Geschichte, um seine vollkommene Selbstoffenbarung vorzubereiten. Und wir entscheiden, ob sie für uns Heils- oder Unheilsgeschichte ist. Wozu bedarf es aber einer Geschichte, Gott könnte sich ja auch gleich offenbaren? Weil seit dem Sündenfall die Wahrheit WEG geworden ist. Gott hat unsere neue Raum-Zeit-Bedingung, die da heißt, unter der Angst oder im Glauben zu existieren, uns Gott nahen zu müssen, anerkannt und hat uns im Gegenzug zur Vertreibung gewürdigt, Anteil zu gewinnen an seinem „Ich werde sein."

Jesus Christus ist das gottgegebene Reagenz. Er löst im Zusammenprall mit uns eine bestimmte Reaktion bei uns aus. An ihm identifizieren wir uns.

Vielleicht verletzt sich niemand stärker an der wortbrüchigen Welt als der Dichter. Für ihn buchstabiert sich die Welt durch das Wort wieder zusammen, sein dichterisches Wort ist ihm der Handschlag, den der Mensch zu geben fähig ist. Wiewohl er weiß, daß das gemeinmenschliche Wort noch nicht das dichterische ist, so ist es doch schon Ausgangspunkt für das Dichterische, darum leidet er, wenn ein Mensch sein Wort nicht hält, auch das kleine, das nebenher, aber als Versprechen gesagte. Doch er muß lernen: wir benutzen unser Wort zumeist als

Feigenblatt, unser sprechendes Wort ist nicht sprachlich. Und doch wird unsere Gerechtigkeit an unserem Wort, das wir geredet haben, gemessen werden, und zwar, inwieweit unser Wort – als Rede, Schweigen oder Verschweigen – mit der Wahrheit in Beziehung stand und um Gemäßheit bemüht war.

Gott schenkt uns nicht, die Geschichte zu beherrschen, sondern sie in Gerechtigkeit zu erdulden. Seit Adams Fall hat Gott, was die Welt betrifft, sich zum Opfer des Menschen gemacht; er vollendet dieses Tun im Opfer Christi. Wer nun Gott liebt, der herrscht mit Gott, aber nach der Art der Herrschaft Gottes, und das ist Verzicht, Beraubtsein, Demut, bewaffnet einzig mit dem Evangelium des Opfers Christi. Das Evangelium kann und darf nicht zur Herrschaft hinauf, weil die Herrschaft herabkommen muß. Die Herrschaft gehört anderer Ordnung an. Soll die Welt aber ohne Herrschaft auskommen? Nein, die Herrschaft ist notwendig um der Sünde willen. Sie ist die von Gott gegebene natürliche Gegenkraft der Sünde. Anders, wenn Herrschaft Geschichte *beherrschen* will, ihre dienende Funktion vergißt. Das Evangelium jedoch, das durch die Vergebung der Sünden die Sünde überwunden hat, wendet sich an den Gnaden-Kern im Menschen, wirkt hier Befreiung. Es darf darum nicht auf Sünde mit Herrschaft reagieren und noch viel weniger versuchen, die Geschichte zu bestimmen. Das hieße, sein Geschäft verwechseln. Herrschaft jedoch ohne Bruch zum Evangelium – und das wäre: die Herrschaft dient nicht dem Menschen, sondern der Mensch der Herrschaft –, ist eine böse Ordnung.

Man muß den liebenden Menschen erlebt haben, um zu wissen, daß es ein Unschuldiges und unendlich Verletzbares in uns gibt, etwas, wofür das Erbarmen Gottes erfunden werden müßte, wenn Gott uns darin nicht immer schon anschaute.

Mit denen, die des Streites bedürfen, um Jesus Christus verstehen zu lernen, muß der Gläubige streiten. Doch er wird – wenn er es tut – in der Liebe sein, denn er streitet für den anderen und nicht gegen ihn, und zwar dadurch, daß er nichts hat, wo er hin will, sondern nur versucht, etwas freizusetzen. Er hat ein klares Gefühl für die endliche, uns versklavende Satzung, womit unser Geist zumeist operiert. Und darum läßt er sich nicht aus dem Geist der Versöhnung und der Sanftmut reißen, entbehrt aber nicht des Zorns der Gerechtigkeit, ohne den echte Sanftmut nicht möglich ist. Doch das ist schon die gereifte Liebe, die das vermag.

„...dichterisch, wohnet der Mensch auf dieser Erde." All unser Tun ist dieses Dichten, auch wenn wir es als etwas anderes ausgeben oder es wie etwas anderes aussieht. Wir dichten an der Dichtung, die unser Leben ausmacht. Darum hängt alles davon ab, daß unsere Dichtung in der Wahrheit geschieht und zur Wahrheit führt. Die Wahrheit muß Dichtung sein, und die Dichtung Wahrheit. Und der Dichter und Künstler sind jene, die dieses Spannungsverhältnis ausdrücklich suchen und zeigen wollen. Und wer ist der Heilige? Jener, dem die Einheit von Dichtung und Wahrheit *in Gott* Erfahrung geworden ist.

Das Kunstwerk hat einen verletzlichen, zärtlichen Körper und nicht jenen undurchdringlichen, stählernen oder gummihaften des schönen Bösen. Es spricht unser zerbrechliches Wort.

Es gibt nichts, was wir am Gebet im Heiligen Geist unser eigen nennen können. Alles haben wir der Kirche entborgt, und die Kirche hat es Jesus Christus entborgt. Und Jesus Christus konnte nur aus dem Volk Israel hervorgehen und nur dank des Volkes Israel wirken, da nur dort der Gott Abrahams geglaubt wurde, jene Glaubenshöhe bestand, in der die Wahrheit Christi eröffnet werden konnte. Die Heiden hätten gar nicht verstanden, was Jesus von ihnen gewollt hätte, und Jesus hätte auch nichts von ihnen fordern können, da sie nicht in der Würde eines Vertragsverhältnisses, des Bundes mit Gott standen. Das Vaterunser ist das Gebet, darin Jesus Christus und Israel am tiefsten zusammenklingen, das Gebet der Gebete. Wir verdanken es Israel, Jesus von Nazareth und der Kirche.

Wer liebt bis zu dem Punkt, wo man nur noch durch die Anrufung Gottes in der Liebe bleiben kann, in der Gebrechlichkeit der Liebe schließlich sich selbst statt Gott verklagt, dem öffnet Gott die Tür zu sich selbst, zeigt ihm die Wahrheit Jesus Christi; und es wird wahr, was wir im Innersten für göttlich notwendig und unmöglich gehalten haben, wir weder zu denken wagten noch denken konnten: Gott ist wahrhaft Gott geworden.

„Den Geist mit etwas außerhalb von ihm beschäftigen", das höchste, was man so finden kann, ist die Erkenntnis, nicht die Liebe. Ein Mensch oder eine Kultur, der oder die vor sich selbst auf der Flucht ist, beschäftigt den Geist solchermaßen mit etwas außerhalb von ihm selbst und ist für das Leben vor Gott unfruchtbar.

Nur Jesus Christus kann von sich selbst vollkommen Zeugnis geben, so sehr, daß sein Leben dieses Zeugnis und sein Wort dieses Leben ist. Keine menschliche Erfindung, keine menschliche Kunst vermag dies. Man schaue sich alle religiösen und künstlerischen Zeugnisse im Vergleich an: alsbald kommt die menschlich-allzumenschliche Tendenz zum Vorschein. Nicht so bei Jesus. Hier ist reine Enteignung, Verwindung, Gestalt, neue Welt, ist das „Geboren", darin Gott Gott wird.

Gott berührt die Seele wirklich. Alle anderen Dinge, auch die höchsten, können die Seele nur indirekt berühren. Insofern bleiben wir aller Welt immer nur *gegenüber*. Aber dieses Gegenüber ist Chance, Trost und Grenze unseres Hierseins, ist Freude daran, mit der Welt umzugehn. Doch sich darüber in einem letzten Sinn zu freuen, ohne weder Gott noch die Dinge zu beleidigen, kann nur der, der sein endliches Sein als von Gott gegeben angenommen hat, dessen Seele, von Gott berührt, die Sehnsucht und die Fülle weiß.

Wer ist die „Sau", vor die man keine Perle werfen soll? Es ist der im Innersten Selbstgerechte, jener, dem die natürliche Ehrfurcht verlorengegangen ist und jeglicher Schmerz über diesen Verlust. Seine Unwürdigkeit macht ihn unwürdig für jegliches Wort, denn jegliches Wort ist der Wohnung Gottes entliehen.

Ein Gedicht ist seitens des Gebetes Zweifeln ausgesetzt, denn das Gedicht bleibt ein Schwebendes, da es Werk ist. Es ist Spiel, auch wenn es Ernst ist –, es steht in den Determinanten des Ästhetischen. Wenn Kunst und Heiliges aber zusammentreffen, kann die Sphäre des Nur-Ästhetischen verlassen werden für ein Erspüren der Sphäre der Herrlichkeit. So ist das Gedicht, das sich nur dem Ästhetischen verpflichtet weiß, aus der Sicht der Horizontalen: Wiederbringung der Welt, und jenes, das sich mit der Sphäre der Herrlichkeit bricht: seltsam anmutender Teppich des Religiösen. Oder aus der Sicht der Vertikalen: ersteres Gedicht ist Wiederbringung der Welt, aber als Nur-Ästhetisches das Unvordenkliche ausklammernd: das Trauergold des Aaron; aber jenes, das sich mit der Sphäre der Herrlichkeit bricht: das Grün des Liedes des Mose.

Gott hat Gemeinschaft mit jedem, aber nicht jeder hat Gemeinschaft mit ihm, wiewohl jeder Gemeinschaft mit Gott hat, denn wie sollte er sonst leben. Gott trifft die Wahl. Wen er aufnehmen will, verletzt er mit Sehnsucht, die nicht eher Ruhe findet, bis sie Gott gefunden hat. Ein solcher Mensch trägt das Geheimnis der Erwählung, das in keiner Weise außerhalb dieser Liebe fruchtbar gemacht werden kann.

Der Gesunde fürchtet die Krankheit als abstraktes Schicksal. Aber die Krankheit ist nicht abstrakt, wie nichts im Leben abstrakt ist. Dem Kranken wird zugleich etwas sehr Persönliches und eine außergewöhnliche Enteignung zuteil. Viel oder alles hängt davon ab, ob er die Krankheit als Gottesnähe annehmen kann; in seinem Leiden hat er die Möglichkeit, Jesus Christus zu umarmen, zur Leidensherrlichkeit heranzureifen.

Die Frage: Was ist Natur? können wir nicht beantworten, können nur ihre unendliche Wandelbarkeit feststellen. Aber wir können wissen, in Erfahrung bringen, wer Gott ist. Gott hat in die Geschichte hineingesprochen und -gehandelt. Ist unser Gottesverhältnis unwahr, wird auch unser Naturverhältnis unwahr und in der Natur Verwüstungen anrichten. Im rechten Gottesverhältnis wird uns die Natur Schöpfung, und das ist ehrfürchtig entgegengenommenes Werk Gottes und uns zugewiesener Lebensraum. Die Schöpfung aber kann nur bewahren, wer in der Seele bewahrt ist und infolgedessen die Schöpfung wie auch seinen eigenen Leib nicht mehr zum Götzendienst mißbraucht, mag sich dieser als Wissenschaft tarnen, Gnostizismus oder Hedonismus sein.

Das Christentum muß in der Welt offenbar sein, aber immer in dem Wissen, daß die Welt nicht christlich werden, der einzelne Mensch es aber um seiner Würde und Freiheit willen werden soll und es im Innersten auch werden will.

Die Heiligen unter den Heiden: die von der Sehnsucht nach der Wahrheit Verzehrten ... die Begierdegetauften.

Das Christliche beläßt uns nirgends eine Tür zur Menschenverachtung und tut auch nicht eine solche auf, sondern lehrt die Liebe zu allen Menschen. Es lehrt, Gott, also jenen, von dem meine ganze Existenz abhängt, fürchten und die Sünde, das, was die Beziehung zu Gott trübt oder in Zorn verwandelt, hassen. Trotzdem gibt es einen Bodensatz, wo das Allzumenschliche sich über das Christliche stülpt. Diesen Bodensatz kann das stumme Dasein des Juden aufrühren. Jener, der sich der christlichen Auslegung der Hebräischen Bibel verweigert und hartnäckig am *einen* Gott Israels und an der noch ausstehenden Erlösung festhalt. Er verweigert sich der Symbolisierung, des Welt-Überflugs als Welt-Transzendierung. Der Jude widersteht – und das ist Segen und Bewahrung für die Kirche – allen gnosisierenden Programmen. Er hält die Stellung – wie nur er es kann – des vermittlungslosen nackten Daseins vor Gott. Diese unvergleichliche Erlösungserfahrung kann im Christen, der sich beständig um das Wiedergeborenwerden aus seinem heidnischen Fleisch bemühen muß, Ärgernis, Neid, ja Haß hervorrufen, solange er nicht im jüdischen Volk die beständige Voraussetzung seines Glaubens erkennt, begreift, was aus dem Christentum, das sich nur noch zum Heidentum verhielte, werden würde: Heidentum, das die Offenbarung in heilloser Vermischung verliert. Das Christentum muß erkennen, es ist bei aller Höhe seiner Wahrheitsschau bedingt in der Wahrheit des Gottes Abrahams, des Gottes Isaaks und des Gottes Jakobs. Und nur so ist es überhaupt Wahrheit. Von anderer allzumenschlicher Position aus ließe sich der Heide als Gegner ausmachen, dem Verachtung gebührte. Aber wie kann der Christ jemanden verachten, der er selber zu einem Gutteil ist und vormals zur Gänze gewesen ist? Er kann das Heidentum nur als Humus und auf dem Weg befindlich betrachten, eingedenk des Gotteswortes: „Die Ersten werden die Letzten sein, und die Letzten werden die Ersten sein."

Kunst ist ein Außenverhältnis des Innenverhältnisses. Glaube ist, die Wahrheit und Wirklichkeit Gottes angenommen, Gott Existenzrecht verliehen zu haben. Ikonostatische Kunst spiegelt dieses Außenverhältnis eines Innenverhältnisses, das von der Wahrheit Gottes ergriffen ist.

Die Ungerechtigkeit im Menschen gehört schon ins Drama Gottes. Sie ist nur um der Gerechtigkeit willen, ist das Drama, daran das Erlösungsdrama anschließen kann. Sie ist nur möglich, weil Gott mit uns Geduld hat, er uns in Freiheit an sich ziehen will.

Auf der Folie des Christlichen Apollon zu erfüllen oder auf der Folie des Apollon nach dem Christlichen Ausschau halten, die eucharistische Wandlung durchlitten haben und durchleiden. Aber wer die eucharistische Wandlung durchlitten hat, steht nicht mehr auf der Folie des Apollon und versucht nicht mehr, von der Folie des Christlichen aus Apollon zu erfüllen, sondern ihm ist das Schöne brüchig geworden. Er steht mit dem einen Fuß im Schönen und mit dem andern in der Herrlichkeit. Aus dieser Position heraus kann er das Schöne befragen, es zur Herrlichkeit hin öffnen. Die Kunst, die vom Christlichen temperiert ist, wird an dieser Wegscheide stehen.

Der Heilige Geist ist Tröster. Aber worin tröstet er, worin bedürfen wir des Trostes? Darin, daß der Fall Adams eine Realität, die stärkste Realität ist, wenn der Geist nicht tröstet. Gott tröstet dadurch, daß er diese Realität in *sein* „Denken" aufgenommen hat und zu Ende denkt, aus Wahn und Angst verstehbare Wirklichkeit macht.

Wir können die Welt nicht wieder zusammensetzen. Sie ist seit Adams Fall zerbrochen. Versuchen wir, sie gewaltsam zusammenzusetzen, wird sie noch kranker, und wir werden ebenfalls krank. Jesus Christus ist der Verband, die Salbe, das Verbindungsglied, die Kraft, die aber vor aller Neuverbindung alles in sein Eigenes setzt. Unsere Kunst ist nur schwaches Abbild dieser *Trennung* und dieser *Versöhnung*, stammt aber, wenn sie wahr ist, aus diesem Quell.

Die Kommunion, die wir mit Gott am Altar feiern, schenkt uns Gemeinschaft mit allem, was in der Welt ist, und wieviel mehr schenkt sie Gemeinschaft im ehelichen Verhältnis zwischen Mann und Frau. Diese Vereinigung wirkt in alles hinein, aber nicht kraft unseres Tuns, sondern unseres Geschehenlassens. Das Sakrament ist so etwas wie das Gebet in der Form des Leibes. Eine Art Batterie, daraus sich das geistige, das ewige Leben speist – jenes Leben, das nicht in seiner Hingabe gebremst, verschlossen wird durch falsche Adressierung. Darum heißt die Ausrüstung des Christen für das geistliche, das *ewige* Leben, für das Leben der Seele in dieser Welt, Gebet und Sakrament. Und seine Ausrüstung im Umgang mit dieser Welt heißt: „Wachet und betet allezeit" und: „Seid klug wie die Schlangen und ohne Falsch wie die Tauben." Das Vertrauen des Christen ist pointiert, ist Anfrage an die eigene Klarheit.

Die Sünde, die uns bewußt wird, müssen wir einbekennen, um davon frei zu werden. Anders wird sie in uns virulent als Zwangsgestalt der Frechheit und des Hochmuts ...

Wiewohl Gott jeden Menschen mit seiner Gemeinschaft beschenken will – und das bedeutet, nicht unter der Rute des eigenen ungerechten Gerichts zu bleiben noch unter dem der Menschen –, so wäre der Mensch, der sich gemeinhin mit dem, was die Natur oder das „Gegebene" ihm gibt, einverstanden erklärt, einverstanden erklären muß, vollkommen irritiert und könnte nichts damit anfangen, wollte Gott ihm dieses Geschenk machen. Darum muß zur Gabe der Gemeinschaft Gottes entsprechende Sehnsucht und entsprechendes Verstehen kommen: der Heilige Geist. Wir müssen die Unmöglichkeit, unsere Seele zu retten, erfahren haben. Darum zeigt Gott jenem, den er rufen will, die Leere, die in allem liegt, wenn Gott nicht unsere Mitte geworden ist. Die Seele aber, die in die Gemeinschaft Gottes gelangt, hat den tiefsten Eindruck von Gott empfangen. Kein irdischer Eindruck reicht da heran. Darum ist sie frei geworden. Sie muß sich nicht irdischer Eindrücke enthalten, sie kennt Höheres, wiewohl sie sich Dingen enthalten kann, die für ihr Leben unfruchtbar sind, und dergleichen gibt es viele. Diese Seele ist frei und kann jederzeit Abschied nehmen, sie hat aufgehört zu klammern, und unsinnig erscheint ihr alles, was klammert. Aber sie ist nicht ohne Bindung. Ihre Bindung ist jedoch von einem freiheitsentbietenden Verhältnis getragen. Hieraus liebt sie, trägt sie die Leiden der Liebe.

Der religiöse Mensch, der im Gebet die Gnade und das Licht Gottes empfängt, dessen Leben und dessen Kunst werden ein anderes. Doch dieses Zeugnis ist keines, das sich aufdrängt. Nur den Sehenden ist es sichtbar.

Die Einladung, das Mehr des Christlichen besteht darin, daß ich, wenn ich Jesus Christus als Gottes Wort an mich annehme, den blinden Fleck, den Mörderfleck, in mir annehme und mir fortan nichts mehr über mich vorlügen muß. Mit diesem Bekenntnis zu Gottes Werk stoße ich durch zu meinem wahren Selbst, werde ich von Gott gerechtfertigt, und Jesus heilt meine Wunde. Jetzt bin ich in Wahrheit frei. Jetzt muß ich Welt und Menschen nicht mehr dazu mißbrauchen, mein Kainsmal zu verbergen.

In der Sprache arm im Geist sein: die Poesie, die Kunst.

Will Gott Werke von uns? Wie kann er Werke wollen, wenn er uns krank werden läßt und so uns von jedem positiv-sichtbaren Werk trennt? Aber das ist irdisch gedacht. Gott will unser Herz. Er läßt uns also krank werden und verunmöglicht so alle Werke, die uns groß scheinen vor ihm, selbst die Werke, die auf ihn gerichtet sind. Gott will das Herz des Menschen, will hier *sein* Werk wirken. Nie wird das Werk, das diesem Herzen entsteigt, größer sein als dieses gottförmige Herz. Nur dieses Herz kann Quelle und bleibender Gehalt gottförmiger Taten sein. Darum: „Was sucht ihr den Lebendigen bei den Toten?" ruft Gott allen an Werke Verlorenen zu. „Warum beleidigt ihr mein Vertrauen mit euren Werken? Seht, ich bin, bevor die Welt war und werde auch nachher sein. Nur mit dem Herzen könnt ihr meine Ewigkeit verstehen." Aber das gottförmige Herz ist nicht möglich ohne die Sehnsucht nach der ihm gemäßen Tat, es drängt zum aufrichtigen Werk, dessen vornehmstes und allem Anfang vorausseiendes das Gebet ist.

Jesus Christus ist die höchste Intimität bei gleichzeitig tiefster Öffentlichkeit.

Es ist so, wie Kierkegaard sagt, vor der Gnade des Christlichen ist das Genie Sünde, insofern es unmittelbar seinem Talent lebt und nicht vor sich selbst, vor Gott groß wird und folglich nicht die Schuld, sondern nur das Schicksal entdeckt, Sünde, weil es ihm an Vollkommenheit mangelt.

Über das Gewissen trägt Gott das Sosein des Anderen an uns heran. Im Spruch des Gewissens ist dunkel der Andere gegenwärtig, ohne daß er es weiß, ohne daß wir es wissen. Doch der rechtgeformte Geist sucht nicht den Spruch des Gewissens, sondern ist aufmerksam darauf.

Die Welt als das Unerleuchtete wendet sich von der linken auf die rechte Seite, von oben nach unten, und umgekehrt. Sie tauscht Pest gegen Cholera und Cholera gegen Pest. So kommt sie nie zur Erkenntnis Christi, zu jener Erkenntnis, darin das Spiel der Gegensätze in seiner Höhe eingeborgen ist, ohne das Geringste an Spannung zu verlieren, und in all dem nicht abstrakt, sondern liebende Person ist, nicht mehr Spiel, sondern äußerste Wirklichkeit. Aber Jesus Christus ist nicht gekommen, den Frieden zu bringen. Er will das Unerleuchtete im geistigen Krieg sich erschöpfen lassen, bis es eingesteht: „Ich weiß, daß ich nichts weiß", und tiefer noch: „Nicht Gott, sondern ich bin schuldig."

Mensch zu werden: eine Beziehung zu seinem Nichts zu haben. So in der Demut und geschuldeten Liebe zu allem zu sein.

Viertes Buch

I

Das frühe Christentum hatte es mit dem mythischen Gott und dem „Sein" zu tun und mußte darauf antworten. Das gegenwärtige Christentum hat es mit dem mythischen Gott und dem Nichts zu tun und muß darauf antworten. Am Altar Gottes aber treffen sich der mythische Gott, das „Sein" und das Nichts und werden mit sich selbst erfüllt, überboten und auf das Fragen der Frage Gottes hin, die in ihnen fragt, geöffnet.

Jedes Kunstwerk ist Dramaturgie. Aber Dramaturgie ist vollendet nur möglich, wenn die antinomischen Kräfte in ihrem tiefsten Wesen wirklich werden können. Die heidnische Dramaturgie wird im innerweltlichen Wiederkehr-Denken oder in der Tragödie – was dem heidnischen Schicksalsglauben gemäß ist – verbleiben, oder sie wird in der Komödie über sich selbst lachen, jedoch dem Seienden in seiner inhärierenden Erlösungssehnsucht nicht gerecht werden. Um das zu können, bedarf es, daß sie auf die Spur der noch ausstehenden, aber zugesagten Erlösung in unvordenklicher Zukunft geschickt ist – wie sie das Judentum betont – oder auf jene des Erlösungsdramas, wie es uns Gott in Jesus Christus geschenkt hat, bedarf es, daß sie das erste oder das zweite Kommen des Messias ersehnt. Doch ohne für die Hoffnung in der Offenbarung einen Grund zu finden, wie soll ich an den Sieg der Gerechtigkeit, an Gottes Gnadenliebe glauben, die mich erst das tiefste Wesen alles Wirklichen erblicken läßt?

Der Schoß der Frau muß von außen durchbrochen werden: vom Mann. Hierdurch wird die Frau auf die Fährte ihrer Zärtlichkeit geschickt, wird sie in der Seele zart. Der Schoß der Frau muß dann von innen durchbrochen werden: vom Kind. Jetzt wird die Frau Eignerin ihrer Zärtlichkeit, sie wird mütterlich. Sie wird erbarmend mit allem, was lebt. Wie nun Maria? Hier ist es Gott, der als Gemahl den Schoß der Seele durchbricht und so Maria auf die Spur der göttlichen Zärtlichkeit schickt; und es ist der Gottessohn, der den Schoß Mariens von innen durchbricht und sie so zur größtmöglichen Eignerin der göttlichen Zärtlichkeit, die auch ihre Zärtlichkeit ist, macht, zur Mutter der Menschen. Wie nun die Frau, die auf Ehe und Mutterschaft verzichtet? Auf Gott gerichtet, gewinnt sie Anteil an der Mutterschaft Mariens, und eine übernatürliche Zärtlichkeit und Mutterschaft wird sie durchströmen. Führen aber Angst oder heimlicher Stolz diesen Verzicht herbei, werden sich die harten Züge einer Seele, die sich nicht über einer Wunde in Liebe schließen muß, als Strenge und Nichtgebenkönnen durchsetzen.

Die Kirche hat über das Maß hinaus die Heiden mit kirchlichen Weihen versehen und aus der Erinnerung an ihr Tausendjähriges Reich, das ihr prophezeit wurde und in Erfüllung ging, gelebt und ist durch dieses Verharren im Status Quo zur nicht mehr ereignisoffenen, ist zur nur noch triumphierenden Kirche geworden. So kam ihr Licht nicht mehr auf den Leuchter. Die Heiden mußten Gott neu suchen und die Kirche abstreifen, denn auf die letztlich durchs Christentum selbst hervorgebrachten Fragen hatte sie als triumphierende Kirche keine Antwort. Die Kirche hat die Heiden erzogen und ihnen wichtige Freiheitsmittel, wie die Entdivinisierung der Natur, die Freiheit und Gleichheit des Einzelnen vor Gott oder die Entdivinisierung des Herrschers an die Hand gegeben, Mittel, welche die Heiden schließlich gegen eine nur noch erzieherische Kirche wendeten. Die Kirche Gottes aber ist, wenn sie ihrem Herrn treu ist, Kirche der Freiheit und Bezeugung der unverdienten Selbstmitteilung Gottes. Darum muß sie allen Menschen in dieser Freiheit, dieser geistigen Souveränität und Verdemütigung der Liebe begegnen.

Jener, der zum Geist im Verhältnis des Wissens steht, hat immer seinen Spott und selbstgenügsamen Spaß. Wie anders jener, der zum Geist ein Verhältnis der Liebe sucht: ihm bleibt nur, Gott zu erleiden.

Die Mauer des Rechts, Mauer, an der wir uns aufrichten können, die uns aufrichtet, muß jeweils neu im Recht – und das bedeutet, es geht um die Tugend der Sachlichkeit und um die Anerkennung des Anderen – erstritten werden. Nur so können wir miteinander sein, wahr miteinander sein. Das Recht fordert diesen Streit um des Rechts willen. Wenn das Recht nicht um des Rechtes willen gebrochen werden muß, ist das Recht der Friede. Es steht nicht in sich selbst, sondern in Gott; aber als von Gott kommend steht es in sich selbst. Wenn Gott sich erbarmt, richtet er Recht auf, er richtet es auf im Geist der Gnade.

Zum Sakrament können wir überhaupt keine Beziehung einnehmen. Eine Beziehung einnehmen, hieße Innerlichkeit. Aber das ist das Sakrament gerade nicht, sondern deren Überwindung. Aber es ist auch kein Außen noch eine Mischung von Innen und Außen. Es ist so unerklärlich wie Gott selbst. Unser Verhältnis zu ihm kann nur sein, keines zu haben, kann nur sein, es stumm – wie die Jünger es taten – und unwissend auf das Wort Gottes hin an uns geschehen zu lassen. Das Sakrament können wir nicht im Glauben umfassen; es gehört ins innerste Geschehen der göttlichen Wirklichkeit selbst.

Das Härteste: die Sprache. Die Poesie macht sie weich. Macht aus ihr fließendes Metall. Gesang.

Das Gebet verrichtet der Geist in uns im Knien, das Wort Gottes hört er im Sitzen oder im Gehen, das Bekenntnis verrichtet er im Stehen, und das Gebet des Sakraments, das nach Empfang in ihm wohnt, verrichtet er gewissermaßen im Liegen, im Schlaf.

Ding, Bild, Stimme – Wort, Schrift, Zeichen, eine Trennung, die unser Bewußtsein macht, machen muß, die unsere Vertreibung bedeutet. Dies Getrennte ist in Jesus Christus – auf wunderbare Art ein jedes in sein Recht setzend – wieder zusammengefügt, in allem, was von ihm Zeugnis gibt: in der Heiligen Schrift, dem Heiligen Geist, der Heiligen Kirche. In jeder Eucharistie sind Ding, Bild, Stimme und Wort, Zeichen und Schrift gegenwärtig. Wort und Welt wieder eins in einem ursprünglichen und gleichzeitig neuen Sinn.

Durch Jesus Christus wird die Dreieinigkeit möglich. Die Fleischwerdung des Wortes in Jesus Christus ist die Bedingung allen trinitarischen Verstehens. Durch sie offenbart Gott ein weiteres Verhältnis zu seinem Geschöpf. Er sagt: „Sieh meine geheimnisvolle Nähe zu dir in meinem Sohn. So unendlich nah, so unendlich besorgt und fürsorgend will ich für dich sein, so geistlich leibhaftig soll dir meine Güte werden." Und da dies nur im Geist geschehen kann, heißt der Geist, durch den solches geschieht, der Heilige Geist. Ist Jesus also ein Attribut Gottes? Dann wäre es Götzendienst, in Jesus den erhöhten Herrn zu sehen. Jesus ist vielmehr die Mensch und Geschichte gewordene Einwohnung des lebendigen Gottes, ohne daß Gott auch nur das geringste seiner radikalen Transzendenz aufgegeben hätte. Die Trinität beschreibt die Weise, wie Gott bei den Menschen ist, die Lebendigkeit seiner inneren Einheit. Doch der trinitarische Gott ist auch der Gott der Thora. Erst als Gott der Thora verbürgt er seine ewige Majestät. Ohne Gott im Licht der Thora zu kennen, verlieren wir ihn früher oder später in Anthropozentrismus, im idyllischen oder bestialischen Heidentum, denn woher sollen wir wissen, was die Inkarnation ist, wenn wir nicht wissen, was das WORT ist. Es gibt zwei Völker Gottes, Synagoge und Kirche, und es gibt zwei Offenbarungen, Thora und Jesus Christus. Gott, der *Eine*, inmitten aller Vielheit die Vielheit bewahrend, sich herabneigend zum Menschen, ihm sein Gesetz als Gnade gebend, und Gott in Jesus Christus, der den Heiden eine Tür öffnet zum Volk Israel und die Synchronie von Mensch- und Gottesbezogenheit als wahre Religiosität signiert. Gott mußte um unserer geschichtlichen Bedingtheit willen diese beiden Weisen seiner Existenz offenbaren. Christ und Jude bezeugen einander und der Welt Gottes Wirklichkeit. Zusammen halten sie die Glaubensdifferenz, die Dialogizität des Glaubens offen.

In der Poesie und im Glauben ist das Mysterium des Faktischen aus sich selbst gegenwärtig.

Der Intellektuelle ist jemand, der nicht bis an seine äußerste Möglichkeit geht: an die Selbstverdummung und an die Verzweiflung, von wo aus er den Sprung des Glaubens machen könnte. Er bleibt im Seelenzustand der *Teilhabe befangen*, was hier das Wissen ist, und darum geneigt, das Denken zu verherrlichen. Er durchschaut nicht das System, darin seine Intellektualität gefangen ist, eben weil sie Intellektualität ist. Er dringt nicht vor zur Weisheit des Herzens. Nichtsdestotrotz hat er eine Aufgabe, aber nicht nach oben, sondern nach unten hin. Seine Aufgabe ist, das sich immer wieder verkrustende Dasein durch Frage porös zu machen, das Gewohnheit gewordene Denken zu befragen und somit Öffnungen, Zugänge zu ermöglichen. Des Intellektuellen Begrenzung ist, durch seine Fragen die Qualität der Antwort vorwegzunehmen und so die gewonnene Offenheit mit dem Denken zu begrenzen. Er öffnet nicht die Frage, wo nur noch Gott antworten könnte, sondern nur eine Ableitung davon, zu dessen Beantwortung eine Technik des Denkens hinreichend ist. Dieses Hinreichende bildet dann die *Teilhabe*, ein Wissen. Anders jener, der die Gnade des Glaubens kennt. Er kann die Menschlichkeit, die er von Gott und angesichts Gottes erfährt, vor allen Ontologien der Natur, die das Denken aufrichtet, verteidigen, denn er hat verstanden: Gott ist eine Fülle in sich selbst.

Das entscheidende Ereignis für das Christentum ist die Fleischwerdung des Wortes, die Inkarnation. Daraus leitet es sein Selbstverständnis ab. Die Inkarnation steht im Vorstellungshaushalt der Einwohnung Gottes, der Schechina. Für das Christentum kann daraus die Gefahr resultieren, die Einwohnung Gottes selbst zu Gott zu machen und damit Gott – trotz seiner Größe, die er in der Inkarnation hat, – zu verkleinern. Von der Einwohnung Gottes ist der Weg, sobald Gott mit seiner Einwohnung identisch gesetzt wird, kurz zur Natur, zu allem Präsentischen, wiewohl er in Wahrheit unendlich weit ist. Aus solchem Identifizieren gebiert sich im Christentum der Antijudaismus. Das Judentum, existierend in der Sinai-Offenbarung, darin Gott in seinem gebietenden So-Sein unverortet gegenwärtig ist, erinnert das Christentum daran, möglicherweise eine begrenzte, fixierende Gottesvorstellung zu haben. Das ist die Prüfung seiner Katholizität, dessen, ob es Gottes So-Sein mit seinem Mit-Uns-Sein zu verstehen bereit ist und so Gottes Schechina zu öffen auf ihn selbst hin, den Ewigen.

Desto stärker das Werk im Menschen, um so stärker muß der Mensch im Künstler sein, denn der Mensch muß den egomanischen und zum Absoluten strebenden Kräften des Werkes steuern. Hier scheiden sich die Interessen von Mensch und Künstler. Der Mensch aber muß der stärkere sein. Unterliegt der Mensch, unterliegt zuletzt auch der Künstler.

Durch die Kirche erfährt der Gläubige den Raum, das Ewige mit den Mitteln des Ewigen zu betrachten. Er kann sich lösen von jenem geistigen Von-Augenblick-Zu-Augenblick-Springen, kann dem Andrängen des Nur-Gegenwärtigen und dem Zwang, diesem zu entsprechen, Widerstand leisten.

Die Krankheit des Geistes: mit unserem Geist da zu sein, wo Gott sein müßte. Anstatt in der Anbetung im totalen Wissen zu sein. Aber wie kommt es zu totalem Wissen? Durch gänzlich Sorge gewordene Angst. Und wie zeigt es sich? Dadurch, daß uns der Geist der Unterscheidung genommen ist. Die übliche Alternative, die uns vor Augen geführt wird und aus der wir eine Wahlmöglichkeit intuitiv als die wahrere, richtigere erkennen, ist zwar da, aber beide Wege erscheinen gleich stark als Pflicht, jede Unterlassung der einen oder anderen Möglichkeit als Sünde. Wir beabsichtigen jetzt, beide Wege gleichzeitig zu gehen, merken aber nicht, daß wir so nicht mehr im Gottesgehorsam stehen. Denn um beide Wege zu gehen, müßten wir Gott sein. Das Werk verführt uns, unsere Selbstmächtigkeit, unser Wille. So prüft Gott, ob wir ihn die Welt vollenden lassen oder ob wir durch die Hintertür des Werkes die selbstmächtigen Vollender sein wollen. Als solche haben wir das Vertrauen ausgehebelt durch die Sorge. Was kann jetzt erlösen, in den Gehorsam zurückrufen? Nur das Preisgeben der Irrsal wider alle Vernunft in die Hand Gottes, welche jetzt die Hand des Nichts ist.

Es ist ein weiter Weg vom betrachtenden zum inneren Gebet, und zuerst versteht man gar nicht, warum Gott das betrachtende Gebet nicht mehr annehmen will. Er will sich jetzt ohne Worte, Stimme oder Bild ereignen, ist jetzt reine und vollkommene Ereignung. Selbst bei der Eucharistie will er unsere Stimme nicht mehr hören. Er spricht unmittelbar mit unserer Seele und läßt vor unseren Augen und Herzen das Vollkommene geschehen.

Wir möchten das Kind, das an unserer Hand geht, bewahren vor dem Verhängnis, in das es langsam hineinwächst. Wir möchten gut zu ihm sein, zärtlich, am leiblichen Wohl soll es ihm nicht fehlen, und wir können nicht verstehen, wie es selber das Verhängnis wählt, vom Verhängnis gewählt. Unser Herz möchte es anschreien wie einen Sterbenden, der sich dem Tod ergeben hat, wie das Alter, das die Blüte des Lebens angreift. Doch wir müssen lernen, Gott entläßt niemanden aus Tod und Wiedergeburt. Jeder wählt das Verhängnis, vom Verhängnis gewählt, als die Hölle, die sein ist. Jeder will Adam werden, so vielleicht an Christus Anteil zu gewinnen. Wie gern würden wir dem Kind, dem Sterbenden, der Blüte des Lebens diesen Umweg, diesen Abgrund ersparen und damit den Tod aus der Welt schaffen. Aber damit würden wir nur die Hölle erschaffen. Gott braucht unsere Einsamkeit. Und dieser werden wir zuerst negativ inne. Wollen wir ihrer positiv inne werden, müssen wir uns auf eine beschwerliche Reise machen, die jedoch die leichteste, weil gerechte ist, und die heißt: Sehen, was ist, und: der Sehnsucht zuhören.

Der Christ kann es sich kaum vorstellen, daß sein Glaube gewisser Züge wegen als Beleidigung empfunden werden kann, und das aus nachvollziehbarem Recht. Dies scheint ihm solange eine Unmöglichkeit, bis er Gott als den Gott der Thora, der sich unwiderruflich ein Volk erwählt hat, verstehen lernt. Jetzt begreift er, daß es eine andere berechtigte Lesart der Heiligen Schriften gibt, und daß aus jüdischer Sicht seine Lesart als Adaption und Travestie, als unerlaubte Symbolisierung verstanden wird. Nicht der Christ ist der erste

Erbe, sondern der Jude. Der Christ muß begreifen, die Bedingung seines Glaubens, das jüdische Volk, hat nie aufgehört, geschichtlich da zu sein.

„Gott ist's, der in euch wirkt beides, das Wollen und das Vollbringen." Dann Meister Eckehart: „Er (der Herr) kann es kaum erwarten, daß du ihm auftust." Aber das können: Ihm auftun! Wie wenn er uns gerade diese Möglichkeit nimmt, er uns unsere Hingabe verschließt, kein Opfer, was es auch sei, annimmt. Wenn er uns verstoßen hat – so erscheint es unserer Erfahrung – in grausame Verschlossenheit. Alles macht er zunichte: das Arbeiten, die Begegnung, das Gebet, das Lesen, den Gottesdienst. Das ist die dunke Nacht, da du, Gott, uns nicht mehr kennen willst. Alles Erkennen ist wie ausgelöscht. Selbst wenn wir schwere Schuld auf uns geladen hätten, wir könnten es nicht erkennen. Der Zugang zu unserem Herzen, zu der Stelle, von wo aus wir zu Gott aufbrechen, ist versperrt. Unser Atem ist flach, als wollte Gott ihn zurücknehmen. Als Lebendig-Tote sind wir in der Welt. Gott lehrt uns die grausamste seiner Lehren: daß der Geist, der in uns wohnt und durch den wir erst lebendig sind, ihm gehört. Er ist der Herr nicht nur im letzten religiösen Sinn, sondern auch im nahen, scheinbar natürlichen Sinn.

Unsere Klugheit ist immer virtuos, sie kann aus allem alles machen, bleibt immer Herr. Der Geist Gottes ist anders. Wer ihn erfahren hat, kann nicht zur Tagesordnung übergehen.

Die eigentliche Gabe der Ehe ist nicht so sehr – wie man zunächst meinen mag – die erotische Erfüllung, wiewohl sie dies auch ist, sondern das Wohnen in einem Menschen. Die Unendlichkeit bekommt ein menschliches Gesicht und eine menschliche Sprache. Durch die Ehe findet man Aufnahme in die Menschenfamilie, von ihrem natürlichen Grund her. Der abstrakte Raum des Daseins bekommt Farbe und Ton, und wir dürfen siedeln. Darum ist das Schreckliche der ungewollten Ehelosigkeit: „Herr, ich habe keinen Menschen."

Der Dichter kann nicht im Raum des Diskursiven – gleich welcher Art – leben. Sein Leben ist Wahrwerden in der Intimität aller Dinge.

Zwischen der Klugheit der Welt und der Weisheit Gottes schneidet Gottes scharfes, aber unscheinbares Schwert. Das höchste, wozu sich die Klugheit der Welt erheben kann, ist zum Diktum des Pilatus: „Was ist Wahrheit?", und dabei dünkt sie sich weise. Doch dies ist keine Höhe, sondern vor Gott Niedrigkeit. Denn wer angesichts der ethischen Entscheidung zwischen Leben und Tod, Gerechtigkeit und Ungerechtigkeit sich ins agnostizistische Neutrum verkriecht, verrät die Belange des um Gerechtigkeit Leidenden. Die Weisheit Gottes ist in anderer Schrift, auf anderem Papier, ist auf ein lebendiges Herz geschrieben. Sie gebietet dem, der sie erfährt, zeigt ihm, daß menschliche Klugheit kein Wirklichkeitsverhältnis hat, sondern nur eine Vorspiegelung von Geist ist.

Höchste Philosophie muß sich selbst bestreitende Philosophie sein, muß schließlich Ausschau nach dem Glauben halten und sich darin überwinden und so Diener Gottes werden.

Die Kunst ist der kleinste und der größte Apostel. Der kleinste, weil sie die an die Welt verlorene Wahrnehmung zur Wesenswahrnehmung ruft. Sie bleibt im Stand des Bodhisattwas, bleibt Karsamstag. Ihr größter Akt ist, aus dem An-Die-Phänomene-Verlorensein herauszurufen. Ihr Ort: die Vorhalle des Tempels. Sie wird nie Wesensbetrachtung, nie Buddha, nie Ostersonntag, doch kann sie im Geist der Wesensbetrachtung gearbeitet sein, in ihrem Erscheinen die Bruchstelle zur Wesensbetrachtung zeigen, als Ikonostase. Dann steht sie an der Altarschranke, im Zeichen des Buddhas, des Ostersonntags. Trotzdem ist sie noch der kleinste Apostel, denn in der reinen Wesensschau ist Schweigen, Gebet und Nächstenliebe. Schließlich aber ist die Kunst größter Apostel, weil nur durch sie manche Seelen erreicht werden. Ihre Kraft ist: die Wahrheit der Sprache. Die Aufrichtigkeit, die in der Sphäre der Dinglichkeit nachprüfbar und nachvollziehbar ist im lebendigen Aufrufen der Freiheit. Die Wahrheit der Sprache zu erleben ist so etwas wie ein Unterpfand, daß es Wahrheit „geben" kann. Sensibilisiert für diese Wahrheit, die auch die Wahrheit des Ausdrucks ist, haben wir – wenn Gott uns zur Wesensschau ruft – eine Rezeptivität für Dinglichkeit, Sprache und Ausdruck und damit einen Maßstab, mit dem wir – wenn auch nicht absolut – Welt und Religion befragen dürfen. Aber ohne Ruf zur Wesensschau werden wir als Künstler zwischen dem Verlorensein an die Phänomene und der Wahrheit der Dinge als Sprache verbleiben, nicht aber in die Beraubung durch Gott gelangen.

Glaubte man ehemals, die Täuschung, den Schein vor allem in der sichtbaren Welt zu erblicken, so hat dieser – aufgespürt von dort – sich jetzt besser versteckt: in unserer Klugheit.

Ganz wie Ödipus müssen wir wahrheitsliebend sein. Müssen bereit, ja, danach verlangend sein, die Wahrheit, die schrecklich ist – wir ahnen es –, über uns zu hören, Wahrheit, die wir aus uns allein nicht ergründen können: daß wir in Unwissenheit gesündigt haben, schuldig sind, ohne uns der Schuld als Tat bewußt zu sein. Unsere Sehnsucht, unsere Wahrheitsliebe muß den eigenen Nachteil – hier der Ruin unserer weltlichen Existenz – um der Wahrheit willen akzeptieren, damit wir in Wahrheit mit uns selbst leben können. Wenn wir die Wahrheit über uns gehört haben, daß wir uns gegen Gott vergangen haben und so unter seinem Zorn leben und damit in der Seelenlage der latenten Gottesmörderschaft – eine Schuld, die uns auferlegt wurde von dem einen Menschen, der alle Menschen ist und der wir alle sind, und die so unsere Schuld wurde –, wenn wir dies gehört haben, müssen wir Buße tun, indem wir uns blenden, denn unsere irdischen Augen haben uns nicht die Wahrheit gesagt. Dies ist unsere *Selbstverdummung*. Sie bedeutet, die Augen menschlicher Klugheit auszulöschen.

Der Selbst-, aber nicht Gottliebende macht aus allem, was er zu lieben vorgibt, eine Parteiung. Er ist symbiotisch mit seinem

Liebesgegenstand. Ein in solcher Liebe geliebter Mensch erfährt zuerst große Aufwertung, bis er merkt, daß er nur für die Liebe des andern da ist, er die Freiheit verloren hat, er selbst zu sein. Auch gegenüber Gott können wir in eine symbiotische Liebeshaltung geraten, denn unsere Beharrungsgewalt möchte die Unbequemlichkeit wahrer Liebe gerne ledig werden.

Gott gibt uns seine Gaben erst, wenn die Gabe für uns rein geworden, sie frei von selbstrechtfertigender Aufladung ist. Wenn unser Warten Resignation geworden, wir unter der Gabe hindurchgegangen sind, die Gabe vergleichgültigt ist, wir mit oder ohne begehrte Gabe leben können. Gott muß so tun, um uns davor zu bewahren, unser Herz an etwas zu hängen, was nicht Gott ist. Er kennt unsere immer gegenwärtige Versuchung: uns einen Gott zu machen, der vor uns hergeht.

Das große Kunstwerk kann nicht virtuos sein, wie auch die große Seele nicht. Wahre Größe ist einfaltig, edel, schwer und ernst, wobei die Schwere fliegend und der Ernst auf heiterem Grund offengehalten ist.

Wenn Gott bei uns einkehrt im Gebet, wenn er bei uns Wohnung nimmt, entfaltet er uns die Hände, löst er uns die Arme, so daß diese nicht mehr wissen, daß sie jemals für etwas gebraucht wurden noch sich vorstellen können, jemals wieder für etwas gebraucht zu werden, gibt er unseren Schultern großen Raum, durchpulst mit Süße den Leib, läßt jedes Körperteil an dem Platz sein, wo es mit sich selbst in Wonne ist. Unsere Hände entkrampfen sich, und wir haben bisher nicht gewußt, daß sie verkrampft sind, nämlich greifend. Wir müssen nichts mehr bitten. Gott weiß alles. Und wenn wir doch bitten, Gott hat es gehört.

Die Kirche ist im geistlichen Leben eine Art Filter und Transformator. Der Glaube erlebt sie als ein Glaubbares. Sie gehört zu den Glaubensgütern im Reich Christi. In ihr als Gemeinschaft des Heiligen Geistes realisiert sich mein Glaube, wird mein Glaube vollgültig. Sie reinigt und verwandelt alle Eindrücke in Sprache der Wirklichkeit. Ich erfahre eine Möglichkeit, die Eindrücke zu berühren. So werden sie fruchtbar, und auch die widrigen Eindrücke erhalten eine heilsökonomische Qualität. Die Seele muß sich vor nichts mehr verschließen. Sie kann allem gerechte Aufmerksamkeit schenken. Und das bedeutet Freiheit, Katholizität, Liebe.

Gott hat einen vierfachen Keil in die heidnische Selbstgewißheit getrieben, aber auch eine vierfache Antwort auf die heidnische Sehnsucht gegeben: Jesus Christus, die Kirche, die Heilige Schrift und das jüdische Volk.

In Jesus Christus hat das Zeugnis Gottes die territorielle Grenze seines auserwählten Volkes sowie die Grenze der abstammungsmäßigen Zugehörigkeit zu diesem Volk überschritten. Jesus Christus ist die „Strahlung des Sterns", der Sinai-Offenbarung. Er ist aber nicht *die* Sinai-Offenbarung. Er ist der Weg dieser Offenbarung zu den Völkern. Darum ist das auf ihm aufbauende Bekenntnis in besonderer Weise zu Mission und Predigt gerufen. Über diese Gültigkeit und Offenheit für alle Völker hinaus ist dem Christen Jesus Christus Gottes Gipfel-Zeugnis von sich selbst. Doch der Gipfel eines Berges ist nicht ohne das Bergmassiv denkbar. Es gibt nur den ganzen Berg oder keinen. Derart stehen die verschiedenen Zeugnisse Gottes in dem *einen* Gott.

Wer die Kunst im Namen einer Tendenz befragt, ist stets im Unrecht. Er will unserer ewig unwissbaren Beichte, wofür die Kunst Ausdruck ist, einen Inhalt, eine Form vorschreiben und macht sich damit zum Narren. Kunst ist eine Leidenschaft der Liebe zur Liebe.

Das, was für den natürlichen Sinn wie vollendeter Kitsch klingt, wie eine Unglaublichkeit und ein Ärgernis, es ist die Wahrheit: Gott ist ein Freund des Menschen. Gott kommt zu ihm auf die Ebene der Freundschaft herab. Gott wird im Sakrament der Freund. Das ist die Weise, wie Gott den Heiden rettet. Seine Kinder aus seinem Volk hat er schon ins

„Reich" aufgenommen. Aber um den Heiden zu retten, muß er dessen Seelenlage ernst nehmen, die da heißt: das Abgeschiedensein vom wahren Gott sich zum Fluch zu denken und somit Gott unmenschlich zu machen. Der Heide sehnt sich nach einem menschlichen Gott. Den Juden hat Gott sich als menschlich gezeigt, den Heiden muß es noch gezeigt werden: Jesus Christus. Für den Heiden wird das, was dem Juden die Schechina ist, in Christus *ausdrücklich*. Der Mensch wird angenommen in seiner Menschlichkeit durch die sich herabneigende Liebe Gottes, und Gott, der größer ist als des Menschen Herz, ist bei uns. Wenn Gott zu uns im Sakrament einkehrt, können wir alle Dinge annehmen, verkünden wir: Heil, höher als Worte, höher als Vernunft.

Je größer die Kunst, um so schlichter und wirklicher die Wirklichkeit in ihr.

Daß seit dem Sündenfall die Dankbarkeit aus dem Herzen gewichen ist, ist letztendlich der größte Schaden der Sünde Adams. Denn mit der Dankbarkeit ging auch die Frömmigkeit verloren. Ohne diese Dankbarkeit ist – auch wenn wir das in unserer Angst nicht wahrnehmen – alles sinnlos. Aber Gott schenkt in das ihn suchende Herz die Dankbarkeit zurück.

Alle Kunst ist Weltschöpfung. Sie zeigt Welt. Die Frage ist, inwieweit diese Welt Israel ist, sie in der Ethik des Antlitzes steht, inwieweit Jesus Christus in dieser Weltschöpfung vorkommt, er der unsichtbar Anwesende ist als Ersehnter, als Kind, als Gekreuzigter, als Auferstandener. Das Kunstwerk kann, um wahr zu sein, nicht an dieser unsichtbaren Anwesenheit Christi vorbei. Bliebe die Frage: inwieweit steht der Künstler in der Kraft dieser Wahrheit, und: inwieweit weiß er ästhetische und religiöse Kategorien so auseinanderzuhalten, daß sie sich zur größeren Wahrheit ergänzen.

Wenn man über Glaube und Weltverhältnis nachsinnt, vergißt man zumeist das Wichtigste: daß Glaube eine Entrückung bedeutet, darin Gott den Menschen ganz macht. Gott nimmt ihn aus der Welt – aus dem Verlorensein an die Welt – und holt ihn in seine Sphäre herein, umhüllt ihn mit neuen Kleidern. Ohne den Glauben können wir ausschließlich auf die Welt hin transzendieren, ist in unserem dialogischen Verhältnis, in dem jeder von uns unausweichlich steht, die Welt unser Zwangsgesprächspartner. Die „Welt", das bedeutet ein Du, das uns nicht in Freiheit und Souveränität mit uns selbst, in die Gnade entläßt, sondern uns mit uns versklavt. Gott aber befreit, indem er dieses uns determinierende Verhältnis suspendiert, dadurch, daß er sich selbst als Gesprächspartner einsetzt. Diese Partnerschaft ist ein Geschehenlassen, eine Hingebung. Gott schafft eine Sphäre, die der Mensch nie schaffen kann noch sich anmaßen darf zu schaffen, Sphäre nicht gegen die Welt, sondern in der Welt die Aufhebung des durch die Sünde verursachten Bruchs mit der Welt und der daraus resultierenden Klammerung an die Welt. Dies führt zu keinem Verkennen der Wirklichkeit, sondern dazu, die Welt wieder ursächlich zu sehn. Ist der Glaube grundsätzlich diese Entrückung – die eine neue Weise des Weltzugangs ermöglicht –, so ist er es ausdrücklich in den erneuernden Akten wie Gebet und Sakrament. Gott tut in seiner Macht das, was niemand tun kann: den Menschen aus seiner seelischen Verstrickung lösen und ihn an den Stellen, die nicht mehr vom Götzen zugedeckt sind, zu liebkosen.

Das Gottesverhältnis ist die eigentliche Tapferkeit.

Es ist nicht einfach für den, der an Jesus Christus glaubt, das Mißverständnis einer Ausschließlichkeit, die richtet, zu vermeiden. Wer Jesus Christus erkannt hat, weiß, daß Christus das Unausweichliche und Einzig-Notwendige ist, er die Tür ist und es keine andere Tür in diesem Sinne geben kann. Er muß Christus als dieses Unbedingte und Absolute behaupten und darf doch niemanden mit diesem Absoluten richten, da das Absolute Gottes in Jesus Christus Rechtfertigung, Gnade bedeutet. Dies ist die Prüfung unserer Liebe. Werden wir es zulassen, daß im anderen Menschen die Liebe zu dieser Frage nach Jesus Christus aufsteigt, werden wir diese Frage in ihm in Bewegung bringen können? In diesem Sinne müssen wir Gott erleiden und dürfen ihn nicht wirken wollen. Unsere Liebe muß tiefer sein als unser Wille, und aus unserem Zeugnis muß heraushörbar sein, daß nicht wir zeugen, sondern Gott durch uns. Die Gottesliebe hat uns still gemacht.

„Gott sprach, und es ward." Das ist der Ursprung des Seins und das Geheimnis der Sprache und allen Sprechens. An diesem Sprechen Gottes partizipieren wir kraft der Sprache. Der Dichter versucht diesem Sprechen Gottes nachzusprechen. Und wenn er richtig nachgesprochen, darf er „Amen, ja, so ist es" sagen. Die sprechende Sprache ist nur möglich, weil Gott in ihr gesprochen, Sein aus dem Nichts gehoben hat und immer wieder heraushebt, weil er – der Sprechend-Schaffende – in der Sprache spricht.

Ein Mensch, der ernstlich gebetet hat, weiß, daß zwischen Gebet und Gedicht ein Abgrund klafft: der zwischen den Offenbarungsworten oder der unmittelbaren Wortfindung im Angesicht Gottes – wenn es denn Worte sein sollen – und der vom Willen des Kunstwerkes notwendig determinierten Rede der Kunst.

Es gibt für den geistig-geistlichen Menschen keinen Platz in der Welt. Wiewohl es diesen auch für den natürlichen unerwachten Menschen nicht gibt. Auch dieser lebt in der Fiktion, nur weiß er darum nicht. Er lebt in jener von der Welt eingegebneten Fiktion, die so als Natur erscheint und ihm ein Platz ist, aber keine Freiheit entbietet. Es wäre jedoch ein Widerspruch in sich selbst, wenn der geistig-geistliche Mensch einen solchen Platz hätte. Dieses Kein-Platz-Haben drängt ihn in die Anbetung. Gott ruft seine Seele in die Freiheit und sagt ihm die Wahrheit: daß nur der Geist Anteil gibt am Wirklichen.

Es ist in allen Bereichen gut, einen Meister zu haben, bis man selber Meister wird. Der Meister verhindert, daß man ausschweifend wird. Er stellt eine Begrenzung dar, darin es gut ist, sich zu bewegen. Durch ihn lernt man den lebendigen Vorgang der Beschränkung und der Reinigung der Mittel, etwas, was man nur schwer aus sich herausschälen kann, hat man es nicht zuvor woanders erlebt.

Was ist der Glaube, wo es keine Zeit, keinen Raum, keinen Ort des Empfangs mehr gibt? So wie die Kunst – jedenfalls die Kunst, die wir kennen – unmöglich wird, so auch der Glaube? Der Glaube beginnt. In der abstrakten Sphäre des „es gibt" oder des „nichts besteht mehr" müssen wir uns auf das besinnen, was jenseits aller Verrechnung liegt, denn Ort ist verrechneter Ort: auf Gott, auf den Menschen. Der Glaube kann zeigen, daß die seelischen Strukturen unveränderlich sind. Er kann Raum schenken, darin die verlichtete Welt sich selbst, dem Menschen zurückgegeben wird. Der Glaube hat im Geheimnis der Inkarnation Zugang zur Wirklichkeit der Welt. Daß wir ohne Raum und Zeit auskommen müssen, ist ein Trug unserer Einbildungskraft, ein Simulakrum unserer gnosisierenden Phantasie, denn bei aller Verselbständigung der Technik und Biotechnik bleibt: der Mensch in seiner Bedingtheit ist der Motor und das Gehirn dieser Vorgänge. Der Technik und Biotechnik geht eine Entscheidung voraus, bevor sie ihre eigene Reihendynamik entfalten kann, Einschalten oder Ausschalten, Tun oder Nichttun. Dann: ändert sich der Mensch, ändert sich auch seine Technik. Und Technik ist immer *seine* Technik. Der Verlust des Ortes, der „Entzug der Gabe" ist dreierlei: Segen, Strafe und Eschatologie. Strafe für unseren gespenstischen Ortsglauben, für das Goldene Kalb, das wir uns aus unserer Bedingtheit immer wieder gießen; Eschatologie als Durchsetzung des göttlichen Willens, der da heißt: Pfingsten, was das Gegenteil ist von Gleichmachung der Welt. Gott muß uns unserer beschränkten irdischen Gottheiten berauben, um uns, wenn auch nicht zu öffnen, so uns doch mit den universalen Wahrheiten des Menschlichen zu konfrontieren. Es ist Segen, weil es die Gottesfrage wachrüttelt, wir aus unseren Wahrheitshöhlen herausgetrieben werden, Gott selbst wieder Aufgabe wird. Die Kunst muß sterben, insoweit sie das Goldene Kalb der Ortsvergötterung unterstützt, aber sie wird leben wie je, indem sie mitarbeitet an der Wiederbringung von Raum und Zeit als unserer wahren Bedingung, indem sie die Abstraktion des „es gibt" durchstößt zur Inkarnation des Menschlichen und dies so geschehen läßt, daß ihr Kunstwerk nicht zu lesen ist, ohne Gott, sei es als den Abwesenden, Anwesenden, den Sich-Entziehenden oder Vorbeigehenden, einzubeziehen.

Für den Glaubenden ist Gott ein Gott, der beständig in der Wirklichkeit handelt. Er weiß, ohne dieses Handeln löste sich die Welt sofort in Nichts auf und der Mensch wäre augenblicklich seinem Tod, der in ihm ist, ausgesetzt. Gott macht fortwährend das vom Menschen Gekrümmte wieder gerade.

Es erfüllt mit namenloser Traurigkeit, an unserer Unbußfertigkeit und trotzigen Selbstbeharrung und gleichzeitig tiefen Verletztheit teilzuhaben – und die trotzige Selbstbeharrung, das ist verhohlene Liebe, die namenlose, sich zum Allgemeinen aufwerfende Wirkkraft geworden ist. Namenlos traurig macht es, teilzuhaben daran, wie wir unter dieser Macht (die wir nur im Wagnis des Glaubens durchbrechen können), unter dieser dicken Schicht aus Klugheit und Aktion uns selbst verbergen und nicht dazu kommen, uns anzuschauen, wie wir das ungetröstete Kind bleiben, uns betrügend darum: daß Gott Gott *ist*.

Der Gläubige begibt sich in allem an die unterste Stelle und läßt sich von dort stufenweise von Gott aufheben. Er weiß, es ist die Weise der Welt, Gunst und Verdammnis im gleichen Atemzug über einen Menschen kommen zu lassen. Er ist mit seiner Seele in die äußerste Seinswirklichkeit, ins Kreuz, gegangen. Jetzt kann Gott ihn aufheben, ihm seine Erfahrung wirklich machen. Gott will nicht, daß sein Kind erhoben wird, um anschließend in den Staub getreten zu werden (oder um dieser Welt Lakai zu werden). Darum hebt Gott sein Kind behutsam dorthin, wo es *stehen* kann.

Der Dichter weiß um die Spannung zwischen ursprünglicher und determinierter Rede und bringt daraus sein Werk hervor.

Glaube ist die Wahrheit als Fülle der Wahrheit. Nicht jeder ist auf dem Niveau dieser Fülle durch seine Frage und seine Sehnsucht. Die Fülle Gottes will uns hineinretten in diese Fülle, sie will uns zu einer lebendigen Flamme machen, zu jemand, dem das Herz übergeht, der aus dem Vollen schöpft. Bittest du Gott um ein Brot, so gibt er dir einen Armvoll. Du wirst selber satt und hast mehr als genug, um davon zu geben. Gott denkt, wenn er an uns denkt, immer auch an den anderen, weil er weiß, daß wir seiner bedürfen und der andere unser bedarf, denn niemand lebt für sich allein.

Von der Erkenntnis zum Bekenntnis zum Zeugnis. Das ist der Weg, den echte Vermittlung gehen muß.

Die Segnungen des Glaubens verschwinden stillschweigend und unmerklich für den, der diese Kräfte in seiner Seele nicht erneuert. Unmerklich und gleitend wird die Seele eng, schaut sich nur noch direkt vor den Fuß, rüstet gegen allerhand vermeintliche, aber für die Seele jetzt wirklich gewordene Bedrohungen auf bis zum Verlust der übernatürlichen Liebe. Erst wenn sie den Kräften des Glaubens wieder begegnet – im Gebet, in der Kirche, im gläubigen Menschen – erfährt sie, in welche Enge sie hineingeraten und wie diese Enge schon Alltag in ihr geworden ist, erfährt sie, daß sie in Gefahr gewesen ist, denn sie hätte aus ihrer Unklarheit mancherlei falsche folgenschwere Entscheidung treffen können. Wenn sie es aber nicht getan hat, dann weil Gott sie nicht an die Konsequenzen ihrer Wahl ausgeliefert hat.

Es gibt keinen Tod. Der Tod ist unser. Der Tod ist: Der, der uns sagt, daß wir nackt sind. Gott aber kleidet uns. Wir müssen uns in nichts mehr rechtfertigen und haben Überfluß. Die Güte, darin wir verborgen immer stehen, ist uns jetzt Güte, und das Anderssein des Nächsten ängstigt uns nicht mehr.

Der Dichter partizipiert an der Wahrheit in „Stimme und Gestalt". Das ist die hohe Freude seiner Berufung: dem Unaussprechlichen Stimme und Gestalt zu geben. Er erlebt seinen und aller Menschen Kern als das Unterscheidende und Bestimmende aller anderen Wirklichkeit. Die Sehnsucht nach der Wahrheit des Menschlichen treibt ihn. Dichtung ist Gabe Gottes, uns unseres Menschseins zu vergewissern. Der Dichter tritt in dieses Geben ein. In seinem Dichten bereitet er sich zur Lesbarkeit für Gott. Und was er für sich tut, tut er für alle.

Der geistig-geistliche Mensch erkennt das Haften als eigentliche Gefahr, darum ist seine Seinsart ein Wandern. Er hängt sein Herz nicht an eine Verortung, aber nichtsdestoweniger ist er treu. Er sorgt sich nicht, es sei denn Gott hat ihm eine Sorge aufgetragen. In allem, was nicht mit der Freiheit des Geistes zu durchleben oder in der Freiheit des Geistes zu erfüllen oder durch das hindurch die Freiheit des Geistes nicht zu erlangen ist, erkennt er, daß es wider Gott ist. Keine Pflicht kann ihn einnehmen, es sei denn sie steht in Gottes Atemzügen. Auf seiner Wanderung findet er die Zeichen, die ihn mit Mensch und Welt verbinden. Gott läßt den Wanderer nicht einsam sein, sondern schenkt ihm in der Gemeinschaft des Geistes schönstes und tiefstes Gespräch und die Menschen, derer er bedarf.

Die Eucharistie zeigt: Gott will uns trunken. Im Abendmahl macht Gott uns taumeln, so taumeln, wie wir es im Grunde sind. Die Welt dreht sich von einer Schönheit in die andere. Alles ist gut, alles macht Sinn, alles ist frei. Die Eucharistie zeigt uns die Welt nicht nur in Gottes Augen, sondern in Gottes Herz.

Das Geheimnis ist groß: Gott muß sein auserwähltes Volk von seiner Offenbarung in Jesus Christus ausschließen, um die Heiden zu retten. Das jüdische Volk hat dem Heidentum als Christentum Zutritt zum Gott Jahwe ermöglicht. Das geliebte Kind wird zurückgesetzt, damit die Waisen adoptiert werden können. Ein Vater, der so tut, liebt ja das Kind nach seinem Blute nicht weniger, sondern anders. Er mutet ihm das Äußerste zu. Und die Haltung des adoptierten Kindes gegen das leibliche müßte darum Dankbarkeit sein. Aber daß es statt dessen gegen das leibliche Kind aufbegehrt, weil es denkt, Gott habe jenes verstoßen und es selbst als Waise für besser erfunden, ist Überheblichkeit und Unglaube. Das adoptierte Kind will jetzt an die erste Stelle rücken und das leibliche noch stoßen. Es ahnt nicht, daß es dem leiblichen Kind schlecht ergeht um seinetwillen. Es kann in dessen Erniedrigung nur seine Erhöhung erblicken: „Ach, Gott ist seines Kindes müde geworden, und jetzt liebt er mich." So will sich die Eifersucht rächen. Doch wie sonderbar: Gott achtet das von ihm gegebene Gesetz für Himmel und Erde und muß darum sein Tun unter diesem Gesetz geschehen lassen. Wie soll er die geretteten Kinder aus den Heiden und seine geliebten Kinder, die Juden, als sein Bundesvolk zusammenfassen, obgleich ihnen verschiedene Aufgaben anvertraut sind? Das adoptierte Kind – und das macht einen Unterschied zum „verlorenen leiblichen Bruder" – hat es schwer, der Liebe des Vaters zu glauben und wird sich darum ganz auf seine Liebe stürzen, während das schon geliebte Kind der Liebesbeweise entraten kann und sich der Wachsamkeit befleißigt. Es darf sich nicht der Offenbarung in Jesus Christus aufschließen, weil seine Rede darüber die Rede des adoptierten Kindes behindern würde. Darum muß es schweigen, im Verborgenen wirken. Gott hält sein leibliches Kind in der Reserve, um dem adoptierten Kind über die Liebesbeweise hinaus sein volles Bild zeigen zu können und den Heiden in ihm zu prüfen. Und das adoptierte Kind kann im leiblichen Kind „das Herz aus Fleisch", das beschnittene Herz prüfen. Doch das leibliche Kind kennt den Vater *länger*. Gott erbaut sein *dialektisches* Volk durch leibliches und adoptiertes Kind. Wenn diese miteinander sprechen, sich anerkennen, sich füreinander offenhalten, sich sogar lieben, ist Gott so da in der Welt, wie er da sein möchte, ist der Bogen aufgespannt zwischen Sinai-Offenbarung und Jesus-Christus-Offenbarung. *Lebendige Zeit*, das ist: der Bogen ist aufgespannt. Darum kann erst am Ende der Zeit die Kluft in der Aufgabe zwischen den beiden Gotteskindern fallen.

Drei Ordnungen: die Ordnung der Gottesliebe, die Ordnung der Gestalt und die Ordnung des Wissens. Nur die Ordnung der Gottesliebe entbietet die Nah-Gemeinschaft mit dem wahren Gott. Und sind wir in der Ordnung der Gottesliebe mit Gott in Jesus Christus, erkennen wir ihn überall wieder, sehen wir, daß der Mensch ihn in allen Ordnungen und durch alle Ordnungen hindurch sucht. Doch wir wissen auch, die Ordnung des Wissens und die Ordnung der Gestalt können Gott nicht wesentlich freigeben, sondern in der Ordnung des Wissens lieben wir es, einen Mummenschanz gegen Gott aufzurichten. Die Ordnung der Gestalt aber übernimmt schon die Funktion des Fährmanns, läßt uns die Flügel wachsen, Gott entgegenzufliegen.

Einem inzwischen erwachsenen und gereiften Menschen, der von seiner ergrauten Mutter die Puppe seiner Kindheit, welche die Mutter aufbewahrt hatte, überreicht bekommt, dem begegnet diese einstmals über alles geliebte Puppe als nahezu Unbekanntes. Das Liebesverhältnis ist nicht mehr. Das Kind ist ein anderer geworden. Es ist nur eine schwache Kontur dieser einstigen Erfahrung im Erwachsenen zurückgeblieben. So ähnlich ist vielleicht das Verhältnis zwischen dem natürlichen und dem wiedergeborenen Menschen, und schließlich zwischen dem Menschen in Raum und Zeit und dem Menschen in Gottes Herrlichkeit. Die Liebe, die auf die Puppe ging, auf die endlichen Bilder des Ewigen, ist nun vor Gottes Angesicht. Und wenn Gott ihm die Puppe zeigt, die er einstmals liebte, lächelt seine Seele und sieht die Verwandlung. Nicht die Dinge oder die Welt müssen sich ändern, sondern Gott ändert das Liebesverhältnis, indem er den Menschen reifen läßt und der gereiften Liebe den ihr angemessenen Gegenstand schenkt, zuletzt den eigentlichen Gegenstand: Sich selbst, sein Angesicht. Aber die Liebe, die in uns aufbrach, ist immer ein und dieselbe Liebe.

Wenn wir uns nicht von Zeit zu Zeit wieder *in* Gott gründen lassen, geht es uns eines Tages wie jenen falschen Dialektikern bei Platon, die alles wissen, aber nicht mehr unterscheiden können und darum dem Trug der Beliebigkeit anheimfallen. Sie sind Ärzte, die alle Mittel haben, aber nicht wissen, was Heil ist.

Als Zeichen geistiger Gesundheit betrachten wir es, wenn ein Mensch gegenüber der Welt zu einem „freien Assoziieren" fähig ist, wenn er eine „freischwebende Aufmerksamkeit" hat. Das sind kostbare Möglichkeiten des Spiels. Doch wie wird dieses Spiel möglich? Wann wird es nicht mehr durch den Drang zum Absoluten und zum Wissen gestört und zerstört? Doch erst wenn jener Drang erfüllt bzw. abgearbeitet ist. Die Erfüllung ist der Glaube an Gott; die Abarbeitung ist: mein Menschsein angenommen zu haben, mein Geschöpfsein, die Erde, die Relativität alles Irdischen, und fortan zwischen Gott und Geschöpf unterscheiden zu können. Wer Jesus Christus empfängt, steht in der Gnade solcher Abarbeitung. Er kann ein *Kind Gottes* werden. Jetzt hat er eine „freischwebende Aufmerksamkeit", die aber im Unterschied zu einer nur negativen Bearbeitung des Absoluten nicht nur „freischwebende Aufmerksamkeit", sondern Aufmerksamkeit ist, die in der Gnade der Liebesfülle steht. Als solch liebende Aufmerksamkeit kann sie nicht quietistisch sein. Sie steht der Wirklichkeit der Welt in einem liebenden, leidenden Ertragen gegenüber, ohne die Unweisheit zu begehen, das Böse aus der Welt schaffen zu wollen. Sie ist mehr geworden als die Neutralität des Spiels: sie ist verantworteter Ernst, aber durchs Spiel hindurch und das Spiel einbeziehend.

Die Kunst bekennt auf ihre Weise, daß wir nicht Gott sind. Schon allein dies rechtfertigt sie in Gottes Augen, der sie ja gegeben hat. Alle Dinge sprechen in ihrer Wahrheit dieses Bekenntnis: „Wir sind nicht Gott." Darum wirken die Dinge so unfrei und deplaziert, wo wir sie zu einem Gott erhöhen.

Man kann vom Christentum aus die Heiden in ihrem Heidesein nicht rechtfertigen, insofern rechtfertigen bedeutet: so zu reden wie sie. „Hätte ich gedacht: Ich will reden wie sie, siehe, dann hätte ich das Geschlecht deiner Kinder verleugnet." Warum? Weil man die Heiden dadurch um das Wort Gottes bringt. Aber man darf sie auch nicht richten, denn dann würde man das Wort Gottes ebenfalls abschaffen. „Wer nicht glaubt, der ist schon gerichtet, weil er nicht glaubt an den eingeborenen Sohn des Vaters." Die Tatsache, daß wir gerichtet sind – eben weil im Unglauben sich unsere Hoffnungen und Wünsche nicht auf Gott richten und wir damit in unseren Hoffnungen und Wünschen der Vergänglichkeit oder der Selbstverfluchung unterworfen sind und derart uns aus dem Bild Gottes herausnehmen, also kein ewiges Leben haben, das ist die seelische Wirklichkeit des Unglaubens. Unglaube ist seelische Unwissenheit.

Das Kunstwerk ist die kleinste Einheit moralischer Integrität, Zeugnis humaner Tateinheit, und damit auch Zeuge der Integrität Gottes. Dies unterscheidet es vom Kitsch oder vom schönen Bösen. Diese verschaffen mittels einer vorgeblichen Integrität Rausch, aber keine freisetzende Freiheit.

Der Christ kann das natürliche ausweglose Rechtsverhältnis von „Wie du mir, so ich dir" verlassen. Er kann sich dank Christi in die Nacktheit dessen begeben, der zuerst gibt, ohne dadurch an Ehre einzubüßen. Gott erstattet ihm vielfältig, was er so verliert. Böswillig gesonnen, könnte man sagen, der Christ versuche, durch eine Art Potlatsch, den andern zu demütigen, er werde also aus einer Haltung des Stolzes heraus tätig. Das ist das Äußerste, was die Selbstbeharrung dazu denken kann, denn sie verfügt nur über Kategorien von Prestige und Nicht-Prestige. Doch die Fähigkeit, in die Nacktheit dessen einzutreten, der zuerst gibt, ist geboren aus der Erfahrung und Erkenntnis, daß man selber dessen bedürftig war und ist, daß Gott zuerst gibt.

Die Gotteserfahrung ist eine unzweifelhafte Erfahrung; sie ist uns natürlicher als die Natur. Sie deckt etwas auf, was wir vorher nicht kannten, darum auch nicht leugnen oder erspüren konnten. Einzig unsere Sehnsucht sagte uns, daß es irgendwo noch etwas Anderes geben müsse. Wer von Gott berührt wird, dem *geschieht's*.

Bedeutet Christentum nicht auch, und das wäre sein jüdischer Anteil, von der Erfüllung zur Verheißung zurück- bzw. vorzusteigen, das Geheimnis der Zeit als Gottes tätige Zeit und die Einheit von Gesetz und Gnade zu verstehen und so Gottes noch ausstehendes Neues Jerusalem als Zeit zu liebkosen? Unser gemeinmenschliches Sein bewegt sich zwischen den Klammern von Lohn und Strafe. Fällt eine dieser Klammern weg, hängen wir aus in die Indifferenz. Darum das Leiden dessen, der solchen Kategorien entwachsen ist, an dieser Gottundurchlässigkeit: er behandelt die Welt mit Großherzigkeit und Güte, nicht aus Naivität, sondern um ihr die Chance zu geben, sich selbst in Freiheit zu ergreifen. Die Welt aber – jene Verschlossenheit in der Selbstbeharrung – kann in solchem Tun nichts anderes als die Abwesenheit von Strafe, also Schwäche sehen und folglich eine Möglichkeit, sich gehen zu lassen, zu verletzen.

Die Evangelien sind in einer einfachen jedermann verständlichen Sprache abgefaßt, doch verstehen viele diese Sprache nicht. Warum? Weil die Bedingung des Verstehens die Frage ist. Die Frage in uns muß auf das Niveau der Antwort kommen.

Wenn der Glaube in Philosophie, Theologie oder Dichtung oder in irgend etwas anderem als im lebendigen Angesicht Gottes untergehen könnte, wären wir verloren.

II

Das Kunstwerk sagt jene Freiheit aus, aus der heraus wir Gott lieben können; in ihm ist das Inkognito unserer Gottesliebe in seinem Freiheitskern offengelegt. Von den beiden Freiheiten, die für das Gottesverhältnis notwendig sind – die Freiheit des Menschen und die Freiheit Gottes –, kommt im Kunstwerk die Freiheit des Menschen – bevor das eigentliche Gottesverhältnis beginnt – am tiefsten zu sich selbst.

Da, wo etwas zu tun (eine bestimmte Sache) eitel ist und es nicht zu tun ebenfalls eitel ist, ist dies Zeichen dafür, daß in dieser Sache uns die Passivität des Leidens abverlangt wird. Unser Stolz möchte den Gegenstand unserer Bemühung gerne in die Sonne des Triumphes rücken, gerade weil er den Gegenstand in Gefahr sieht, aber das heißt, ihn dem Auge Gottes zu entziehen, und dieses Entziehen verfälscht unser und des Gegenstandes Wesen. Die Sache soll getan werden, aber in der Verdemütigung des Erleidens; und dies bedeutet, Gott will hier handeln. Wir sollen seine Befehle abwarten, in Bereitschaft stehn. Und Gottes Befehl kann schließlich lauten, die Sache zu unterlassen, den Widder anstelle des Sohnes zu opfern.

Wer auf einen Christen trifft, muß die Hoffnung haben dürfen, auf einen Menschen zu treffen, dessen Sehnsucht es ist, brüderlich zu sein.

Der Christ hat in seinem Glauben ein Gefäß, das alle anderen Gefäße mißt – mit Ausnahme des Gefäßes seines monotheistischen, älteren Bruders, des Judentums. Warum? Weil er im Drama Jesus Christi, das symbolisch als auch historisch das Drama schlechthin ist, jede andere dramatische Struktur nachvollziehen kann. Und – weil Leben als SINN sich immer im dramatischen Geflecht vollzieht. Das ist seine Weite als Freiheit, Lebendigkeit und Fülle, aber auch sein Schicksal und im Falle des Judentums seine, wenn auch nicht unaufhebbare, Begrenzung. Jene andern, die dieses sein Gefäß nicht kennen, messen es mit dem kleineren ihrigen. Es bleibt ihnen keine andere Wahl. Jeder muß messen, weil er verstehen und entscheiden muß. So stößt er, was das Christentum betrifft, auf ein ihm Unverständliches, Fremdes; es kann ihm zum Zeichen des Widerspruchs werden. Christliches Dasein bedeutet, in einer geistigen Spannung zu existieren, die die Tatsache, im Zeichen dessen zu stehen, dem widersprochen wird, stets gegenwärtig hat.

Hier gewesen zu sein: einmal die Seele des Menschen, einmal Gott geliebt zu haben.

Eigentlich müssen wir alle, nach Pfingsten, ein exiliertes Volk sein, ein Volk ohne Land, obwohl wir natürlich ein Land haben müssen, denn wir sind aus Fleisch und Blut, aber das Land beschreibt keine Wahrheitsgrenze mehr, ein Volk, das in Gott zu Hause ist, dem die Welt anvertraut ist, das für die Welt Verantwortung trägt, zu dem alle Menschen gehören, das aber gleichwohl die Grenze seiner Sterblichkeit – Sprache, Herkunft, Lebensformen – bejaht, also nicht gnostisch ist. Ein solches Volk zu sein ist Auftrag der Kirche.

In jeder Zeit, in jeder Epoche ist die Fülle des Menschlichen gegenwärtig. Es gibt keine besseren oder schlechteren Zeiten. Gott ist gerecht. Denn die Wahrheit ist nicht in den Dingen oder in den so oder so veränderten Verhältnissen, sondern im Geist selbst. Und dieser Geist ist immer derselbe, auch wenn die Dinge oder unser Verhältnis zu den Dingen sich verändern. Wie? Ist denn kein Unterschied zwischen dem Menschen vor Pfingsten und jenem nach Pfingsten? Vom Menschen aus ist es kein Unterschied, denn wir können nur das in Erfahrung bringen, was uns dem Geist nach möglich ist. Jeder, der das Seine tut, tut ja die Fülle und hat die ihm denkbare Fülle. Der Unterschied besteht einzig in einer neuen Grundbestimmung dessen, was und wie Wahrheit ist. Diese Grundbestimmung wirkt auf uns zurück. Gott ist Herr der Zeit und ist gleichsam durch die Zeit, verbirgt sich in ihr. Es gibt keine Zeit außer in ihm. So wie Gott die Zeit bestimmt, so ist sie. Für uns und alle weiteren Zeiten ist die Zeit durch Pfingsten bestimmt. Gott erwartet von uns nichts, wofür er nicht selbst den Grund gelegt hat. Uns fällt es schwer zu begreifen, daß wir uns nur im Geist wahrnehmen und dieser Geist uns nicht gehört. Der Geist ist immer derselbe Geist, wenngleich er gemäß unseres geschichtlich gewandelten Ortes andere Aufgaben an uns übernimmt.

Die Aufgabe des Dichters: das zu sagen, was von jeder anderen Rede übersprungen wird. Dichtung ist das erste Sprechen und das erste Denken. In diesem Sinn ist Gebet Dichtung und ist Dichtung Gebet. Dies Denken und Sprechen meldet sich zur Sprache. Und der Mensch, in dem es sich zur Sprache meldet, wird ein *Dichter*. In ihm findet die Sprache ihren natürlichen Stauraum, darin sie sprechen, Geschöpf sein kann und nicht zum Zeichen degradiert wird.

Ein Herz, das Jesus Christus erkannt und umarmt hat, das in ihm *die* Liebe sieht, ihn verstanden hat als den Angelpunkt der Welt, es kann schwer verstehen, daß andere Menschen diese Liebe nicht nachvollziehen können, kann nicht verstehen, daß andere nicht verstehen, was in Jesus Christus so unmißverständlich gezeigt wird. Eine Bedingung, diese Liebe zu erfassen, ist ein Herz, das sich einen Augenblick seiner Hingabe bewahrt hat, selbst Hingabe erfahren hat. Solch Herz kann die Liebe ohne Zynismus, ohne Ontologie glauben. Was aber mit denen, die keinen derartigen Zugang zu ihrem Herzen haben, die darum unter dem Mantel des Zynismus oder der Ontologie existieren müssen? Sie bedürfen der Erfahrung solcher Hingabe. War es nicht dies, was der Heilige Stephanus Saulus schenkte und womit er ihn zum Paulus machte? Solch Hingabe schenkt Gott in Jesus Christus allen Menschen, unser Herz aus Stein zu einem Herz aus Fleisch zu machen. Aber als Idee nutzt uns Jesus Christus nichts. Wir brauchen den Stephanus, die Kirche, den Zeugen.

Die Dichtung ist ein mobiler Helfer. In ihr können wir unser Wort sagen, ohne in irgendeiner Form an Denk- oder Glaubensinhalte gebunden zu sein, ohne nach rechts oder links zu schauen. Wir hören nur auf die Stimme. Insofern ist Dichtung, wie Kunst überhaupt, ein erster Nothelfer; sie macht uns, indem sie uns unser Wort sagen läßt, im Geist anwesend.

Niemand kann von der äußeren sichtbaren Gestalt der Kirche auf das Faktum Christi schließen. Aber jeder, der das Faktum Christi, das Faktum der Inkarnation des göttlichen Wortes in seiner Seele glaubend erfaßt hat, versteht, daß die Kirche dessen schwacher, aber legitimer und damit wieder starker Zeuge ist.

Wie die Wahrheit im Himmel aussieht, das glaubt ein jeder irgendwie zu wissen, wie diese Wahrheit aber inkarniert aussieht, das können wir uns nicht im geringsten vorstellen. Erst wenn wir die Notwendigkeit erkennen, daß Wahrheit sich inkarnieren, also Gestalt annehmen muß, die mit der Wahrheit unserer Gestalt zuinnigst zu tun hat, können wir aufmerksam werden für die wahren Verhältnisse und der darob notwendigen Gebrechlichkeit der Inkarnationsgestalt. Das Kunstwerk ist solch Inkarnationsgestalt vom Menschen her. Die Inkarnationsgestalt von Gott her ist Jesus Christus.

Der Geist des „Modells des Wissens", der so etwas wie eine *schlechte Unendlichkeit* darstellt, will sich vorm Geist retten, indem er versucht, diesen zum Angestellten eines Themas zu machen. Ein Mensch, der ein derartiges Geistverhältnis hat, will den Geist „funktionieren" lassen und damit sich selbst zur Funktion herabsetzen. Der Geist der Wahrheit und des Lebens aber beschäftigt sich nicht mit etwas „außerhalb seiner selbst". Das ist die wahre und gute Unendlichkeit.

Das Christentum hat hauptsächlich weibliche, nach innen stürzende Kräfte entwickelt, dafür wenige von der Weisheit des Außen, wiewohl diese Kräfte zu ihm gehören. Was sind diese Kräfte des Außen? Es ist die Weisheit des rechten Verhältnisses zwischen Wahrheit und Welt, zwischen Glaube und Unglaube. Jesus Christus, als Herr der Weisheit, hatte diese Weisheit, aber im Christentum hat sie sich immer mehr verloren dadurch, daß das Christentum der Paideia aufgesessen ist und sich zum Erziehungssystem hat degradieren lassen. Da auch das starke Innen außen schwach ist, neigt es in seinem Verhältnis zum Außen zur Paideia. Wie kann nun ein starkes Innen auch ein starkes Außen werden? Indem es auf Differenz beharrt und für diese Differenz Ausdrucksmittel findet. Die Liebe Gottes ist die entscheidende und grausame Differenz. Ein starkes Innen, das auch ein starkes Außen ist, weiß mit wem es und womit es zu tun hat. Es gleicht Jesus, als er Herodes keines Wortes würdigt. Es gleicht seinem Erzählen in Gleichnissen. Wer verstehen will, kann verstehen, wer nicht, bleibt ausgeschlossen, partizipiert aber auch nicht an Wahrheiten, die er durch voreiliges Verstehen verdrehen kann. Dies sind zwei Möglichkeiten, die Differenz zu wahren. Eine dritte Möglichkeit wäre, den andern in die Tat zu schicken, anstatt ihm Worte an die Hand zu geben: „Gehe dort hin. Tue dies und das." Das voreilige Verstehen begreift nicht, daß Wahrheit Leben ist, es denkt, es sind Worte. Wie nun, ist das Christentum denn Weisheit und nicht etwa Liebe? Und spricht die Liebe nicht direkt? Die Liebe spricht so, wie es der Wahrheit gebührt und wie sie den Hörenden in diese Wahrheit hereinholen kann. Darum mußte Jesus vor Herodes schweigen. Es gab keinen Raum für das Wort, ohne die ewige Wahrheit zu verletzen und damit Herodes aus der Wahrheit auszustoßen. Das Schweigen Christi war seine Liebe.

Was Geist heißt, heißt bei uns zumeist Erkenntnis. Und dann hört unser Interesse am Geist auch schon auf, wiewohl oder gerade weil er jetzt lebendig wird und wir ihm nur noch entsprechen können mit dem Kunstwerk, oder tiefer: mit dem Gebet. Doch das Verbrechen in uns will eine Enzyklopädie werden, will sich zudecken mit dem Mantel des Wissens und der Kenntnisse, es möchte das Organ, das Gott in uns zur Kommunion mit sich selbst gelegt hat, taub machen. So blühen die Arbeit, das Wissen und die Erkenntnis, und das Ich feiert im Können sich selbst als seinen Gott.

Wenn der Mensch bar ist aller Bilder und Ideologie – dies kann man bei Kindern wahrnehmen –, was ist dann das lebendige Sprechen der Wahrheit in ihm? Die Gerechtigkeit. Selbst der entblößteste Mensch, oder gerade er, hat das feinste Empfinden für Gerechtigkeit, was immer er darunter auch versteht. Und dies macht seine Würde aus.

Der Dichter, der Heilige, der Philosoph, sie sind Herrschernaturen, wenn sie denn sind. Wie soll ein knechtischer Geist etwas hervorbringen, was die Freiheit selbst ausmacht?

Zwischen dem für Gottes Geist offenen und dem für Gottes Geist verschlossenen Menschen könnte die Kluft nicht größer sein: der für Gottes Geist offene Mensch will in seinem ganzen Wesen geistdurchlässig werden, so der Lebendigkeit des Lebens entsprechen zu können. Das Ziel seiner Umgestaltung ist er selbst. Der für Gottes Geist verschlossene Mensch hingegen möchte alles Dasein ändern, damit es gleich werde seiner inneren Erstarrung, er der Aufforderung des „du mußt dein Leben ändern" entkommen kann. Er reißt die Welt um und um und bleibt doch immer der gleiche Tote.

Ganz wie das Wesentliche in der Kunst sich nur durch den Prozeß der Ausführung mitteilt, die Kunst also nie Ergebnis, sondern Geschehen ist, kann unser Geist auch nur am Heiligen Geist partizipieren, etwas über ihn aussagen oder wirklich wissen, insoweit wir *tun*. Glaube ohne gläubiges Leben (das aber keineswegs für Dritte kenntlich sein muß) ist Spekulation. Die Kenntnis, die wir von Gott haben können, ist einzig Erfahrungskenntnis. So hat Gott es gefügt, auf daß sich kein Unreiner in den Himmel einschleiche. Und wer ist der Unreine anderer als der, der Gott im Munde führt, ohne auch nur einen Deut sein Leben zu ändern.

Ganz wie das Wesentliche in der Kunst sich nur durch den Prozeß der Ausführung mitteilt ... so sucht der Künstler zuletzt nicht diesen Prozeß, dieses Geschehen, sondern er sucht das Ereignis des Werkes, die Tatsache, daß etwas Lebendiges unter seinen Händen geworden ist: er sucht das Schöpfer-Glück. Dieses: „Und Gott schuf ... und Gott sah, daß es gut war", ist auch des Künstlers ersehnte Erfahrung. Darum treibt ihn das Werk, treibt ihn Vollbringersehnsucht. Aber das Werk wird nur kraft des lebendigen Geschehens der Wahrheit. Und an dieser Wahrheit hat nur teil, wer auf diese Wahrheit hört, ihr Macht gibt.

Es gibt Geist und Geist. Zumeist wird Geist von uns nur dazu benutzt, das Gegebene zu verteidigen, zu rechtfertigen oder auch – unter dem Vorwand, zu heilen – den Menschen zu erniedrigen und zu verklagen und so die Apologie unseres eigenen Beharrens zu betreiben. Man liebt z.B. die Natur, aber haßt den Menschen, der darin herumgeht. Der natürliche Geist ist Instrumentarium der Selbstrechtfertigung. Er versteckt sich unter dem Anschein des Guten. Ganz anders der Heilige Geist. Er läßt sich nicht benutzen, sondern nimmt den Menschen in jene schmerzliche Wahrheit gefangen, die da heißt: die Welt wird neu, wo der Mensch neu wird. Die Adresse des Heiligen Geistes ist der Mensch, nicht die Welt. Er bringt die Welt zum Menschen und belehrt ihn durch Güte über sein falsches Verhältnis zum Geist. Der natürliche Mensch hingegen liebt die Welt, sei dies nun Arbeit, eine Lehre, die Natur, ein Ding oder der eine abgöttisch geliebte Mensch, und er möchte *den* Menschen daraus forthaben.

Wenn wir den Weg zur Anbetung nicht finden, sind unsere Bücher umsonst gewesen oder wir haben sie nicht richtig gelesen.

Das Geschlecht zeigt an, daß wir nicht allein sind und nicht allein gedacht sind. Das ist das Eigentümliche am Menschen, daß er sowohl innen als auch außen ist. Das Geschlecht schafft das Außen, aber es hat aufgrund dieses Außen eine Fremdheit, Andersheit zum Innen. Gott hat den Menschen als Geschlechtswesen, als Mann und Frau in so etwas wie einem zweiten Schöpfungsakt – Gott entnimmt Adam eine Rippe –, erschaffen. Das Geschlecht steht in einer Zweideutigkeit von Zärtlichkeit und Generation. Durch die Generation werden wir per Geschlecht in Dienst genommen, wächst etwas über uns hinaus und gleichzeitig aus uns heraus. Auch hier ist ein Kreuz aufgerichtet: Wir müssen erkennen, daß wir uns nicht allein gehören, uns nie allein gehört haben. Gott hat die Zärtlichkeit gewählt, um den Menschen fortzuzeugen. Die Zeugung ist Zärtlichkeit, auch das Kind ist es, zuerst aber ist es das erotisch-eheliche Zueinander. Und das Kind, es steht nicht da, wo Vater und Mutter gestanden haben, es steht auf neuer nie dagewesener Stufe. Vater, Mutter, Kind, jeder von ihnen hat seine eigene durch niemanden vertretbare Stufe. In diesem Sinne ist das Kind unendlich fremd und doch ein Vertrautes. Das Kind erlöst Mann und Frau aus der Illusion und Bedrohung der Singularität.

Es ist gut, wenn Gott uns so hernimmt, daß wir die Möglichkeiten des Behagens und des Luxus nicht mehr haben, der frommen oder unfrommen Einbildung der Boden entzogen wird und wir Kern sein müssen, doch kein bitterer, sondern geprüfter, heiterer Kern.

Die Dichtung kann den Menschen auf der niedrigsten und höchsten Seinsstufe, die ein Mensch erreichen kann, begleiten. Wie das? Sie kann das, weil sie, um zu sein, immer in die Verdemütigung des Nichtwissens hineinmuß. In der Dichtung singt der Mensch in seiner Sprachlosigkeit. Sie ist das Lied seiner Seele. Und gleichviel welche Seinsstufe er erreicht, und selbst oder gerade, wenn er solch hohe wie Johannes vom Kreuz erreicht, die Dichtung befreit ihn aus seiner Sprachlosigkeit. Dichtung ist Gesang. Und Gesang wird geboren aus Güte.

Das Gebet öffnet uns in rechter Weise; die Arbeit macht uns demütig.

Wir können den Teufel nicht denken, so wenig wie wir Gott denken können. Aber Gott können wir erfahren, und darum kann er unser Herz ausrichten. Aber da wir den Teufel weder im eigentlichen Sinne erfahren noch denken können, wird er zwangsläufig ein Objekt der Spekulation, wenn unser endliches Denken sich damit befaßt, und als solcher wird er eine Quelle von Ängstlichkeit und Dämonisierung. Die Offenbarung kündet uns den Teufel. Doch wo tut sie das und wie? Der Teufel ist in ihr eine marginale Erscheinung. Und wenn er erscheint, dann im Auftrag Gottes oder als Besiegter. Christus hat ihm, der Schlange, den Kopf zertreten. Das ist die Weise wie der Glaube mit dem Teufel umgehen muß. Aber warum kündet uns die Offenbarung den Teufel? Unsere geistige Welt ist zerbrochen. Um unsere Gedanken, unser Leben aus der richtigen Quelle zu speisen und auf das richtige Ziel zu lenken, müssen wir zum Bild Gottes zurückfinden. Wir müssen es vor uns aufrichten und daraus leben. Uns ist es nicht gegeben, mittels des Denkens den Weg zu finden, sondern nur kraft des Gehorsams vor Gott. Der Gehorsam beschützt die Gedanken, befreit zum aufrichtigen Denken. Wir können darum den Teufel nicht positiv bestimmen, sondern nur fragen: Was ist das Bild Gottes? Von diesem Bild aus erhält der Teufel seinen Platz, als Besiegter und Nichtseiender. Doch aufgrund der Verunklarungen unserer Seele, die der vollkommenen Erlösung noch harrt, die noch nicht von Angesicht zu Angesicht mit Gott existiert, müssen wir mit dem Bösen in uns rechnen.

Das Kunstwerk ist dem Künstler ein von Gott gegebenes Gefährt, zur Wahrheit seines Selbstes zu reisen und damit auch ein Stückweit in die Wahrheit Gottes hinein. Es ist eine Art Beichtgespräch, darin der Beichtiger schon integriert ist.

Trugschluß und Unkenntnis darüber, was der Geist ist: zu glauben, wir könnten uns selbst am Haar aus dem Schlamm ziehen. So verkennen wir, daß wir nicht außerhalb unseres Geistes sein können. Was wir heute wahrnehmen, nehmen wir morgen vielleicht nicht mehr wahr. Wir leben in und aus dem Geist, den wir anbeten. Und wir beten immer an. In diesem Geist werden wir unsere Entscheidungen treffen, auch wenn unser mutmaßender Sinn sich frei dünkt, mit den Gedanken jederzeit überall hinzukommen. Nur die Anbetung Gottes sprengt diese Gefangenschaft. Sie entleert unseren Geist, um Gottes Geist zu vernehmen. Darum ist die Gnade, beten zu können, die erste und vielleicht größte Gnade. Darum die Bitte der Jünger an Jesus: „Herr, lehre uns beten."

Der Dichter, der Heilige, sie wohnen in einem dünnwandigen Zelt, nah den Wettern Gottes.

Wer in die Freiheit der Gnade Gottes gekommen ist, der ist einem verrechnenden Verhältnis gestorben. Er hat sein Herz sozusagen eine Stufe höher oder tiefer gegründet als jene Stufe, wo das rechtende natürliche Leben sich vollzieht. Solch Güte hat nichts Aufdringliches oder Besonderes, sie besteht darin, von der Welt nichts mehr zu erwarten. Sie erhofft alles von Gott. Sie ist keine Absage an die Welt, ist auch nicht ohne bittere Kenntnisse und Erfahrungen, doch diese sind in ihr verwunden zu köstlichem Besitz der Großherzigkeit. Jenes Dasein, das der andere im verrechnendem Verhältnis mit der Welt auskämpft und dabei entweder zum korrupten, scheinbaren Sieger oder zum bitteren, gekränkten Verlierer wird, muß der Glaubende mit Gott auskämpfen, dessen Wege unerforschlich sind. Bei aller Absurdität und Nacht, die Gott über einen Menschen verhängen kann, darf er doch wissen, daß Gott treu ist; wenn Gott sich entzieht und unzugänglich macht oder dem Menschen äußeren Segen raubt, dieses dann Weisen seines tieferen Umgangs mit uns sind, dessen Botschaft sich uns erschließen wird, wenn die Zeit reif ist. Der in die Freiheit der Gnade Gottes Gelangte tritt, wie Jakob, als Sieger mit ausgerenkter Hüfte an, denn zuvor muß er mit dem Engel gekämpft haben, oder als Verlierer, weil Gott ihn in seinem weltlichen Ehrgeiz plötzlich blendet und ihm die Goldstücke dieser Welt zu Asche macht. Trete er nun als Verlierer oder Sieger an, seine Sehnsucht ist, von Gott besiegt zu werden. Daraus strahlt seine Güte.

Die Kunst wird nicht zuletzt durch die Kunst in die Freiheit gesetzt, sondern durch Gott. Ein l'art pour l'art ist nur Negativ-Hilfsmittel, die Kunst als je eigenes Freisein, als Sprache, als Geschehen von Wahrheit, als souveränes Freiheits- und Wahrheitsmittel denkbar zu machen. Eine wirkliche Kunst um der Kunst willen – und hier ist mit Gott und Kunst im Grunde dasselbe gemeint – kann es erst geben, wenn die Freiheit in ihrer Freiheit befreit ist. Diese Befreiung der Freiheit – die jene Freiheit ist, das Höchste und Tiefste durchleben und denken zu können – wird erst im Erlösungsopfer Christi geschenkt. Gott liebt alles in seinem Freisein und will zum Freisein verhelfen. Wenn die Kunst (im Künstler) dadurch zur Tendenzkunst wird, ist das nur Zeugnis für den kleinen Glauben des Künstlers, genauso wie der Mensch, der seine Freiheit im Glauben nicht übernehmen will, zum Frömmler mißrät. Darum ist die Frage: Will ich durch die Wahrheit Gottes freier geheiligter Mensch werden? die gleiche Frage wie an den Künstler: Will er die Kunst in ihre außerordentliche Freiheit eintreten lassen, wo sie die Tiefen der Tiefen und Höhen der Höhen besingen und ihre stärksten Formkräfte entfalten kann?

Einen tragfähigen Nenner für einen unendlichen Zähler finden. Dieser Nenner ist der Glaube. Er bringt den Zähler in ein Verhältnis zur Stille und Ausgewogenheit, zur Wert-Zeit, wandelt ihn in Kraft, die jene Dauer ist, die in die Zukunft reicht.

Zum taoistischen und buddhistischen Glauben an den Weg und an die Leere kommt im Christentum der Glaube an die Menschwerdung Gottes hinzu. Wer die Leere überspringt und gleich bei Jesus Christus ankommen möchte, gelangt nur von „einem Fürsten zum anderen Fürsten". Wer jedoch den von Christus und den Aposteln geforderten mystischen Tod stirbt und folglich den *horror vakui* als von Gott gesandten Schrecken der Wandlung durchlebt, der faßt, indem er Christus faßt, tiefer noch als die beseligende Leere und Schönheit der taoistischen und buddhistischen Kontemplation, die Tiefe der Gemeinschaft Gottes, Gottes lebendiges Leben, seine personhafte Gegenwart. Taoistische, buddhistische und christliche Kontemplation mögen in ihren Anfängen gleich sein. Am Ende unterscheiden sie sich insofern, als der Christ von einer Gottesliebe, die ihm eine universale, nicht-es-hafte Freiheit und Zuwendung zu jedem Menschen und zu allem Sein schenkt, erfüllt wird. Unendlich strömt für ihn die Liebe Gottes in der Trinität. Das abstrakte Sein der Leere wird ihm Herz Gottes. Die taoistische und buddhistische kontemplative Erfahrung ist hohe Liebe, und sie wird als solche erfahren, und sie ist hohe Liebe auch insofern, als es zur Aufrichtigkeit gehört, Gott in dieser Leere und als diese Leere zu suchen und zu erfahren, solange seine Selbstmitteilung nicht erfolgt ist. Der menschliche Geist macht sich auf diese Weise frei von seinem Verstricktsein mit dem bloßen Werden und rückt die Freiheit Gottes als Leere in seine Mitte. Aber daß Gott sich selbst als Fülle der Liebe, als Liebe Christi mitteilen kann, dazu bedarf es des Zusammenwirkens von mystischem Tod, Berufung und des Wortes Gottes als Geschichtlichkeit in der Wirklichkeit der Kirche, das von Pfingsten her auf uns zukommt.

Ob die Kunst so etwas wie ein Sakrament sein kann? So etwas vielleicht. Aber daß sie ein Sakrament sei, das hieße, aus der Kunst etwas machen, was sie nicht sein kann. Das Sakrament ist eine Wirkmacht im gläubigen Menschen selbst, ist leibhafte Einwohnung des Heiligen Geistes. Verglichen damit bleibt die Kunst – auch als Wort – immer gegenüber. Sonst müßte z.B. auch die Predigt, wiewohl sie natürlich anders als das Kunstwerk nicht im Fleisch *erscheint*, ein Sakrament sein. Sie ist es nicht, weil sie keine Quelle leibhaften Heils im Menschen zu werden vermag.

Drei Dinge gibt die Kunst der Religion, sozusagen als Folie, aber auch als Sauerteig: die Wahrheit über den Ort, wo der Mensch sich befindet, die echte Empfindung, und damit das mögliche aufrichtige Wort, dann die nichtbuchstäbliche Anschauung der Welt.

Der einzig auf die Kultur hoffende Mensch denkt sich, wenn ich dies oder das noch mache, oder wenn sich die Kultur ändert, wird sich Erlösung nahen. Er vergißt, daß der Antrieb seiner Erlösungshoffnung gerade sein eigenes Machen ist, vergißt, seine „oben offene Hand bleibt vor dir/ offen, wie Abwehr und Warnung", daß Kultur immer im Modus des

Gegenüber steht. Darum kann die Erlösung nicht in der Kultur gefunden werden, sondern Kultur kann und soll dem Menschen zur Selbstwahrnehmung und Reflexion verhelfen. Als solche ist sie bleibende Kraft und Notwendigkeit auch innerhalb der Religion. Tiefer gesehen ist Kultur immer Technik der Religion. Nur Religion kann den Menschen über sein Heil belehren, vorausgesetzt sie hält die Klammer von Gottes- und Bruderliebe zusammen. Sie weiß, worin dieses Heil steht, und sie kann es vermitteln. Sie weiß, daß es pfingstlich ist: *ein* Wort, aber in jedwedes Herz-Sprache.

Das Christliche kann in jede Philosophie hinein, in jeder Philosophie ein Tüpfelchen seiner Wahrheit finden, auch wenn sich diese Philosophie als Gegner des Christentums verstehen sollte. Das Christliche ist das Alles der Erfahrung. Darum ist das Christliche gegenüber dem Denken aufgeschlossen, denn darin äußern sich die endlosen Approximationen, die Wahrheit zu erfassen oder den Menschen vor der Wahrheit neu zu orten, äußert sich die Sehnsucht des Wahrheitssuchenden, dessen, der für seine Erfahrung das Wort Gottes sucht, das er aber nur – was er noch nicht weiß – in einem Denken jenseits des Denkens finden kann. „Prüfet alles, und das Gute behaltet", das ist der Ort des Christlichen.

Die Poesie ist der Schmetterling des Religiösen. Sie ist eine Weise, das Menschliche einzuüben. Sie ist ein Vögelchen, aber ein unendlich notwendiges. So notwendig, daß man sagen kann, wo dieses Vögelchen nicht mehr singt, ist Wüste geworden, ist der Mensch gestorben.

„Meister, wo bist du zur Herberge?", so die Frage der Jünger an Jesus. Wo wohnt jemand, der solch außerordentlichen Geistes ist. Unser Wohnen zeugt von unserem Geist, denn im Wohnen zeigen wir, auf welche Weise wir Distanz nehmen zum Elementalen, wie wir ins Verhältnis treten. Jesus antwortet: „Kommt und seht!" Und an anderer Stelle: „Füchse haben Gruben und die Vögel unter dem Himmel haben Nester, aber der Menschensohn hat keinen Ort, sein Haupt niederzulegen." Jesus ist derart ins Verhältnis getreten, daß sich das Verhältnis dem Augensschein nach schon wieder auflöst. Seine Distanznahme hat keine Lokalität zum Fixpunkt. Um des Erlösungsopfers willen muß Jesus so weit gehen, den jedem Menschen unversagten Trost, irgendwo sein Haupt niederlegen zu können, zu opfern. Die Jünger ahnen so etwas. Darum die Frage: „Meister, wo bist du zur Herberge?" Sie denken, welch Wohnung kann zu solch einem Geist passen: etwa ein biederes Haus, ein pompöser oder heruntergekommener Palast, irgendwelche Zimmer in einer Siedlung, ein Hotel oder die Nicht-Wohnung eines dem Elementalen sich schon wieder angleichenden Obdachlosen? Nichts dergleichen will auf Jesus passen. Die Jünger können sich seine Wohnung nicht vorstellen. Jesus antwortet: „Kommt und seht!" Und sie kommen und sehen, daß seine Wohnung WEG ist. Wo wohnt Jesus? Wo sammelt er sich? Wo entwirft er seine Welt, wo widersteht er dem Elementalen? Er tut dies – wie es in dieser Vollkommenheit nur ihm möglich ist – im Weg und – einen Steinwurf entfernt von den Jüngern – im Gebet. Und die Jünger, wo wohnen sie fortan? Sie wohnen in Häusern, Hütten, Höhlen, Zimmern, Hotels, in Abgeschiedenheit mitten unter den Menschen. Sie brauchen einen Ort, ihr Haupt niederzulegen, aber sie schlafen im Frieden Christi. Die Lokalität ihrer Distanznahme zum Elementalen wird transparent, ist aufgetan für Mensch und Gott, ist gastfrei.

Die wahre Philosophie destruiert den Gott der Philosophie, um dem lebendigen Gott Platz zu schaffen.

Wer an der Heiligen Kommunion teilnimmt, sitzt in der Reihe der Jünger Christi, die am Abendmahl teilnehmen. Er ist gleichzeitig mit den Jüngern. Er ist in Wahrheit ebenso unwissend wie diese um das, was da geschieht. Er kann dem Ereignis in keiner Weise würdig sein. Jesus reicht normales Brot, normalen Wein und spricht dazu sonderbare, unerklärliche Worte. Aber irgend etwas ist in diesem Akt unendlich wahr. Ein Akt, vielleicht nur – wenn auch auf ganz anderer Ebene –

dem Kuß zu vergleichen. Auch der Kuß ist höchstlebendige Wirkkraft in unserem geistigen Haushalt. Doch wie spottet es jeder Beschreibung und jedes Vergleichs, dieses: in der Reihe der Jünger Christi zu sitzen, Jesus Christus, Gott zu fühlen.

Das menschliche Schaffen ist Ableitung aus der Schöpfung und so zuerst zweite Welt. Gott kann durch sein Zutun diese zweite Welt mit in seine erste aufnehmen und ihr einen lebendigen Quell verleihen. Wir können unsere Welt nicht neu erschaffen. Wir leben in dem und aus dem, was Schöpfung heißt, was unser Schaffen gründet. Wo nur noch menschliches Schaffen, also zweite Welt ist, da ist der Quell verloren. Darum soll unser Schaffen dem Schaffen Gottes die Ehre geben.

Es gibt nur zwei Wege: entweder die unendliche ethische Forderung abzuschaffen oder sie zur Heiligkeit und Gnade hin zu durchdringen. Im letzteren Tun wird man irgendwann auf Jesus Christus stoßen.

Das eigentliche Schreckliche des Sündenfalls ist, daß wir nie aus dem Pragmatischen herauskommen. Wir ahnen, wie wunderbar wir miteinander reden könnten, wenn nicht der Fluch des Pragmatischen, des Ökonomischen auf uns lasten würde. Unsere Rede ist Daseins- und Konfliktbewältigung, aber nicht das Wunderbare des freien Gesprächs und Miteinander der Schönheit. Nur selten gelingt es, einen Strahl des Nichtökonomischen zu erhaschen. Sind wir einsam, können wir nicht verstehen, daß hinter all den hell erleuchteten Fenstern fast keine Begegnung geschieht. Strategien der Macht und Angst wechseln einander ab, dazwischen liegen die Gezeiten der Bedürfnisbetriedigung. Doch wie das Wort sagen, das befreiende und eröffnende? Sollte es immer nur bei Einem verweilen, nie bei Zweien zugleich? Ertragen wir nicht so viel Wirklichkeit?

Kunst ist eine Unternehmung und Feier des Idealen, das im Leben angelegt und gegenwärtig ist, aber immer untergeht, sprachlos bleibt. Das ist die schmerzliche Erfahrung des

Künstlers. Seine Liebe zu Gottes Hand in *seiner* ständig währenden Schöpfung. Dieses Ideale zum Sprechen zu bringen, hervorzuholen, zu zeigen ist die höchsteigene Berufung der Kunst.

Jeder Tag ist ein Füllhorn, das wir gar nicht die Kraft zu leeren haben.

Dem Leben seine Wünsche abhorchen oder ihm einen Plan vorgeben? Wer ersteres tut, dem wird Gott irgendwann der Wirkliche, der er ist. Und dann übernimmt das Gebet, das religiöse Leben, die Aufgabe, den Willen Gottes zu erfragen. Wer das Leben so *versteht,* der ersehnt Gott, der erleidet Gott, der lebt mit ihm.

Anmerkungen

15	„Haschen nach Wind", Pred 2,11.
20	„Ich war wie ein Tier vor dir", Ps 73,22.
	„Rühme dich nicht wider die Zweige", Röm 11,18.
22	„der Ort, darauf du stehst, ist heiliges Land", 2. Mose 3,5.
	„Hier bin ich", 1. Mose 22,1.
	„Das Reich Gottes steht nicht in Worten, sondern in Kraft", 1. Kor 4,20.
	„Wer mich aber liebt, der wird von meinem Vater geliebt werden", Joh 14,21.
24	„Was kein Auge gesehen hat und was kein Ohr gehört hat und in keines Menschen Herz gekommen ist", 1. Kor 2,9.
28	„ihn melken wollen wie eine Kuh", Meister Eckehart, *Deutsche Predigten und Traktate*.
30	„Es kommt der Fürst der Welt. Er hat keine Macht über mich", Joh 14,30.
32	„Der Herr ist mein Hirte, mir wird nichts mangeln", Ps 23,1.
33	„Doch ist mir einst das Heilige, das am/ Herzen mir liegt, das Gedicht", Friedrich Hölderlin, *An die Parzen*.
35	„Und wir sahen seine Herrlichkeit", Joh 1,14.
36	„vor sich selbst groß werden will", Sören Kierkegaard, *Die Krankheit zum Tode*.
38	„doch essen die Hunde unter dem Tisch von den Brosamen der Kinder", Mark 7,28.
39	„Zu zahlreich ist das Volk, das bei dir ist, als daß ich", Richt 7,2.
	„Hier sind zwei Schwerter", Luk 22,38.
40	„In der Welt habt ihr Angst; aber seid getrost, ich habe die Welt überwunden", Joh 16,33.
41	„Wir sind doch Kinder Abrahams", Joh 8,33.
43	„Ich schweige, und da meinst du, ich sei so wie du", Ps 50,21.
44	„einen geängstigten Geist (…) ein zerschlagenes Herz", Ps 51,19.
48	„Sein ohne Seiendes", Emmanuel Lévinas, *Die Zeit und der Andere*.
53	„niemand steigt zweimal in den gleichen Fluß", Heraklit, *Fragmente*.
54	„Seid klug wie die Schlangen und ohne Falsch wie die Tauben", Matth 10,16.
55	„Was ist Wahrheit?", Joh 18,38.
56	„Finde ich fünfzig Gerechte zu Sodom", 1. Mose 18,26.
57	„Wer meine Gebote hat und hält sie, der ist's, der mich liebt", Joh 14,21.
	„Also hat Gott die Welt geliebt", Joh 3,16.
58	„Herr, lehre uns beten", Luk 11,1.
59	„der Tiefbesiegte/ von immer Größerem zu sein", Rainer Maria Rilke, „Der Schauende", *Das Buch der Bilder*.
61	„und sie sprachen zu den Bergen und Felsen: fallet über uns", Offb 6,16.

62	„Furcht des Herrn ist der Anfang der Weisheit", Sir 1,16.
64	„Wie schön leuchtet der Morgenstern", Philipp Nikolai, 1599.
65	„Richtet nicht, auf daß ihr nicht gerichtet werdet", Matth 7,1.
66	„Die solche Götzen machen, sind ihnen gleich", Ps 115,8.
67	„ledig allen Gebets", Paul Celan, *Lichtzwang*.
70	„Ihr habt den Teufel zum Vater", Joh 8,44.
71	"Do not suddenly break the branch", T.S. Eliot, "Usk", *Minor Poems*.
	"Lord, I am not worthy", T.S. Eliot, "Ash-Wednesday", *Complete Poems*.
	„die Liebe, die beweget Sonn und Sterne", Dante, *Die göttliche Komödie*, XXXIII. Gesang.
76	„der die Welt überwunden hat", 1. Johannes 5,4.
77	„wachet und betet, daß ihr nicht in Anfechtung fallet", Matth 26,41.
78	„Wie ein gestreckter/ Arm ist mein Rufen", Rainer Maria Rilke, „Die Siebente Elegie", *Duineser Elegien*.
80	„das Symbolisierte des Symbolisierten", Jörg Splett, *Die Rede vom Heiligen*.
83	„Tapferkeit des Gefühls vor dem Furchtbaren", Friedrich Nietzsche, Werke Bd. 1.
	„Einen ketzerischen Menschen meide", Tit 3,10.
84	„das ist seine ewige Kraft und Gottheit", Röm 1,20.
85	„Waste Land" und „Ash-Wednesday", T.S. Eliot, *Complete Poems*.
86	„Freutet euch mit den Fröhlichen und weinet mit den Weinenden", Röm 12,15.
87	„Liebet eure Feinde", Matth 5,44.
88	„und was in keines Menschen Herz gekommen ist, hat Gott denen bereitet, die ihn lieben", siehe Anm. S.12.
90	„Der Herr ist mein Hirte, mir wird nichts mangeln", Ps 23,1.
	„daß die Menschen müssen Rechenschaft geben (...) von einem jeglichen nichtsnutzigen Wort, das sie geredet haben", Matth 12,36.
91	„Sehnsucht nach dem Idealen", Andrej Tarkowkij, *Die versiegelte Zeit*.
92	„Mein Herr und mein Gott", Joh 20,28.
97	„Gottes Gaben und Berufung können ihn nicht gereuen", Röm 11,29.
98	„ein Licht, zu erleuchten die Heiden", Luk 2, 32.
99	„wenn dein Bruder aber [gegen dich]sündigt", Matth 18,15.
101	„unsere inneren Augen durch aufgelegten Lehm zu heilen", Augustinus, *Über die wahre Religion*.
103	„Glaubt mir, daß ich im Vater bin und der Vater in mir", Joh 14,11.
	„Wer den Sohn sieht, der sieht den Vater", Joh 14,9.
105	„Ich trete die Kelter allein", Jes. 63,3.

"Herr, ich glaube, hilf meinem Unglauben", Mark 9,24.
107 "mein Freund ist mein, und ich bin sein", Hohelied 2,16.
109 "Wo bist du?", 1.Mose 3,9.
110 "Das Himmelreich ist nahe herbeigekommen", Matth 4,17.
"Fürchtet euch nicht", Matth 28,10.
114 "Du bist mein", Jes 43,1.
115 "Von dem Tage aber und der Stunde (des Kommens des Menschensohnes) weiß niemand", Matth 24,36.
116 "Der Glaube, wenn er nicht Werke hat", Jak, 2,17.
"Wenn der Herr nicht das Haus baut", Ps 127,1.
"Wo man aber die Gebote hält, da ist unvergängliches Leben gewiß", Weish 6,19.
120 "Pforten der Hölle", Matth 16,18.
121 "Du sollst den Namen des Herrn, deines Gottes", 2. Mose 20,7.
123 "Auf daß die Schrift erfüllt werde", Joh 19,36.
124 "Es ist vollbracht", Joh 19,30.
125 "Meine Schafe hören meine Stimme", Joh 10,27.
132 "Und wenn ich weissagen könnte", 1. Kor 13,2.
133 "wenn es möglich wäre, würden auch die Auserwählten verführt werden …", Matth 24,24.
"Arme habt ihr allezeit bei euch", Matth 26,11.
134 "Ein jeglicher, liebe Brüder, worin er berufen ist, darin bleibe er bei Gott", 1. Kor 7,24.
135 "Du sollst dir kein Bildnis machen", 5. Mose 5,8.
"mir ist gegeben alle Gewalt", Matth 24,36.
136 "Was bleibet aber, stiften die Dichter", Friedrich Hölderlin, *Andenken*.
"Wir können nichts gegen die Wahrheit, sondern für die Wahrheit", 2. Kor 13,8.
137 "schrecklich ist's, in die Hand des lebendigen Gottes zu fallen", Hebr 10,31.
144 "Gott sei mir gnädig nach deiner Güte, und tilge", Ps 51,3.
"Daß der Fürst dieser Welt gerichtet ist", Joh 16,11.
146 "von dem Ölbaum, der von Natur aus wild war", Röm 11,24.
147 "die dunkle Nacht der Sinne", Johannes vom Kreuz, *Die dunkle Nacht*.
151 "Gebt dem Kaiser, was des Kaisers ist", Mark 12,17.
159 "Es kommt die Nacht, da niemand wirken kann", Joh 9,4.
160 "Und wer verheiratet ist, muß sein, als wäre er es nicht", nach 1. Kor 7,29.
"Einer, ach, der Geliebtsein und Lieben für nichts rechnen darf", Rainer Maria Rilke, *Das Testament*.
"Selig bist du, die du geglaubt hast", Lukas 1,45.
162 "Selig, wer nicht Ärgernis nimmt an mir", Matth 11,6.

169 „der Herr lacht sein", Ps 37,13.
    „meine Gedanken sind nicht eure Gedanken", Jes 55,8.
170 „Einer unter euch wird mich verraten", Matth 26,21.
171 „Herr, bin ich's", Matth 26,22.
    „Eines aber ist not", Luk 10,42.
    „mit einander ihr Los verdecken", Rainer Maria Rilke, „Die Erste Elegie", *Duineser Elegien*.
172 „daß der Wein erfreue des Menschen Herz und das Brot des Menschen Herz stärke", Ps 104,15.
    „Ihr könnt die Hochzeitsleute nicht fasten lassen ...", Luk 5,34.
173 „Wer mich sieht, der sieht den Vater", siehe Anm. S. 103.
176 „sie haben ihr Leben nicht geliebt bis an den Tod", Offb 12,11.
    „was zum Munde eingeht, das geht in den Bauch ...", Matth 15,17.
177 „der Sünde Gesetz, welches ist in meinen Gliedern ...", Röm 7,23.
    „Wer wird mich erlösen von dem Leib dieses Todes", Röm 7,24.
    „meine Kraft ist in den Schwachen mächtig", 2. Kor 12,9.
179 „werdet erst einmal recht nüchtern", 1. Kor 15,34.
180 „der da sein wird, als der er da sein wird", 2. Mose 3,14.
    „Ich und der Vater sind eins", Joh 10,30.
    „das Heil kommt von den Juden", Joh 4,22.
181 „Seid getrost, denn ich habe die Welt überwunden", Joh 16,33.
185 „nicht einer unter uns, der Gutes tut", Ps 14,3.
186 „Mein Gott, warum hast du mich verlassen", Mark 15,34.
    „Was kein Ohr gehört und in keines Menschen", siehe Anm. S.24.
187 „ich war wie ein Tier vor dir", siehe Anm. S. 20.
188 „Geh schnell hinaus auf die Straßen und Gassen ...", Luk 14,13.
189 „der kleinste Buchstabe noch ein Tüpfelchen", Matth 5,18.
197 „Und Gott schuf den Menschen, und schuf sie als Mann und Frau", 1. Mose 1,27.
198 „Und Gott sah an alles, was er gemacht", 1. Mose 1,31.
199 „Maria aber behielt alle diese Worte ...", Luk 2,19.
    „Hier ist mehr als Salomo", Matth 12,42.
201 „Es ist nicht gut, daß der Mensch allein sei", 1. Mose 2,18.
202 „Denn das Wort Gottes ist lebendig", Hebr 4,12.
204 „Wer euch hört, der hört mich", Luk 10,16.
    „der Wind, der weht, wo er will", Joh 3,7.
210 „das, was ihr wollt, das andere euch tun sollen ...", Luk 6,31.
212 „wo ich bin, da soll mein Diener auch sein", Joh 12,26.
    „Wer nicht mit mir ist, der ist wider mich", Matth 12,30.
213 „Wer nicht wider uns ist, der ist für uns", Mark 9,40.
    „Was saget ihr aber, daß ich sei", Luk 9,20.
214 „den Wagen seiner Lieder lenkt", Empedokles, *Fragmente*.
    „Ich werde sein", 2. Mose 3,14.
216 „... dichterisch, wohnet der Mensch auf dieser Erde", Friedrich Hölderlin, *In lieblicher Bläue*.

217 „Den Geist mit etwas außerhalb von ihm beschäftigen", Sören Kierkegaard, *Die Krankheit zum Tode.*
220 „Die Ersten werden die Letzten sein, und die Letzten ...", Matth 19,30.
221 „wachet und betet", Mark 14,38.
„Seid klug wie die Schlangen und ohne Falsch wie die Tauben", siehe Anm. S. 26.
223 „Was suchet ihr den Lebendigen bei den Toten", Luk 24,5.
224 „Ich weiß, daß ich nichts weiß", Platon, *Kriton.*
236 „Gott ist's, der in euch wirkt beides, das Wollen und das Vollbringen", Phil 2,13.
„Er (der Herr) kann es kaum erwarten, daß du ihm auftust", Meister Eckehart, *Deutsche Predigten und Traktate.*
„Herr, ich habe keinen Menschen", Joh 5,7.
237 „Was ist Wahrheit?", siehe Anm. S. 55.
240 „Strahlung des Sterns", Franz Rosenzweig, *Der Stern der Erlösung.*
250 „Wer aber nicht glaubt, der ist schon gerichtet", Joh 3,18.
260 „du mußt dein Leben ändern", Rainer Maria Rilke, „Archaischer Torso Apollos", *Neue Gedichte.*
„Und Gott schuf ... und Gott sah, daß es gut war", 1. Mose 1,25.
264 „Herr, lehre uns beten", siehe Anm. S. 28.
265 „von einem Fürsten zum anderen Fürsten", Dschuang Dsi, *Das wahre Buch vom südlichen Blütenland.*
266 „oben offene Hand bleibt vor dir/ offen, wie Abwehr und Warnung", Rainer Maria Rilke, „Die Siebente Elegie", *Duineser Elegien.*
267 „Prüfet alles, und das Gute behaltet", 1. Thess 5,21.
„Meister, wo bist du zur Herberge", Joh 1,38.
„Kommt und seht", Joh 1,39.
„Füchse haben Gruben und die Vögel unter dem Himmel haben Nester", Matth 8,20.

Nachwort

Sakrament der Leiblichkeit

Sententia: Meinung, Ansicht, Idee; Satz, Periode; Denkspruch. In den scholastischen Lehrbüchern begegneten als sententiae die Stellungnahmen von Philosophen zum jeweils anstehenden Problem. Sie bildeten also den kleinen historischen Part in der vorwaltend thetisch systematischen Weise des Philosophierens, wonach (mit Thomas von Aquin gesagt) es nicht darum zu tun ist, „was Menschen gemeint haben, sondern wie es sich mit der Wahrheit der Dinge verhält." Kann man das heute noch derart hochgemut formulieren? Offenbar hat sich doch der Gegen-Entwurf eines Siger von Brabant durchgesetzt, man habe eher die Meinung der Philosophen als die Wahrheit zu erforschen.
In diesem Buch jedoch geht es entschieden thetisch zu, freilich nicht systematisch und schon gar nicht schulgemäß. Ja, Philosophie überhaupt kommt, will mir scheinen, nicht besonders gut weg – vor allem nicht der Gott der Philosophen. Beides in der Tradition eines ganz Großen unter den Sentenzen-Meistern: Blaise Pascals, aber nicht daraus zu erklären, sondern – aus der Hand eines Dichters – mit guten Gründen. Es sei an die Rangordnung erinnert, die durch den Philosophen des Absoluten Geistes, Georg Wilhelm Friedrich Hegel, statuiert worden ist: Kunst und Dichtung stehen dort an dritter Stelle, auf der Stufe bloßer Anschauung des Wahren. Darüber – in der Sphäre der Vorstellung – liegt das Reich der Religion. Den ersten Platz aber nimmt, sich selbst und alles andere begreifend, die Philosophie ein. „Wer das denkt, was die anderen nur sind, ist ihre Macht." Das fordert Widerspruch.
Denn genau umgekehrt baut sich die wahre Stufung auf: Die erste, unterste Instanz behandelt Probleme im Prozeß der Ideen. Höher stehen Kunst und Literatur; sie bilden die Sphäre der Gestalt, die das Problem erledigt (so Hugo von Hofmannsthal an die Adresse der Hegelianer). Doch mag

Gestalt Probleme lösen, nicht bewältigt sie Tod und Schuld. Das kann nur Erlösung; das tut einzig ein Gesicht, ein „Antlitz, das genugtut"; und darum geht es in der Religion. Religion nicht bloß als Religiosität verstanden, sondern als Sich-angerufen-Wissen und als Antwort auf solchen Anruf.

So sind Kunst und Religion („zwei Weisen des Unmöglichen") Hauptthemen des Buchs. Allerdings gerade nicht derart – philosophisch – abstrakt, sondern konkret. Zu Kunst und Schönheit, dem Werk und dem Künstler hört der Leser immer wieder den Dichter aus seiner Werkstatt-Erfahrung; und im Blick auf die Religion meldet sich ein Christ aus persönlichem Suchen, Fragen und Glauben zu Wort. – „Penuel (Gottes Gesicht)" nennt Jakob den Ort, an dem er die Nacht hindurch mit Gott gerungen hat, im Morgenrot von ihm bleibend verletzt und ebenso bleibend gesegnet. So könnte dies „Tagebuch vor Gott" gerade Nicht-Christen angehen.

Auch sonst und überhaupt ist es nicht nötig, den Sentenzen zuzustimmen. Zwar sind sie nicht – wie häufig Aphorismen – pointiert oder gar überspitzt, auch nicht bloß persönlich gemeint wie diese, sondern durchaus von allgemeinem Anspruch. Aber fruchtbar werden sie nicht minder und gerade, wo sie anstößig wirken. In ihrem Zentrum steht die Gestalt Jesu Christi (denn es stimmt: „Christ ist, wer Jesus liebt" –), und wie ein roter Faden zieht sich das Verhältnis von Juden und Heiden(-Christen) durch die Notate.

„Es gibt die Wahrheit; es gibt jedoch nicht die Sprache der Wahrheit." In der Tat, wie es auch die Sprache der Liebe nicht gibt, etwa als ein Esperanto statt der gewachsenen Sprachen von Mann und Frau (Geschlecht und Geschlechterverhältnis bilden ein weiteres durchgehaltenes Thema, ebenso wenig systemisch oder definitorisch behandelt noch gar psychologisch). „Aber es gibt den Geist der Wahrheit, der sich in allem, auch der Sprache ausdrücken kann." Die Sprachverwirrung (biblisch buchstäblich von Gott verhängt, in Wahrheit aber von ihm zugelassen: als Folge des Selbstverlusts einer Menschheit, die unter dem Diktat des Turmbaus den Einzelnen ihre Persönlichkeit raubt und sie auf ihre Arbeitsfunktion reduziert), der Sprachenwirrwarr macht unsere Geistvergessenheit sichtbar. So schenkt bezeichnenderweise das Geistgeschehen des Pfingstfests den Erfaßten keine neue Einheitssprache, sondern ein Verstehen über Sprachgrenzen hinweg: Jeder hört den anderen in dessen Sprache, um ihn in der eigenen zu verstehen. Auf diese Weise stiftet Sprache Familie – wie sie zugleich in ihr lebt. Und stiftet Glaube Kirche.

Wie man sieht: recht unzeitgemäße Gedanken. Aber „der Liebende hat die Tapferkeit und das Vertrauen, zu enttäuschen. Er willfährt den Wünschen der Menschen nicht." Wozu ein Doppeltes angemerkt sei, einmal der Hinweis auf den Wortsinn von ‚ent-täuschen', sodann, daß zu den Menschen, deren Wünschen er nicht willfährt, auch er selbst zählt. (Unterscheidet sich auch darin eine Sentenz vom Aphorismus?)

Zu den tiefsten Grundwünschen der Menschen wohl gehört, wenngleich oft unerkannt, das „Transzendieren". Einerseits macht es den Menschen aus: als Wesen des Gewissens und des Gebets. Er ist nicht einfach „Erdenbürger". Anderseits droht und lockt hier die Versuchung zu einem Weltüberstieg als Flucht aus der Welt. Sehen außerhalb der Bibel-Tradition, in Griechenland wie Asien, die Weisen nicht einhellig unser Dasein als Unglück? „Das Beste ist, nicht geboren zu sein." Und bringt nicht dies in das Verhältnis des Menschen zum Göttlichen jene Ambivalenz, die hier in einem Rilkezitat aufscheint? Ruf nach Hilfe wie ein ausgestreckter Arm; doch dessen geöffnete Hand bleibt zugleich offen „wie Abwehr und Warnung".

Demgegenüber gilt es, Welt und Leben sich schenken zu lassen. „Jesus schenkte dem Blinden nicht, das Sehen der Welt zu transzendieren, sondern schenkte ihm das Sehen, schenkte dem Lahmen nicht, das Gehen zu transzendieren, sondern schenkte ihm das Gehen." Aus solchem Sich-Beschenkenlassen kommen vollends, und bei voller Wahrung ihrer Unterschiedlichkeiten, Kunst und Glaube, Dichtung wie Geschlechtlichkeit und Liebe überein – auf eine erste Weise bereits in den Konstellationen dieser Sentenzen: als in Dankbarkeit gelebte Dimensionen des einen Ursakraments: Leiblichkeit.

Jörg Splett

Anmerkungen zum Nachwort

Thomas: In De caelo (I 22).
Siger: De anima intellect. (c. 6).
Hegel: Religionsphilosophie (Werke in 20 Bänden, Frankfurt/M. 1970, 17, 16).
Hofmannsthal, Grillparzer-Rede (Ges. Werke in zehn Einzelbänden, Frankfurt/M. 1986, Reden und Aufsätze II, 97).
„Antlitz...": Antoine de Saint-Exupéry, La Citadelle (Nr. 39).
„Penuel": Gen 32, 23-33.
Sprachverwirrung: Gen 11, 1-9; Apg 2, 1-12.
„Das Beste...": immer wieder zitiert nach Theognis (1. Elegie 425-428); am bekanntesten wohl im Chorlied des Sophokleischen Ödipus auf Kolonos (1224-1227).

Inhalt

Erstes Buch	7
Zweites Buch	93
Drittes Buch	165
Viertes Buch	225
Anmerkungen	271
Nachwort	277